мрт. 2007

Le rapport de Brodeck

DU MÊME AUTEUR

Meuse l'oubli, *roman, Balland, 1999; nouvelle édition,Stock,* 2006

Quelques-uns des cent regrets, *roman, Balland, 2000; nouvelle édition, Stock, 2007*

J'abandonne, *roman, Balland, 2000; nouvelle édition, Stock,* 2006

Le Bruit des trousseaux, *récit, Stock, 2002*

Nos si proches orients, *récit, National Geographic, 2002*

Carnets cubains, *chronique, librairies Initiales, 2002 (hors commerce)*

Les Petites Mécaniques, *nouvelles, Mercure de France, 2003*

Les Âmes grises, *roman, Stock, 2003*

Trois petites histoires de jouets, *nouvelles, éditions Virgile, 2004*

La petite fille de Monsieur Linh, *roman, Stock, 2005*

Ouvrages illustrés

Le Café de l'Excelsior, *roman, avec des photographies de Jean-Michel Marchetti, La Dragonne, 1999*

Barrio Flores, *chronique, avec des photographies de Jean-Michel Marchetti, La Dragonne, 2000*

Au revoir Monsieur Friant, *roman, éditions Phileas Fogg, 2001*

Pour Richard Bato, *récit, collection « Visible-Lisible », Æncrages & Co, 2001*

La Mort dans le paysage, *nouvelle, avec une composition originale de Nicolas Matula, Æncrages & Co, 2002*

Mirhaela, *nouvelle, avec des photographies de Richard Bato, Æncrages & Co, 2002*

Trois nuits au Palais Farnese, *récit, éditions Nicolas Chaudun, 2005*

Fictions intimes, *nouvelles sur des photographies de Laure Vasconi, Filigrane Éditions, 2006*

Ombellifères, *nouvelle, Circa 1924, 2006*

Le monde sans les enfants et autres histoires, *illustrations du peintre Pierre Koppe, Stock, 2006*

Quartier, *récit, avec des photographies de Richard Bato, La Dragonne, 2007*

Philippe Claudel

Le rapport de Brodeck

roman

Stock

ISBN 978-2-234-05773-9

*Pour celles et ceux
qui pensent n'être rien*

*Pour ma femme et ma fille,
sans lesquelles je ne serais pas grand-chose*

*« Je ne suis rien, je le sais,
mais je compose mon rien
avec un petit morceau de tout. »*

Victor HUGO, *Le Rhin*

I

Je m'appelle Brodeck et je n'y suis pour rien. Je tiens à le dire. Il faut que tout le monde le sache.

Moi je n'ai rien fait, et lorsque j'ai su ce qui venait de se passer, j'aurais aimé ne jamais en parler, ligoter ma mémoire, la tenir bien serrée dans ses liens de façon à ce qu'elle demeure tranquille comme une fouine dans une nasse de fer.

Mais les autres m'ont forcé : « Toi, tu sais écrire, m'ont-ils dit, tu as fait des études. » J'ai répondu que c'étaient de toutes petites études, des études même pas terminées d'ailleurs, et qui ne m'ont pas laissé un grand souvenir. Ils n'ont rien voulu savoir : « Tu sais écrire, tu sais les mots, et comment on les utilise, et comment aussi ils peuvent dire les choses. Ça suffira. Nous on ne sait pas faire cela. On s'embrouillerait, mais toi, tu diras, et alors ils te croiront. Et en plus, tu as la machine. »

La machine, elle est très vieille. Plusieurs de ses touches sont cassées. Je n'ai rien pour la réparer. Elle est capricieuse. Elle est éreintée. Il lui arrive de se bloquer sans m'avertir comme si elle se cabrait. Mais cela, je ne l'ai pas dit car je n'avais pas envie de finir comme l'*Anderer*.

Ne me demandez pas son nom, on ne l'a jamais su. Très vite les gens l'ont appelé avec des expressions inventées de toutes pièces dans le dialecte et que je traduis : *Vollaugä* – Yeux pleins – en raison de son regard qui lui sortait un peu du visage ; *De Murmelnër* – le Murmurant – car il parlait très peu et toujours d'une petite voix qu'on aurait dit un souffle ; *Mondlich* – Lunaire – à cause de son air d'être chez nous tout en n'y étant pas ; *Gekamdörhin* – celui qui est venu de là-bas.

Mais pour moi, il a toujours été *De Anderer* – l'Autre –, peut-être parce qu'en plus d'arriver de nulle part, il était différent, et cela, je connaissais bien : parfois même, je dois l'avouer, j'avais l'impression que lui, c'était un peu moi.

Son véritable nom, aucun d'entre nous ne le lui a jamais demandé, à part le Maire une fois peut-être, mais il n'a pas, je crois, obtenu de réponse. Maintenant, on ne saura plus. C'est trop tard et c'est sans doute mieux ainsi. La vérité, ça peut couper les mains et laisser des entailles à ne plus pouvoir vivre avec, et la plupart d'entre nous, ce qu'on veut, c'est vivre. Le moins douloureusement possible. C'est humain.

Je suis certain que vous seriez comme nous si vous aviez connu la guerre, ce qu'elle a fait ici, et surtout ce qui a suivi la guerre, ces semaines et ces quelques mois, notamment les derniers, durant lesquels cet homme est arrivé dans notre village, et s'y est installé, comme ça, d'un coup. Pourquoi avoir choisi notre village ? Il y en a tellement des villages sur les contreforts de la montagne, posés entre les forêts comme des œufs dans des nids, et beaucoup qui ressemblent au nôtre. Pourquoi avoir choisi justement le nôtre, qui est si loin de tout, qui est perdu ?

Tout ce que je raconte, le moment où ils ont dit qu'ils voulaient que ce soit moi, ça s'est passé à l'auberge Schloss, il y a environ trois mois. Juste après... juste après le... je ne sais pas comment dire, disons l'événement, ou le drame, ou l'incident. À moins que je dise l'*Ereigniës*. *Ereigniës*, c'est un mot curieux, plein de brumes, fantomatique, et qui signifie à peu près « la chose qui s'est passée ». C'est peut-être mieux de dire cela avec un terme pris dans le dialecte, qui est une langue sans en être une, mais qui épouse si parfaitement les peaux, les souffles et les âmes de ceux qui habitent ici. L'*Ereigniës*, pour qualifier l'inqualifiable. Oui, je dirai l'*Ereigniës*.

Cela venait donc de se produire. À l'exception de deux ou trois vieillards demeurés près de leurs fourneaux, et sans doute du curé Peiper qui devait cuver sa prune quelque part dans sa petite église aux murs larges comme l'envergure

13

d'un aigle, tous les hommes étaient là, dans l'auberge qui est comme une grosse caverne un peu sombre, étouffée de fumée de tabac et de fumée d'âtre, hébétés, assommés par ce qui venait de se passer, et dans le même temps, comment dire, soulagés, parce qu'il fallait bien que ça se termine, d'une façon ou d'une autre. On n'en pouvait plus, vous savez.

Chacun était comme replié dans son silence, même si à presque quarante personnes dans l'auberge, on se trouvait serrés comme des joncs de saule dans un fagot, à s'étrangler, à sentir les odeurs des autres, leurs haleines, leurs pieds, la poisse âcre de leur sueur, de leurs vêtements humides, de vieille laine et de drap, frottés de poussière, de forêt, de fumier, de paille, de vin et de bière, surtout de vin. Ce n'est pas que les uns et les autres étaient saouls, non, ce serait trop facile l'excuse de l'ivresse. On gommerait d'un coup toute atrocité. Trop simple. Beaucoup trop simple. Je vais essayer de ne pas réduire ce qui est très difficile, et complexe. Je vais essayer. Je ne promets pas que j'y arriverai.

Que l'on me comprenne bien, je le redis, moi, j'aurais pu me taire, mais ils m'ont demandé de raconter, et quand ils m'ont demandé cela, la plupart avaient les poings fermés ou les mains dans les poches, que j'imaginais serrées autour des manches de leurs couteaux, ceux-là mêmes qui venaient juste de…

Il ne faut pas que j'aille trop vite, mais c'est

14

difficile parce que je sens maintenant dans mon dos des choses, des mouvements, des bruits, des regards. Depuis quelques jours, je me demande si je ne me change pas peu à peu en gibier, avec toute une battue à mes trousses et des chiens qui reniflent. Je me sens épié, traqué, surveillé, comme si toujours désormais il y avait quelqu'un derrière mon épaule pour saisir le moindre de mes gestes et lire dans mon cerveau.

J'y reviendrai sur ce à quoi les couteaux ont servi. Forcément j'y reviendrai. Ce que je voulais dire, c'est que refuser ce qu'on vous demande, dans cette humeur si particulière où tout le monde a encore la tête pleine de sauvagerie et d'idées de sang, ce n'est pas possible, et c'est même très dangereux. Donc, j'ai accepté, bien malgré moi. Je me suis simplement trouvé dans l'auberge, au mauvais moment, quelques minutes après l'*Ereigniës*, à ce moment de stupeur qui est un moment de bascule et d'indécision, où l'on se raccrochera au premier qui ouvrira la porte, soit pour en faire un sauveur, soit pour le tailler en pièces.

L'auberge Schloss est le plus gros café de notre village, qui en compte cinq autres ainsi qu'un bureau de poste, une mercerie, une quincaillerie, une boucherie, une épicerie, une triperie, une école, une annexe d'un office notarial de S., sale comme une écurie, et sur laquelle règnent les lorgnons séniles de Siegfried Knopf, qu'on appelle maître même s'il n'est que clerc, et le petit bureau

15

de Jenkins, qui tenait le rôle du policier mais qui est mort à la guerre. Je me souviens que lorsque Jenkins est parti, le premier, lui qui d'ordinaire ne souriait jamais serrait ce jour-là les mains de tous en riant, comme s'il se rendait à son propre mariage. Personne ne le reconnaissait. Quand il a tourné le coin de la scierie Möberschwein, il a fait de grands gestes de la main et a lancé sa casquette en l'air, pour un adieu joyeux. On ne l'a plus jamais revu. Il n'a jamais été remplacé. Les volets de son petit bureau sont rabattus. Un peu de mousse scelle désormais le seuil. La porte est fermée à clé, et je ne sais pas qui a cette clé. Je n'ai jamais demandé. J'ai appris à ne pas trop poser de questions. J'ai aussi appris à me parer de la couleur des murs et de celle de la poussière des rues. Ce n'est guère difficile. Je ne ressemble à rien.

L'auberge Schloss fait un peu épicerie lorsque celle tenue par la veuve Bernarht clôt son rideau de fer une fois le soleil couché. C'est également le plus fréquenté des cafés. Elle possède deux salles : la grande, celle du devant, murs de bois noirci, plancher recouvert de sciure, et dans laquelle on tombe presque quand on entre car il faut descendre deux marches raides, taillées à même le grès, et creusées en courbe en leur milieu par les semelles de milliers de buveurs qui se sont succédé là. Et puis la petite, qui est sur le derrière, que je n'ai jamais vue. Elle est séparée de la première par une élégante porte en mélèze sur laquelle est gravée une date, 1812. La petite salle est réservée à quelques-uns qui s'y réunissent une fois par semaine, le mardi soir, et boivent, et fument du tabac de leurs champs dans des pipes en porcelaine au tuyau chantourné, et des mauvais cigares fabriqués on ne sait où. Ils se sont même donné un nom, *De Erweckens'Bruderschaf*, ce qui signifie à peu près « la confrérie de l'Éveil ». C'est un drôle de nom pour une drôle de confrérie. On ne sait pas au juste quand elle fut créée, ni quel est son but, ni comment on y entre, ni qui en fait partie, les gros fermiers sans doute, peut-être maître Knopf, Schloss lui-même, et le Maire bien sûr, Hans Orschwir, qui est celui qui possède le plus de biens par ici. On ne sait pas non plus ce qu'ils fabriquent ni ce qu'ils se disent quand ils se retrouvent. Certains racontent que se prennent là des décisions essentielles, que se scellent des pactes étranges, des promesses. D'autres les soupçonnent simplement de s'arroser la gorge d'eau-de-vie, de jouer aux dames ou aux cartes tout en fumant et en plaisantant. Il y en a aussi qui prétendent avoir entendu de la musique sortir de dessous la porte. Peut-être que Diodème l'instituteur savait la vérité, lui qui fouillait partout, dans les papiers et dans la tête des gens, et qui avait tellement soif de savoir les choses et leurs revers. Mais le pauvre hélas n'est plus là désormais pour en parler.

À l'auberge Schloss, je n'y viens presque

jamais, parce que, je dois bien l'avouer, Dieter Schloss me met mal à l'aise avec son regard de taupe sournoise, son front toujours suintant sous son crâne sans cheveu et tout rose, ses dents brunes qui sentent le pansement sale. Et puis, l'autre raison, c'est que depuis que je suis revenu de la guerre, je ne recherche pas la compagnie des hommes. Je me suis habitué à ma solitude.

Le soir de l'*Ereigniës*, c'est la vieille Fédorine qui m'avait envoyé à l'auberge chercher le beurre qui manquait. Elle voulait faire de petits sablés. D'ordinaire, c'est elle qui va quérir les provisions. Mais ce sinistre soir, ma Poupchette gardait le lit avec une mauvaise fièvre, et Fédorine était à son chevet à lui conter l'histoire de *Bilissi le pauvre tailleur*, tandis qu'Emélia, ma femme, fredonnait près d'elles très doucement l'air de sa chanson.

Depuis, j'y ai beaucoup songé à ce beurre, ce petit morceau de beurre qui faisait défaut dans le garde-manger. On ne se rend jamais trop compte combien le cours d'une vie peut dépendre de choses insignifiantes, un morceau de beurre, un sentier que l'on délaisse au profit d'un autre, une ombre que l'on suit ou que l'on fuit, un merle que l'on choisit de tuer avec un peu de plomb, ou bien d'épargner.

Poupchette écoutait de ses beaux yeux trop brillants la voix de la vieille que j'avais moi-même entendue jadis, venant de la même bouche, la même bouche plus jeune, mais à laquelle il

18

manquait déjà des dents. Poupchette m'a regardé avec ses petites billes noires chauffées de fièvre. Ses joues avaient la couleur des airelles. Elle m'a souri, a tendu vers moi ses mains qu'elle a fait battre dans l'air tandis qu'elle gazouillait comme un poussin de canard : « Papa, reviens mon papa, reviens ! »

Je suis sorti avec dans mon oreille la musique de mon enfant et les paroles murmurées par Fédorine :

« Bilissi aperçut devant le pas de sa chaumière trois chevaliers aux armures blanchies de temps. Tous trois tenaient une lance rousse et un écu d'argent. On ne voyait pas leurs visages ni même leurs regards. C'est ainsi bien souvent quand il est bien trop tard. »

II

La nuit avait jeté son manteau sur le village comme un roulier sa cape sur les restes de braises d'un feu de chemin. Les maisons, avec leurs toits recouverts de longues écailles de bois de pin, laissaient échapper des fumées lentes et bleues et faisaient ainsi songer aux dos rugueux de vieux animaux des époques fossiles. Le froid commençait à venir, un maigre froid encore, mais auquel on n'était plus habitué tant ces dernières journées de septembre avaient été chaudes comme des fours de boulanger. Je me souviens que j'ai regardé le ciel et que je me suis dit, à voir toutes les étoiles ainsi pressées les unes contre les autres, à la façon d'oisillons qui ont peur et qui recherchent compagnie, que bientôt nous plongerions d'un coup dans l'hiver. L'hiver, qui chez nous est long comme des siècles embrochés sur une grande épée et pendant lequel, autour de nous, l'immensité de la combe étouffée de forêts dessine une bizarre porte de prison.

Quand je suis entré dans l'auberge, ils étaient là, presque tous les hommes de notre village, avec des yeux tellement sombres, une immobilité de pierre, que j'ai tout de suite deviné ce qui s'était passé. Orschwir a refermé la porte dans mon dos puis il est venu vers moi. Il tremblait un peu. Il a planté ses grands yeux bleus dans les miens, comme s'il me voyait pour la première fois.

Mon ventre s'est mis à battre, j'ai cru qu'il allait manger mon cœur, alors j'ai demandé, très faiblement, tout en regardant le plafond, pour le percer de mes yeux, pour essayer d'imaginer la chambre de l'*Anderer*, pour essayer de l'imaginer lui, l'*Anderer*, avec ses favoris, sa mince moustache, ses rares cheveux frisés qui partaient en l'air de chaque côté des tempes, sa grosse tête ronde de gros et bon enfant, et j'ai dit : « Vous n'avez pas fait ça quand même... ? » C'était à peine une question. C'était plutôt comme une plainte qui sortait de moi sans me demander la permission.

Orschwir m'a pris par les épaules, de ses deux mains larges comme des sabots de mule. Son visage était encore plus violet que d'ordinaire et sur l'arête de son nez piqué de vérole une goutte de sueur minuscule et brillante comme un cristal de roche glissait avec une lenteur extrême. Il tremblait toujours et en me tenant ainsi, il m'a fait trembler aussi. « Brodeck... Brodeck... » C'est tout ce qu'il réussit à me dire. Puis il s'est reculé pour entrer de nouveau dans la foule des hommes qui me regardaient tous, et se fondre en eux.

Je me suis senti comme un maigre têtard perdu dans une grande flaque d'eau de printemps. J'avais le cerveau sonné. Et curieusement, j'ai pensé au beurre que je venais chercher. Je me suis tourné vers Dieter Schloss, qui se tenait derrière son comptoir et je lui ai dit : « Je venais juste chercher du beurre, un peu de beurre, c'est tout… » Il a haussé ses frêles épaules en rajustant sa ceinture de flanelle sur son ventre en poire, et je crois que c'est à ce moment que Wilhem Vurtenhau, un paysan à tête de lapin qui possède toutes les terres qui vont de la forêt du Steinühe au plateau du Haneck, s'est avancé un peu et m'a dit : « Tu auras tout le beurre que tu veux, Brodeck, mais tu vas raconter l'histoire, tu seras le scribe. » J'ai roulé de grands yeux. Je me suis demandé où Vurtenhau avait bien pu aller chercher ce mot de *scribe* – il en déformait la prononciation, le *b* dans sa bouche devenant un *p* – lui qui est si bête et n'a jamais dû ouvrir un livre de sa vie.

C'est un métier de raconter des histoires, ce n'est pas le mien, je ne fais que de brèves notices sur l'état de la flore, des arbres, des saisons et du gibier, de l'étiage de la rivière Staubi, de la neige et des pluies, un travail sans importance pour mon Administration, qui de toute façon est très loin, à des jours et des jours de voyage, et qui s'en moque. Je ne sais pas trop si mes rapports parviennent encore à destination, ni même s'ils sont lus.

Depuis la guerre, les courriers fonctionnent mal et il faudra je crois beaucoup de temps pour que cela se rétablisse. Je ne reçois presque plus d'argent. J'ai le sentiment d'être oublié, ou qu'ils me croient mort, ou bien qu'ils n'ont plus besoin de moi.

Parfois, Alfred Wurtzwiller, le receveur, qui fait à pied une fois par quinzaine l'aller et retour jusqu'à S. – lui seul peut s'y rendre car il a le *Genähmigung*, « l'Autorisation » – pour faire l'échange de courrier, me fait comprendre qu'il a rapporté un mandat pour moi et me donne quelques billets. Je lui demande des explications. Il fait de grands gestes que je ne sais pas interpréter, et des sons hachés comme de la viande sortent de sa bouche chiffonnée par un gros bec-de-lièvre, des sons que je ne comprends pas non plus. Je prends la fiche illisible et froissée qu'il assomme de trois coups de tampon, le peu d'argent qui va avec. Avec cela nous survivons.

« On ne te demande pas un roman. » C'est Rudi Gott, le maréchal-ferrant, qui avait parlé. Malgré sa laideur – le sabot d'un cheval lui a écrasé tout le nez et enfoncé la pommette gauche –, il est marié à une femme très belle, qui se prénomme Gerde et qui prend toujours la pose devant la forge, comme si elle attendait éternellement le peintre qui allait faire son portrait. « Tu diras les choses, c'est tout. Comme pour un de tes rapports. » Gott tenait serré son grand marteau dans sa main droite. Ses épaules nues débordaient de son tablier de cuir. Il était près de la cheminée. Le feu lui brûlait le visage, et l'acier de son outil brillait comme une lame de faux bien étamée. « D'accord, ai-je dit, je vais raconter, je vais essayer, je vous promets que je vais essayer, je dirai "je" comme dans mes rapports, parce que je ne sais pas raconter autrement, mais je vous préviens, ça voudra dire tout le monde, tout le monde vous m'entendez. Je dirai "je" comme je dirais tout le village, tous les hameaux autour, nous tous quoi, d'accord ? »

Il y a eu un brouhaha, un bruit de bête de somme qui prend du mou dans ses brancards et grogne un peu d'aise, puis ils ont dit : « Entendu, fais comme cela, mais, attention, ne change rien, il faut que tu dises tout. Il faudra vraiment tout dire afin que celui qui lira le Rapport comprenne et pardonne. »

Je ne sais pas qui lira, ai-je pensé. Qu'il comprenne, peut-être, mais qu'il pardonne, c'est une autre affaire : ça je n'ai pas osé l'avancer, je l'ai pensé au plus profond de moi-même. Quand j'ai dit oui, il y a eu une rumeur dans toute l'auberge, comme un soulagement, les poings se sont relâchés. Les mains sont sorties des poches. J'ai eu l'impression que toutes ces statues redevenaient des hommes. Et moi, j'ai soufflé très

24

fort. J'étais passé à deux doigts de quelque chose. Je ne préférais même pas savoir quoi.

C'était au début de l'automne dernier. La guerre avait cessé depuis un an. Sur les talus, il y avait les colchiques mauves et les premières neiges laissaient souvent au matin, sur la crête granitique des Prinzhornï qui bordent notre combe à l'est, leur jeune blancheur poudreuse qui fondait aux heures pleines du soleil. C'était juste trois mois, presque jour pour jour, après que l'*Anderer* était arrivé chez nous, avec ses grandes malles, ses vêtements brodés, son mystère, son cheval bai et son âne – « Son nom est Monsieur Socrate, avait-il dit en désignant l'âne, et voici Mademoiselle Julie, saluez Mademoiselle Julie, je vous en prie », et le beau cheval avait penché la tête à deux reprises, ce qui avait fait reculer et se signer les trois femmes présentes. J'entends encore sa petite voix quand il nous avait présenté ses deux bêtes comme s'il s'était agi d'humains, et qu'on était tous restés ébahis.

Schloss a sorti des verres, des gobelets, des bols, des tasses pour tous, et du vin. Il a fallu que je boive aussi. Comme pour un serment. J'ai pensé avec terreur au visage de l'*Anderer*, à la chambre dans laquelle il se trouvait, une chambre que je connaissais un peu pour y être allé, sur son invitation, trois fois, échanger quelques mots mystérieux en buvant un thé noir et bien étrange, un thé comme je n'en avais jamais bu. Il y avait de grands livres aux titres compliqués, certains dans

25

des langues qui ne s'écrivaient pas comme la nôtre et qui devaient sonner pierrailles et cliquetis, des livres à la reliure rehaussée de dorure ou au contraire avachie comme un tas de loques, un service en porcelaine de Chine qu'il gardait dans un coffret de cuir clouté, un jeu d'échecs en os et en ébène, une canne à pommeau de cristal taillé et quantité d'autres choses rangées dans ses malles. Son visage avait toujours un grand sourire, un sourire qui remplaçait souvent les mots dont il était économe. Ses yeux étaient très ronds, d'un beau vert jade, et sortaient un peu de sa face ce qui rendait son regard encore plus pénétrant. Il parlait très peu. Il écoutait surtout.

J'ai pensé à ce que tous ces hommes que je connaissais depuis des années venaient de faire. Ce n'étaient pas des monstres, mais des paysans, des artisans, des commis de ferme, des forestiers, des petits fonctionnaires. Des hommes comme vous et moi en somme. J'ai posé mon verre. J'ai pris le beurre que me tendait Dieter Schloss, une motte épaisse emballée dans du papier cristal qui a fait un bruit d'ailes de tourterelle, je suis sorti de l'auberge et j'ai couru jusqu'à ma maison.

Je n'ai jamais couru aussi vite de ma vie.

Jamais.

III

Lorsque je suis rentré, Poupchette s'était endormie et Fédorine somnolait à ses côtés, la bouche un peu ouverte sur les trois dents qui lui restent. Emélia a cessé de chantonner. Elle a levé les yeux vers moi. Elle a souri. Je n'ai rien pu lui dire. J'ai vite grimpé l'escalier qui mène à notre chambre. Je suis entré dans les draps comme on plonge dans l'oubli. Il m'a semblé alors faire une immense chute.

Cette nuit-là, je n'ai que peu dormi, et très mal en plus. J'ai tourné, tourné autour du *Kazerskwir*. Le *Kazerskwir*, c'est à cause de la guerre : j'ai passé près de deux longues années loin de notre village. On m'a emmené, comme des milliers de gens, parce que nous avions des noms, des visages ou des croyances qui n'étaient pas comme ceux des autres. On m'a enfermé au loin, dans un lieu d'où toute humanité s'était retirée et où ne demeuraient plus que des bêtes sans conscience qui avaient pris l'apparence des hommes.

Ce fut une année de pleine obscurité. Je veux dire que dans ma vie, j'ai le sentiment qu'il y a un vide très noir et très profond, c'est pour cela que je le nomme le *Kazerskwir* – le cratère –, au bord duquel souvent encore je m'aventure la nuit.

La vieille Fédorine ne quitte jamais la cuisine. C'est son grand royaume. Elle passe les heures de la nuit sur sa chaise. Elle ne dort pas. Elle dit qu'elle a passé l'âge. Je n'ai jamais su au juste quel est son âge. Elle dit elle-même qu'elle ne s'en souvient pas, et que cela de toute façon ne l'a pas empêchée de naître et ne l'empêchera pas de mourir. Elle dit aussi qu'elle ne dort pas parce qu'elle ne veut pas se faire surprendre par la mort mais qu'elle veut la regarder bien en face lorsqu'elle viendra. Elle chantonne les yeux clos, elle ravaude les histoires et les souvenirs, elle fait des tapisseries avec des songes très usés, ses mains posées devant elle sur ses genoux, et dans ses mains, ses mains sèches et gravées de veines tordues et de rides droites comme des lames de couteau, on peut y lire sa vie.

J'ai raconté à Fédorine mes années loin de notre monde. C'est elle qui m'a soigné quand je suis revenu, Emélia était trop faible encore. Fédorine s'est occupée de moi comme lorsque j'étais petit. Elle a retrouvé les gestes. Elle a nourri ma bouche cassée à la cuillère, a pansé mes blessures, a remis peu à peu du gras sur mes os à vif, m'a veillé lorsque la fièvre était trop forte, que je grelottais comme si on m'avait plongé dans une auge de

28

glace, et que je délirais. Les semaines ont passé ainsi. Elle ne m'a pas posé de questions. Elle a attendu que les mots sortent d'eux-mêmes. Et elle a écouté, longtemps.

Elle sait tout. Ou presque.

Elle sait pour le vide noir qui revient toujours dans mes rêves. Pour mes promenades immobiles au bord du *Kazerskwir*. Je me dis souvent qu'elle doit en faire de semblables, qu'elle aussi doit avoir de grandes absences qui la hantent et la poursuivent. Nous en avons tous.

Je ne sais pas si Fédorine a connu la jeunesse. Je l'ai toujours vue tordue et courbée, tavelée comme une nèfle oubliée trois saisons dans le cellier. Même lorsque j'étais un enfant et qu'elle m'a recueilli, elle ressemblait déjà à une sorcière cabossée. Ses seins sans lait pendaient sous son sarrau gris. Elle venait de très loin, de très loin dans le temps, et de très loin dans la géographie des mondes. Elle s'était échappée du ventre pourri de l'Europe.

C'était il y a longtemps : j'étais devant une maison en ruine qui fumait un peu. Peut-être était-ce celle de mon père, celle de ma mère ? Je devais bien moi aussi avoir une famille. J'étais seul du haut de mes quatre ans. Je jouais avec les restes d'un cerceau que le feu avait à demi dévoré. C'était au début d'une autre guerre. Fédorine est passée en tirant sa charrette. Elle m'a vu. Elle s'est arrêtée. Elle a fouillé dans sa besace pour en sortir une pomme d'un beau rouge luisant. Elle me l'a tendue. J'ai mangé le fruit comme un affamé. Fédorine m'a parlé, m'a dit des mots que je ne comprenais pas, et posé des questions auxquelles je n'ai pas su répondre, elle m'a touché le front et les cheveux.

J'ai suivi la vieille femme aux pommes comme si elle avait été un joueur de flûte. Elle m'a hissé sur la charrette, m'a calé entre des sacs, trois casseroles et un ballot de foin. Il y avait un lapin aussi, aux beaux yeux bruns et au poil fauve, dont le ventre était doux et très chaud. Je me souviens que je l'ai caressé et qu'il s'est laissé faire. Je me souviens aussi que Fédorine s'est arrêtée dans un virage bordé de genêts, et qu'elle m'a demandé dans ma langue mon nom, m'a donné le sien – « Fédorine » – et m'a dit de regarder en contrebas ce qui restait de mon village. « Regarde bien petit Brodeck, tu viens de là et tu n'y retourneras plus car il ne restera plus rien de lui bientôt. Ouvre grand tes yeux ! »

J'ai regardé alors de toutes mes forces les animaux morts à la panse gonflée, les granges ouvertes aux quatre vents et les murs éboulés. Il y avait aussi dans les rues quantité de pantins couchés les bras en croix ou le corps en boule. De grands pantins mais qui, avec la distance, me paraissaient minuscules. Et puis le soleil a déposé de l'or bouillant dans mon regard quand je l'ai fixé bien en face, et il a fait disparaître le tableau de mon village.

Je me tournais et me retournais dans le lit. Je

sentais bien qu'Emélia ne dormait pas plus que moi. Quand je fermais les yeux, je voyais le visage de l'*Anderer*, ses yeux couleur d'étang, ses pommettes pleines et comme peintes d'amarante, ses rares cheveux, frisottés. Je sentais son parfum de violette.

Emélia a bougé. J'ai senti son souffle contre ma joue, et qui venait sur mes lèvres aussi. J'ai ouvert les yeux. Ses paupières étaient closes. Elle paraissait si tranquille. Elle est tellement belle que je me demande souvent ce que j'ai fait pour qu'un jour elle se soit intéressé à moi. C'est grâce à elle que je n'ai pas sombré, jadis. C'est à elle que je songeais à chaque minute, lorsque j'étais dans le camp.

Ceux qui nous gardaient et nous battaient répétaient toujours que nous n'étions que des fientes, moins que des merdes de rat. Nous n'avions pas le droit de les regarder en face. Il fallait maintenir toujours notre tête vers le sol et recevoir les coups sans mot dire. Chaque soir, ils versaient la soupe dans les gamelles de leurs chiens de garde, des dogues au pelage miel, aux gueules retroussées dont les yeux bavaient des larmes un peu rouges. Nous devions nous tenir à quatre pattes, comme les chiens, et prendre la nourriture en nous servant seulement de nos bouches, comme les chiens.

La plupart de ceux qui étaient enfermés avec moi ont refusé de le faire. Ils sont morts. Moi, je mangeais comme les chiens, à quatre pattes et avec ma bouche. Et je suis vivant.

Parfois, lorsque les gardes étaient ivres ou désœuvrés, ils s'amusaient avec moi en me mettant un collier et une laisse. Il fallait que je marche ainsi, avec le collier et la laisse. Il fallait que je fasse le beau, que je tourne sur moi-même, que j'aboie, que je tire la langue, que je lèche leurs bottes. Les gardes ne m'appelaient plus Brodeck mais *Chien Brodeck*. Et ils riaient de plus belle. La plupart de ceux qui étaient avec moi refusèrent de faire le chien, et ils moururent, soit de faim, soit des coups répétés que les gardes portaient sur eux.

Aucun des autres prisonniers ne m'adressait plus la parole depuis longtemps. « Tu es pire que ceux qui nous gardent, tu es un animal, tu es une merde Brodeck ! » Comme les gardiens, ils répétaient que je n'étais plus un homme. Ils sont morts. Tous morts. Moi, je suis vivant. Peut-être n'avaient-ils aucune raison de survivre ? Peut-être n'avaient-ils aucun amour au profond de leur cœur ou dans leur village ? Oui, peut-être n'avaient-ils aucune raison de vivre.

Durant les nuits, les gardes avaient fini par m'attacher à un piquet, près de la niche des dogues. Je dormais à même le sol, dans la poussière et l'odeur des pelages, des souffles des chiens, de leur urine. Au-dessus de moi il y avait le ciel. Un peu plus loin, les miradors, les sentinelles, et plus loin la campagne, ces champs qu'on voyait le jour et qui faisaient onduler avec une irréelle insolence leurs blés sous le vent, les houppes des bosquets de bouleaux, le bruit de la grande rivière qui coulait son eau d'argent, toute proche.

Moi, en vérité j'étais très loin de ce lieu. Je n'étais pas attaché à un piquet. Je n'avais pas un collier de cuir. Je n'étais pas allongé à demi nu près des dogues. J'étais dans notre maison, dans notre couche, tout contre le corps tiède d'Emélia et plus du tout dans la poussière. J'étais au chaud et je sentais son cœur battre contre le mien. J'entendais sa voix me dire tous les mots d'amour qu'elle savait si bien chercher dans le noir de notre chambre. Pour tout cela, je suis revenu.

Chien Brodeck est revenu chez lui, vivant, et a retrouvé son Emélia qui l'attendait.

IV

Au matin du lendemain de l'*Ereigniës*, je me suis levé de très bonne heure. Je me suis rasé, habillé, et suis sorti sans bruit de la maison. Poupchette et Emélia dormaient encore tandis que Fédorine somnolait sur sa chaise en parlant un peu. Elle disait des mots sans suite et sans logique qui formaient un babil étrange, cousu dans plusieurs langues.

Le jour commençait à peine à délaver le ciel et tout le village était encore emprisonné dans le sommeil. J'ai refermé la porte très doucement. L'herbe devant la maison se trempait d'une rosée blanchâtre, presque laiteuse, qui tremblotait et s'égouttait sur le bord des feuilles de trèfle. Il faisait froid. Les crêtes des Prinzhornï semblaient plus hautes et plus aiguës que d'ordinaire. Je savais que c'était là un des signes avant-coureurs du mauvais temps et je me suis dit que la neige ne tarderait sans doute pas à tomber sur le village, à l'envelopper, à l'isoler plus encore.

« *Zehr mogenhilch*, Brodeck ! »

J'ai sursauté comme quelqu'un pris en faute. Je savais bien que je n'avais rien fait de mal, et rien à me reprocher, mais j'ai tout de même bondi comme un cabri rappelé à l'ordre par la badine du chevrier. Je n'avais pas reconnu la voix. C'était pourtant celle de Göbbler, notre voisin.

Il était assis sur le banc de pierre qui est contre le mur de sa maison. Il tenait un bâton entre ses mains sur lequel il s'appuyait. Je ne l'avais jamais vu assis sur ce banc, sauf peut-être une fois ou deux, lors de rares soirs d'été étouffants et lourds, où l'air disparaissait des rues du village et avec lui toute fraîcheur.

C'est un homme qui a passé la soixantaine, au visage taillé à la serpe, qui ne sourit jamais et ne parle pas davantage. Un voile de peau blanche mange peu à peu ses yeux et il ne voit pas à plus de cinq mètres. La guerre l'a ramené au village alors que durant des années, il a occupé un poste à S. dans une administration dit-on, mais on ne sait pas trop laquelle et personne je crois ne le lui a demandé. Il vit désormais de sa pension et de son poulailler. Il a d'ailleurs fini par ressembler un peu à ses coqs. Ses yeux bougent de la même façon, et la peau qui pend sous son cou lui dessine des rougeurs sanguines. Sa femme, qui est bien plus jeune, se prénomme Boulla. Elle est grosse et bavarde. Elle sent le grain et l'oignon. On dit qu'elle a une grande chaleur au creux des cuisses, et qu'il faudrait quantité de seaux d'eau

35

pour l'éteindre. Elle cherche des hommes comme d'autres des raisons d'exister.

« Oui, bien matinal ! reprit-il. Où vas-tu donc ? »

C'était la première fois que Göbbler me posait une question. J'ai hésité. Je me suis empêtré. Les mots ont trébuché dans ma bouche et se sont heurtés les uns aux autres, comme des cailloux dans un torrent. Göbbler a repoussé avec le bout de son bâton un escargot qui venait calmement vers lui, puis l'a retourné. C'était un petit escargot à la coquille jaune et noir, au corps fin et délicatement dessiné, plein d'une grâce innocente. L'animal un peu surpris a mis un temps avant de rentrer dans sa coquille son corps et ses cornes fragiles. Göbbler alors a levé son bâton et l'a laissé retomber sur la petite bête qui a explosé comme une noix.

« Fais attention à toi, Brodeck… », a-t-il ensuite murmuré en ne quittant pas du regard les débris de coquille et le corps de l'escargot qui n'était plus qu'une bouillie beige et baveuse.

« Fais attention, il y a eu déjà assez de malheur… », a-t-il ajouté.

Ses yeux sont revenus vers moi. Il a souri en retroussant ses lèvres. C'était la première fois que je le voyais vraiment sourire et que j'apercevais ses dents, grises, et pointues, très pointues, comme s'il les avait limées durant des soirs et des soirs. Je n'ai rien répondu. J'ai failli hausser les épaules mais je me suis retenu. Un grand

36

frisson m'a hérissé tout le dos. J'ai enfoncé ma casquette sur mes oreilles, j'ai plaqué les rabats contre mes tempes et je me suis éloigné sans plus le regarder. J'avais sur le front un peu de sueur. Un de ses coqs a chanté, suivi par tous les autres. Leur vacarme a cogné dans ma tête. Des bouffées de vent venues des profondeurs de la combe ont tourbillonné autour de moi, toutes chargées d'une haleine de résine, de feignes, de bruyère et de rocher mouillé.

Dans la rue des Püppensaltz, qui est notre rue principale, le vieil *Ohnmeist* allait et venait de porte en porte. C'est un chien particulier. On l'appelle ainsi car il n'a pas de maître et n'en a jamais voulu. Il fuit les autres chiens et les enfants, se contente de peu, vient quémander sa nourriture sous les fenêtres des cuisines. Il accompagne qui il veut aux champs ou dans les bois, dort sous les étoiles et, lorsqu'il fait trop froid, gratte à la porte des granges où on lui accorde bien volontiers un peu de foin et de soupe. C'est un grand galéjat brun taché de rousseur, qui a la taille d'un griffon mais le poil d'un braque, court et dense. Sans doute dans son sang s'est-il mêlé plusieurs sangs, mais bien malin celui qui pourrait dire lesquels. Quand il est venu respirer mon odeur, je me suis rappelé que lorsqu'il croisait l'*Anderer*, il poussait deux ou trois petits jappements joyeux et sa queue remuait en tous sens. Alors l'*Anderer* s'arrêtait, enlevait ses gants, de jolis gants de cuir très fin et

37

très souple, et lui caressait le crâne. Et c'était très étrange de les voir ainsi tous deux, le chien placide et heureux, qui acceptait la caresse sagement alors que d'ordinaire aucun de nous ne pouvait l'approcher vraiment et encore moins le toucher, et l'*Anderer* qui flattait le chien de sa main nue, en le regardant comme s'il s'était agi d'un homme. Ce matin-là, il avait les yeux brillants et troubles. Il a cheminé un moment à mes côtés, en poussant de temps à autre une brève plainte mélancolique. Il gardait la tête basse, comme si elle avait été subitement bien lourde pour lui et occupée par trop d'idées douloureuses. Il m'a quitté près de la fontaine de l'Urbï et a disparu dans la ruelle qui mène à la rivière.

J'avais mon idée, que j'avais roulée dans mes pensées au cours de ma nuit pleine de soubresauts : il fallait que je parle à Orschwir, le Maire. Il fallait que je le voie, qu'il me dise ce qu'ils attendaient tous de moi. J'en étais presque à me demander si j'avais bien compris les mots de Göbbler, si je n'avais pas rêvé sa présence sur le banc, et si la scène de la veille à l'auberge, cette tenaille des corps autour de moi, cet étau de visages, cette demande et cette promesse n'étaient pas faits de la même matière que celle qui composait certains de mes songes bizarres.

La maison d'Orschwir est la seule qui s'adosse vraiment à la forêt. C'est aussi la plus grosse de notre village. Elle donne une impression d'aisance et de force alors qu'elle n'est rien d'autre qu'une ferme, une grande ferme, ancienne, prospère, ventrue, aux immenses toits et aux murs où se mêlent dans un damier irrégulier le granit et le grès, mais les gens la considèrent un peu comme un château. Je suis certain d'ailleurs qu'Orschwir lui-même se prend parfois pour un châtelain. Ce n'est pas un mauvais homme bien qu'il soit aussi laid qu'un régiment barbare au grand complet. On raconte que c'est sa laideur, étrangement, qui lui assurait jadis ses conquêtes lorsqu'il avait l'âge de courir les bals. Les gens parlent beaucoup et si souvent pour ne rien dire. Ce qui est sûr, c'est qu'Orschwir a fini par épouser le parti le plus riche des alentours, Ilde Popenheimer, dont le père possédait cinq scieries et trois moulins. En plus de cet héritage, elle lui a donné deux fils : le portrait craché de leur père.

Cette ressemblance, ce n'était pas grave. Je parle au passé parce que de toute façon ils sont morts. Au tout début de la guerre. Leurs noms sont gravés sur le monument que le village a fait construire, entre l'église et le cimetière, et qui représente une femme enveloppée dans de grands voiles, à genoux sur le sol, et dont on ne sait pas trop si elle prie ou si elle rumine une vengeance : *Günter et Gehrart Orschwir*, vingt et un ans et dix-neuf ans. Mon nom aussi était sur le monument, mais comme je suis revenu, Baerensbourg le cantonnier l'a effacé. Il a eu beaucoup de mal. C'est toujours très délicat de supprimer ce qui est inscrit dans la pierre. Sur le monument, j'arrive

ainsi encore à lire mon prénom. Cela me fait
sourire, mais donne des frissons à Emélia. Elle
n'aime pas passer devant.

On murmure que c'est grâce à la mort de ses
fils qu'Orschwir est devenu Maire. Pourtant, la
mort des deux gamins n'avait rien d'héroïque. Ils
se sont tués dans le poste de guet en jouant
comme des enfants avec une grenade. C'est vrai
au fond que c'étaient encore de grands enfants, et
qui ont cru que la guerre tout soudain les faisait
devenir des hommes. On a entendu l'explosion
jusqu'au village. C'était la première. On a tous
couru vers le petit poste d'observation qu'on
avait construit sur la route de la frontière, au
beau milieu de la pâture Schönbehe, sur sa partie
la plus élevée qui forme un monticule abrité par
une grande roche rousse ornée de lichens couleur de jade. Il ne restait plus rien, ni de la gué-
rite, ni des gamins. L'un pressait son ventre à
deux mains en essayant de retenir ses boyaux.
La tête de l'autre était tranchée net et nous regardait fixement. On les enterra le surlendemain,
dans des draps de lin blanc et des cercueils de
chêne que Fixheim le menuisier avait assemblés
avec soin. Ce furent là nos premiers morts. Le
curé Peiper, qui à l'époque ne buvait encore que
de l'eau, fit un sermon où il était question du
hasard et de la délivrance. Peu d'entre nous le
comprirent mais les gens aimaient bien les mots
qu'il choisissait, le plus souvent des mots rares
ou très vieux, et qu'il faisait rouler longtemps

40

entre les piliers, les voûtes, les fumées d'encens, les douces lumières des cierges et les vitraux de notre petite église.

Je suis entré dans la cour de la ferme, encore déserte à cette heure. Elle est immense, cette cour. Un vrai pays à elle seule, bordé de beaux tas de fumier. L'entrée est surmontée d'une grande poterne en bois tourné, peinte en rouge vif, avec des motifs sculptés de feuilles de châtaignier au milieu desquels on peut lire « *Böden und Herz geliecht* », ce qui signifie à peu près « Ventre et cœur unis ».

Je me suis souvent interrogé sur le sens de cette phrase. On m'a dit que c'était le grand-père d'Orschwir qui l'avait fait graver. Lorsque je dis « on m'a dit », c'est en fait Diodème, l'instituteur, qui m'en avait parlé. Il était plus âgé que moi, mais nous nous entendions comme deux camarades. Il aimait à m'accompagner dans mes relevés quand il en avait le temps, et je prenais plaisir à bavarder avec lui car c'était un homme peu ordinaire, qui avait souvent, pas toujours mais souvent, de la sagesse, qui connaissait beaucoup de choses, sans doute beaucoup plus encore qu'il ne l'avouait, savait parfaitement lire, écrire et compter, et c'était d'ailleurs pour cela que le précédent Maire avait fait de lui l'instituteur, bien qu'il ne fût pas du village, bien qu'il fût venu d'un autre village, à quatre heures de marche, plus au sud.

Diodème est mort voilà trois semaines, dans

41

des circonstances tellement étranges et mal définies que cela m'a encore davantage alerté à propos de tous les petits signes que je perçois autour de moi, et qui font couver la peur tout doucement dans mon cerveau, que dès le lendemain de sa mort, j'ai entrepris ce récit, en marge du *Rapport* que les autres m'avaient demandé de rédiger. J'écris les deux à la fois.

Diodème passait la plupart de ses heures de liberté dans les archives du village. Je voyais parfois sa fenêtre éclairée très tard dans la nuit. Il vivait seul, au-dessus de l'école, dans un logement exigu, inconfortable et poussiéreux. Les livres, les documents et les registres des temps anciens étaient tout son mobilier. «Ce que je voudrais, c'est comprendre, m'avait-il avoué un jour. On ne comprend jamais rien, ou très peu de choses, avait-il poursuivi. Les hommes vivent un peu comme les aveugles, et généralement, ça leur suffit. Je dirais même que c'est ce qu'ils recherchent, éviter les maux de tête et les vertiges, se remplir l'estomac, dormir, venir entre les cuisses de leur femme quand leur sang devient trop chaud, faire la guerre parce qu'on leur dit de la faire, et puis mourir sans trop savoir ce qui les attend après, mais en espérant tout de même que quelque chose les attend. Moi, depuis tout petit, j'aime les questions, et les chemins qui mènent à leurs réponses. Parfois d'ailleurs, je finis par ne connaître que le chemin, mais ce n'est pas si grave : j'ai déjà avancé. »

C'est peut-être à cause de cela qu'il est mort, Diodème, à force de vouloir tout comprendre et de mettre des mots et des explications sur ce qui n'est pas explicable et qu'on devrait toujours ignorer. À l'époque, je n'avais pas su trop quoi lui dire. J'avais souri, je crois. Un sourire, ça ne mange pas de pain.

Mais c'était une autre fois, par une après-midi de printemps, que nous avions parlé d'Orschwir, de sa poterne et de la phrase. C'était avant la guerre. Poupchette n'était pas encore née. Avec Diodème, nous étions assis sur l'herbe rase des chaumes du Bourenkopf, au point de passage vers la vallée de la Doura et, par-delà, la frontière. Avant de redescendre, nous nous reposions un peu, près du calvaire qui représente Jésus avec un curieux visage que l'on dirait nègre ou moghol. C'était la fin du jour. De là où nous étions, nous pouvions apercevoir tout le village et le tenir dans le creux d'une seule de nos mains. On aurait cru des maisonnettes sorties d'un jouet d'enfant. Un beau soleil couchant achevait de dorer les toits qu'une jeune pluie venait juste de faire luire. Tout cela fumait et avec la distance, les panaches lents et mollassons se mêlaient aux tremblements de l'air qui brouillaient l'horizon et le faisaient paraître presque vivant.

Diodème avait sorti des morceaux de papier de sa poche, et venait de me lire les dernières pages du roman qu'il était en train d'écrire. C'était sa manie à Diodème, les romans. Il en écrivait au bas mot un par an, sur des feuilles froissées, des morceaux d'emballage, des étiquettes, qu'il gardait pour lui sans jamais les montrer à personne. J'étais le seul à qui il en lisait des passages de temps à autre. Il lisait, mais il n'attendait rien de moi. Il ne me demandait pas mon avis ni ce que j'en pensais. Tant mieux. J'aurais été incapable de le lui donner. C'était toujours un peu les mêmes histoires, compliquées, avec des phrases tortueuses qui n'en finissaient pas et qui parlaient de complots, de trésors enfouis dans des trous profonds et de jeunes filles retenues prisonnières. J'aimais bien Diodème. J'aimais aussi beaucoup sa voix. Elle me faisait somnoler et me donnait chaud. Je regardais le paysage et j'entendais sa musique. C'étaient de bons moments.

Je n'ai jamais su l'âge de Diodème. Parfois, je le trouvais très vieux. D'autres fois, je me persuadais qu'il n'avait que quelques années de plus que moi. Il avait un fier visage. Son profil était celui d'une médaille romaine ou grecque. Et ses cheveux très noirs et bouclés, qui venaient légèrement sur ses épaules, me faisaient songer à ces héros des temps perdus, de ceux qui sommeillent dans les tragédies, les épopées, et qu'un sortilège suffit parfois à réveiller ou à faire définitivement périr. Ou bien encore à un de ces bergers de l'Antiquité qui sont le plus souvent, comme on le sait, des dieux déguisés venus visiter les hommes pour les séduire, les guider ou les perdre.

« *Böden und Herz geliecht*, une drôle de

44

devise…, avait conclu Diodème en mâchouillant un brin d'herbe tandis que le soir tombait peu à peu sur nos épaules. Je me demande où le vieux avait trouvé ça, dans sa tête ou dans un livre. On trouve parfois tellement de choses bizarres dans les livres. »

V

Orschwir était assis au bout de la table de sa cuisine – une table de quatre mètres, tranchée net dans le fût d'un chêne plusieurs fois centenaire, de ceux qui poussent au cœur de la forêt du Tannäringen et qui ressemblent à des seigneurs. Une jeune servante se tenait à ses côtés. Je ne la connaissais pas. Elle devait avoir seize ans au plus. Elle avait un beau visage rond, comme celui de la Vierge sur certaines peintures très anciennes, et pâle aussi malgré le rose aux joues qui lui donnait des allures de pivoine. Elle bougeait si peu qu'on aurait pu la prendre pour un mannequin de couturière ou une poupée d'une taille singulière. J'appris plus tard qu'elle était aveugle, ce qui était étrange car ses yeux, quoiqu'un peu trop fixes, paraissaient voir tout ce qui l'entourait et elle semblait se déplacer aisément, ne se cognant jamais ni aux meubles, ni aux murs, ni aux autres. C'était une lointaine cousine que les Orschwir avaient recueillie. Elle venait

46

du pays de Nehsaxen. Ses parents étaient morts, leur maison détruite et leurs terres confisquées. Les gens l'appelèrent *Die Keinauge*, la « Sans regard ».

Orschwir la chassa d'un sifflement. Elle s'éloigna sans bruit. Puis il me fit signe de m'approcher et de m'asseoir. Le matin le rendait un peu moins laid qu'à l'ordinaire, comme si le sommeil lui avait tiré la peau et gommé toutes les imperfections. Il était encore en caleçon. Une ceinture de cuir attendait autour de sa taille le pantalon qui allait avec. Il avait jeté un paletot en poil de chèvre sur ses épaules et portait déjà sa toque en loutre. Devant lui, une grande assiette remplie d'œufs et de lard fumait tout doucement. Orschwir mangeait avec lenteur en se taillant de temps à autre des morceaux de pain bis.

Il me versa un verre de vin, me regarda, sans manifester la moindre surprise et dit simplement : « Alors, comment ça va ? » Puis sans attendre ma réponse, il coupa avec application en morceaux réguliers la dernière tranche de lard, une tranche épaisse dont le gras rendu presque translucide par la cuisson coulait dans l'assiette comme des larmes sur le corps d'une bougie. Je le regardais faire, ou plutôt, je regardais son couteau, ce couteau qui lui servait le plus naturellement du monde ce matin-là à se nourrir et qui la veille au soir s'était sans doute planté à plusieurs reprises dans le corps de l'*Anderer*.

J'ai toujours eu un peu de mal à parler et à dire

47

le fond de ma pensée. Je préfère écrire. Il me semble alors que les mots deviennent très dociles, à venir me manger dans la main comme des petits oiseaux, et j'en fais presque ce que j'en veux, tandis que lorsque j'essaie de les assembler dans l'air, ils se dérobent. Et la guerre n'a rien arrangé. Elle m'a rendu encore plus silencieux. J'ai vu dans le camp comment on pouvait utiliser les mots et ce qu'on pouvait leur demander. D'ailleurs, auparavant, je lisais encore des livres, surtout des livres de poésie. C'était le Pr Nösel qui m'avait donné ce goût du temps de mes études à la Capitale et il m'était resté comme un tic agréable. Je n'oubliais jamais d'emporter dans ma poche un recueil lorsque je partais faire mes relevés, et souvent tandis qu'autour de moi se dressait le grand spectacle des montagnes, de l'épaulement des forêts et du damier des pâtures, tandis que le ciel au-dessus de tout cela paraissait veiller et se satisfaire de son infini étirement, je lisais à haute voix des vers, et les relisais lorsque je sentais qu'ils faisaient naître en moi une sorte de bourdonnement agréable, comme un écho à des choses confuses que j'avais au plus profond de moi-même mais que je ne parvenais pas à exprimer.

Lorsque je suis revenu du camp, j'ai mis tous les livres de poésie dans le poêle et je les ai brûlés. J'ai regardé les flammes tordre tous les mots, puis les phrases, puis les pages. La fumée qui montait des poèmes en feu n'était pas meilleure ni plus noble, ni plus gracieuse qu'une autre fumée. Elle n'avait rien de particulier. J'ai appris plus tard que Nösel avait été arrêté au cours des premières rafles, comme nombre de professeurs et d'hommes dont le métier était de connaître le monde et de l'expliquer. Il est mort peu de temps après dans un camp semblable au mien, un camp pareil à des centaines d'autres camps qui avaient poussé un peu partout au-delà de la frontière, comme des fleurs vénéneuses. La poésie ne lui avait été d'aucune utilité pour survivre. Peut-être avait-elle même précipité son agonie. Les milliers de vers, en latin, en grec et en d'autres langues, qu'il gardait dans sa mémoire à la façon du plus grand des trésors ne l'avaient aidé à rien. Sans doute n'avait-il pas, à l'inverse de moi, accepté de faire le chien. Oui, c'est sans doute cela. La poésie ne connaît pas les chiens. Elle les ignore.

Orschwir sauça son assiette avec du pain.

« Brodeck, Brodeck... je vois bien que tu n'as pas beaucoup dormi, commença-t-il à me dire, sur un ton doux, un ton de sourd reproche. Moi, vois-tu, voilà longtemps que je n'avais pas aussi bien dormi, oh oui, bien longtemps... C'est avant que je n'arrivais pas à fermer l'œil. Tandis que cette nuit, j'ai eu l'impression d'avoir de nouveau six ou sept ans. J'ai posé ma tête sur l'oreiller et trois secondes plus tard, j'étais dans le sommeil... »

Le jour était maintenant complètement levé et sa lumière blanche entrait dans la cuisine par des rais obliques qui frappaient le sol fait de dalles écarlates. On entendait aussi des bruits de ferme, d'animaux, de valets, de grincements d'essieux, de chocs indéfinissables et de paroles échangées.

« Je veux voir le corps. » J'avais prononcé la phrase sans m'en rendre compte. Elle était venue presque seule et je l'avais laissée aller. Orschwir parut surpris et chagriné. Son visage changea en un instant. Il se ferma comme un coquillage sur lequel on aurait versé trois gouttes de vinaigre. Ses traits redevinrent brutalement d'une grande laideur. Il souleva sa toque, se gratta le haut de la tête, se leva, me tourna le dos, et alla vers une des fenêtres devant laquelle il se campa.

« À quoi cela te servirait-il, Brodeck ? N'as-tu pas eu ton lot de morts à la guerre ? Qu'est-ce qui ressemble le plus à un mort qu'un autre mort, tu peux me le dire ? Tu dois raconter les événements. Tu ne dois rien oublier, mais tu ne dois pas non plus ajouter des détails inutiles qui te feraient dévier de ta route et risqueraient de perdre le lecteur, voire même de l'irriter, car n'oublie pas que tu seras lu, Brodeck, tu seras lu, par des gens qui occupent des postes très importants à S., oui tu seras lu, même si je sens que tu en doutes… »

Orschwir s'était retourné et me contemplait de la tête aux pieds.

« J'ai de la considération pour toi, Brodeck, mais je me dois de te mettre en garde, en tant que Maire, et en tant que… Ne t'éloigne pas du chemin, de grâce, et ne cherche pas ce qui n'existe pas, ou ce qui n'existe plus. »

Il déploya sa grande carcasse et, tout en bâillant, tendit ses bras immenses vers le plafond.

« Viens avec moi, je vais te montrer quelque chose. »

Il me dépassait d'une bonne tête. Nous passâmes de la cuisine à un grand couloir qui serpentait à travers toute la maison. J'avais l'impression qu'on n'en sortirait jamais de ce couloir. Il m'étourdissait et me faisait perdre toute assurance. Je savais la maison d'Orschwir grande mais je ne l'aurais jamais pensée à ce point labyrinthique.

C'était une construction ancienne, maintes fois remaniée, témoignant d'un temps qui ne se préoccupait ni d'alignement ni de logique. Diodème m'avait dit que ses premiers murs avaient plus de quatre siècles, et qu'il avait retrouvé dans les archives un acte qui témoignait que l'Empereur y avait fait une halte, à l'automne 1567, quand il se rendait sur les marches de Carinthie pour y rencontrer le Grand Turc. J'étais derrière Orschwir qui marchait vite et remuait quantité d'air. Je me sentais aspiré par lui, par son odeur faite de cuir, de nuit, de lard frit, de barbe et de peau sale. Nous ne croisions personne. Nous montions parfois quelques marches ou en descendions deux ou trois autres. Je serais bien en peine de dire combien de temps cela a duré, quelques minutes ou quelques heures, tant ce couloir effaçait tous les repères de l'espace et du temps.

51

Enfin Orschwir s'arrêta devant une grosse porte bardée de cuivre verdi et de clous carrés. Il l'ouvrit. Une lumière laiteuse m'éblouit. Il fallut que je demeure un instant dans le noir de mes paupières closes pour revenir ensuite au jour. Et voir.

Nous étions sur l'arrière de la maison, que je n'avais jamais vu, sinon de très loin, quand je marchais sur les hauteurs des crêtes. Je savais que c'était là que se tenaient les bâtiments qui abritaient toute la fortune du Maire, et avant lui la fortune de son père, et du père de son père. Une fortune rose et bruyante qui passait son temps à se vautrer dans la boue. Une fortune couinante qui faisait durant le jour un vacarme de tous les diables.

L'or des Orschwir, c'étaient les porcs. Depuis plusieurs générations, la famille vivait et s'enrichissait sur le gras des cochons. Il n'y avait pas d'autres éleveurs aussi importants à cinquante kilomètres à la ronde. Chaque matin, plusieurs voitures quittaient le domaine emmenant des bêtes tuées ou qui, affolées et chuintantes, s'apprêtaient à l'être, vers les villages, les marchés et les boucheries des environs. C'était un ballet bien réglé que même la guerre n'avait pas réussi à troubler. On mange aussi en temps de guerre. Certains en tout cas.

Lorsque, trois mois après le début de la guerre, après ce grand moment de calme stupéfait où chacun regardait vers l'est, tendait l'oreille pour écouter les bruits de bottes que pouvaient bien faire les *Fratergekeime* qui restaient invisibles – c'est ainsi qu'on appelle ceux qui sont venus répandre ici la mort et la cendre, des hommes qui m'ont fait devenir animal, des hommes qui nous ressemblent, que pour ma part j'ai bien connus puisque je suis allé durant deux années étudier dans leur Capitale, des hommes que pour certains d'entre eux nous fréquentions car ils venaient souvent chez nous, amenés par le commerce et les foires, et parlaient une langue qui est la sœur jumelle de la nôtre et que nous comprenons sans peine –, les postes frontières furent balayés comme des fleurs de papier par le souffle d'un enfant, Orschwir ne fut pas inquiété le moins du monde : il continua à élever ses cochons, à les vendre, à en manger. Sa porte demeura immaculée. Aucun signe obscène n'y fut peint. Ceux qui marchaient dans nos rues en vainqueurs étaient tout de même un peu responsables de la mort couillonne de ses deux fils, mais il leur céda sans état d'âme les plus gras de ses porcs contre des pièces d'argent qu'ils sortaient par poignées de leurs poches après les avoir sans doute volées quelque part.

Dans le premier enclos qu'Orschwir me fit voir, des dizaines de porcelets de quelques semaines jouaient sur de la paille fraîche. Ils se coursaient, se heurtaient, s'agaçaient du groin en poussant de petits cris joyeux. Orschwir leur jeta trois pelletées de grain. Ils se précipitèrent sur la pitance.

Dans l'enclos suivant, des porcs de huit mois allaient et venaient, se bousculaient en se défiant. On sentait entre eux une violence et une agressivité étranges, gratuites, que rien en apparence ne justifiait ni n'expliquait. C'étaient déjà de larges bêtes, épaisses, aux oreilles tombantes, à la gueule féroce et abrutie. Une puanteur âcre prenait le nez. La paille sur laquelle ils se vautraient était souillée de déjections. Des grognements claquaient contre les parois de bois et frappaient les tempes. J'eus envie de sortir très vite.

Plus loin, dans le dernier enclos, somnolaient les porcs adultes. Immenses. Blêmes. À la longe étirée comme une barque. Tous sur le flanc. Tous couchés dans une boue noire, épaisse comme une mélasse, haletants, groins ouverts. Certains nous regardaient avec une grande lassitude. D'autres fouillaient le sol sous eux. On aurait cru des géants changés en bêtes, des créatures condamnées à une effroyable métamorphose.

« Les âges de la vie, murmura Orschwir dont j'avais presque fini par oublier la présence et dont la voix me fit sursauter. Tu as vu l'innocence tout d'abord, ensuite la hargne stupide, et puis ici, la sagesse… » poursuivit-il. Il laissa passer un temps puis reprit d'une voix lente, et très basse. « Mais parfois, Brodeck, la sagesse n'est pas ce qu'on croit. Ceux que tu as devant toi sont des fauves. De vrais fauves, sous leurs

54

allures de baleines terrestres, des fauves sans cœur et sans esprit. Sans mémoire aussi. Il n'y a que leur ventre qui compte, leur ventre, ils ne songent qu'à une chose, tout le temps, c'est de pouvoir le remplir. »

Il s'arrêta et me regarda avec un sourire énigmatique qui tranchait sur sa face barbouillée de gros traits. Des miettes de pain ornaient sa moustache et ses lèvres gardaient encore un peu de la luisance que le gras du lard y avait déposée.

« Ils pourraient manger leurs propres frères, leur propre chair, ça ne les dérangerait pas, ils ne font pas de différence. Ils broient, ils avalent, ils chient, ils recommencent indéfiniment. Ils ne sont jamais rassasiés. Et tout leur est bon. Car ils mangent de tout, Brodeck, sans jamais se poser de questions. De tout... Comprends-tu ce que je dis ? Ils ne laissent rien derrière eux, aucune trace, aucune preuve. Rien. Et ils ne pensent pas Brodeck, eux. Ils ne connaissent pas le remords. Ils vivent. Le passé leur est inconnu. Ne crois-tu pas que ce sont eux qui ont raison ? »

VI

J'essaie de revenir au plus près de ces moments alors que tout ce que je souhaiterais, c'est les oublier, et puis fuir, fuir très loin, avec des jambes légères et un cerveau tout neuf.

J'ai le sentiment que je ne suis pas fait pour ma vie. Je veux dire que ma vie déborde de toute part, qu'elle n'est pas taillée pour un homme comme moi, qu'elle se remplit de trop de choses, de trop d'événements, de trop de misères, de trop de failles. Peut-être est-ce ma faute ? Peut-être est-ce moi qui ne sais pas être un homme ? Qui ne sais pas prendre et laisser, faire le tri. Ou peut-être est-ce la faute de ce siècle dans lequel je vis et qui est comme un gros entonnoir où se déverse le trop-plein des jours, tout ce qui coupe, écorche, écrase et tranche. Ma tête parfois, je la sens sur le point d'exploser, comme une marmite qu'on aurait bourrée de poudre.

Cette fameuse journée, ce lendemain de l'*Ereigniës*, ce n'est pourtant pas si loin. Et malgré tout, elle me file entre les doigts. Je ne me souviens que de certaines scènes et de certains mots, bien précis, bien nets, et qui s'illuminent sur fond de grande nuit. Et je me souviens aussi de ma peur, surtout de ma peur, comme si la peur désormais avait été mon vêtement. Un vêtement que je ne suis toujours pas parvenu à arracher d'ailleurs, bien au contraire, et qui me serre comme s'il se rétrécissait de semaine en semaine. Le plus bizarre, c'est que lorsque je me trouvais au camp, que j'étais devenu *Chien Brodeck*, je n'avais plus peur. La peur n'existait plus là-bas, j'étais très au-delà d'elle. Car la peur appartient encore à la vie. Comme les hyènes tournent autour des charognes, la peur ne peut pas se défaire de la vie. C'est elle qui la nourrit et l'entretient. Mais moi, j'étais aux marges de la vie. J'étais déjà au milieu de la rivière.

En sortant de la ferme d'Orschwir, je crois que j'ai erré dans les rues. Il était encore bien tôt. J'avais toujours devant moi l'image des cochons vautrés sur leurs flancs et qui me regardaient avec leurs yeux glauques. J'essayais de chasser cette vision, mais elle était tenace. Elle plantait en moi des racines que je ne saurais jamais détruire. Ces bêtes, leurs faces énormes, leurs panses gonflées, et leurs yeux, leurs yeux pâlots qui me détaillaient, leur puanteur aussi. Mon Dieu... Tout cela finissait par danser une cabriole dans mon crâne, les porcs, le visage calme et confiant de l'*Anderer*, une sarabande sans musique, avec pour seul violon le calme effroyable d'Orschwir.

Je me suis retrouvé devant le café de la mère Pitz qui est contre le vieux lavoir. Sans doute étais-je parvenu là pour être certain de ne rencontrer personne, tout du moins aucun homme. Seules de vieilles femmes le fréquentent, qui s'y voient à toute heure, mais surtout en fin de journée autour d'une tisane ou de petits verres de marc mêlé de genièvre et d'un peu de sucre – chez nous, on appelle cela des *Liebleich*, des « enjôleurs ».

À vrai dire, ce café, ce n'est pas tout à fait un café. C'est une pièce d'habitation attenante à la cuisine. Il y a trois petites tables recouvertes de napperons brodés, quelques chaises autour d'elles, une cheminée étroite qui tire mal, des plantes vertes dans des pots vernissés, et au mur une photographie très pâle représentant un jeune homme qui sourit à l'objectif en lissant sa moustache avec deux de ses doigts. La mère Pitz a passé les soixante-quinze ans. Elle est courbée en deux, comme pliée à angle droit. Les gamins lorsqu'ils la croisent dans la rue la surnomment *Die Fleckarei* – « l'Équerre ». Et le jeune homme de la photographie est son mari, Augustus Pitz, qui est mort un demi-siècle plus tôt.

Je dois être le seul homme à mettre de temps en temps les pieds chez la mère Pitz. Elle m'aide parfois. C'est pour cela que j'y vais. Elle connaît toutes les plantes du plateau, même les plus rares, et lorsque je ne les trouve pas dans mes livres, je m'en vais lui demander, et nous passons ainsi quelques heures à parler des fleurs et des graminées, des sentiers et des sous-bois, des pâtures mangées par les lèvres des moutons, des chèvres et des vaches et par le vent qui ne s'arrête jamais, tous ces lieux où elle ne peut plus aller depuis bien longtemps déjà.

« On m'a coupé les ailes, Brodeck... Ma vie, c'était là-haut vraiment, sur les hauts chaumes, avec les troupeaux. Ici j'étouffe, l'air est trop bas. On est comme des vers, on se traîne au ras du sol. On boit la poussière, tandis que là-haut... »

Elle possède les plus beaux herbiers que je connaisse. Toute une armoire pleine à craquer de grands livres aux couvertures de carton bistre dans lesquels elle a couché pendant des années les fleurs et les herbes de la montagne. En dessous de chaque spécimen, elle a noté avec son écriture appliquée le lieu de la cueillette, le jour, l'aspect du ciel, le parfum de la plante, ses couleurs exactes, son orientation, et puis, parfois, un petit commentaire qui n'a rien à voir.

« Alors, Brodeck, tu viens encore pour le Grand Livre des Mortes et des Morts ? » – plus exactement, elle dit dans le dialecte *De Buch vo Stiller un Stillie*, ce qui donne un effet moins tragique et plus doux.

C'est comme cela qu'elle m'a accueilli ce fameux jour quand j'ai poussé sa porte à grelots. Je l'ai refermée comme si j'étais suivi, sans doute

avec une mine grise et une rapidité de conspira-
teur, et je suis allé m'asseoir à la table qui est le
plus dans l'angle, qui s'y enfonce comme si elle
voulait y disparaître. Je lui ai demandé quelque
chose de très fort et de très chaud car je trem-
blais comme une vieille crécelle sous le vent de
Pâques. J'étais glacé. Le soleil pourtant avait fini
par gagner le ciel et s'y répandre en maître.

La mère Pitz est bientôt revenue avec une tasse
qui fumait. Elle m'a fait signe de boire. Je lui ai
obéi comme un enfant. J'ai fermé les yeux, j'ai
laissé le breuvage m'envahir. Mon sang s'est
réchauffé, et puis mes mains, et puis ma tête. J'ai
desserré un peu le col de ma veste ainsi que celui
de ma chemise. La mère Pitz me regardait. Les
murs bougeaient doucement comme des feuilles
de peuplier, et les chaises aussi, qui paraissaient
vouloir venir vers eux et les inviter à valser.

« Que t'arrive-t-il Brodeck ? Tu as vu le
diable ? »

Elle tenait mes deux mains dans les siennes et
son visage était très proche du mien. Elle avait de
grands yeux verts, très beaux, avec des paillettes
d'or sur le pourtour de leur iris. Je me souviens
d'avoir pensé que les yeux n'ont pas d'âge, et que
l'on meurt avec ses yeux d'enfant, toujours, ses
yeux qui un jour se sont ouverts sur le monde et
ne l'ont plus lâché.

Elle m'a secoué un peu et a répété sa question.

Que savait-elle et que pouvais-je lui dire ? La
veille au soir, à l'auberge de Schloss, il n'y avait

que des hommes, et c'est avec ces hommes que j'avais conclu un marché. Lorsque j'étais rentré à la maison, je n'avais rien dit à mes femmes et le matin même, j'étais parti avant qu'elles ne se réveillent. Les autres, tous les autres, n'avaient-ils pas fait de même avec leurs épouses, leurs sœurs, leurs mères, leurs enfants ?

Elle continuait à me presser un peu les mains comme pour en faire sortir une vérité. Les mots ont défilé dans ma pensée :

« Rien. Il n'y a rien Mère Pitz, rien de grave, que du naturel : hier soir, les hommes du village ont tué l'*Anderer*. Ça s'est passé à l'auberge de Schloss, très simplement, comme une partie de cartes ou une promesse de vente. Il y avait long-temps que ça couvait. Moi je suis arrivé après, je venais acheter du beurre, je n'étais pas de la tuerie. Je suis simplement chargé du *Rapport*. Je dois expliquer ce qui s'est passé depuis sa venue et pourquoi on ne pouvait que le tuer. C'est tout. »

Les mots n'ont pas dépassé mes lèvres. Ils sont restés à l'intérieur. Ils ne voulaient pas sortir. J'ai essayé pourtant. La vieille s'est levée, est allée dans sa cuisine, en est revenue avec une petite casserole en émail rose. Elle m'a versé le reste du breuvage dans la tasse, m'a fait signe de boire. Et j'ai bu. Les murs se sont remis à tanguer. J'ai eu très chaud. La mère Pitz est de nouveau partie. Et quand elle est revenue cette fois, elle avait dans ses bras un de ses grands livres, un de ses herbiers. Sur la couverture, l'étiquette comportait une mention – *Blüte vo Maï un Heilkraüte vo June* – que je pourrais traduire par «Fleurs de mai et simples de juin». Elle a posé le livre sur la table devant moi, s'est assise à mes côtés, puis l'a ouvert.

«Jette donc tout de même un œil à mes petites *Stillies*, Brodeck, ça te changera les idées.»

Alors, comme s'il avait été attiré par ces mots, j'ai senti l'*Anderer* venir par-dessus mon épaule, ajuster ses lunettes cerclées d'or, comme je l'avais vu faire souvent, puis me sourire de sa bonne face ronde d'enfant trop vite grandi avant de pencher en avant sa grosse tête entourée de favoris frisés et de contempler dans le livre de la mère Pitz les feuilles sèches et les pétales endormis.

J'ai déjà dit qu'il parlait peu. Très peu. Parfois, en le regardant, j'avais songé à quelque figure de saint. C'est très curieux la sainteté. Lorsqu'on la rencontre, on la prend souvent pour autre chose, pour tout autre chose, de l'indifférence, de la moquerie, de la conspiration, de la froideur ou de l'insolence, du mépris peut-être. On se trompe, et alors on s'emporte. On commet le pire. C'est sans doute pour cela que les saints finissent toujours en martyrs.

VII

Il faut que je raconte l'arrivée de l'*Anderer*, chez nous, mais j'ai peur : peur d'agiter des fantômes, et peur des autres. Ceux du village, qui ne sont plus avec moi comme avant. Hier par exemple, Fritz Aschenbach, que je connais depuis plus de vingt ans, n'a pas répondu à mon salut lorsque nous nous sommes croisés dans la montée du Jornetz. Lui revenait de sa coupe de bois, moi j'allais voir si je pouvais encore trouver des chanterelles. Les bras m'en sont tombés. Je me suis arrêté, retourné, je lui ai lancé : « Alors Fritz, on ne dit plus bonjour ? » mais il n'a même pas ralenti l'allure, ne s'est pas retourné, il s'est contenté de lancer un grand crachat sur le côté, c'est tout. Peut-être qu'il était tellement perdu dans ses pensées qu'il ne m'a même pas vu, ni entendu. Mais des pensées de quoi ? Des pensées sur quoi ? Je ne suis pas fou. Je ne deviens pas fou. Il y a eu la mort de Diodème tout de même ! Une mort de plus ! Et c'était une drôle de mort, je le dirai bientôt. Depuis le camp, je sais qu'il y a davantage de loups que d'agneaux.

L'*Anderer* est arrivé à la fin de l'après-midi du 13 mai, cela fera un an au printemps prochain. Un jour tout en douceur et teintes blondes. Le soir venait sur la pointe des pieds, comme pour ne pas gêner. Dans les champs qui entourent le village, et dans les pâtures plus hautes, à perte de vue, on ne voyait que des houles blanches et jaunes. L'herbe jeune disparaissait presque sous le tapis de fleurs de pissenlit. Le vent les balançait, les brossait ou les courbait, selon son humeur, tandis qu'au-dessus d'eux, des nuages pressés filaient en bande vers l'ouest et s'engouffraient dans la trouée du Prätze pour y disparaître tout à fait. Sur les chaumes, quelques pelages de neige résistaient encore aux premières chaleurs qui les lapaient, les amenuisaient de jour en jour, et les change-raient bientôt en des flaques claires et froides.

Il pouvait être cinq heures, cinq heures et demie, lorsque Gunther Beckenfür, qui était occupé à rafistoler le toit de son abri de berger, sur le Revers du Bourenkopf, aperçut sur la route qui vient de la frontière, et sur laquelle depuis la fin de la guerre on ne voit jamais rien, où personne ne va plus, où personne n'aurait l'idée d'aller, jamais, un curieux équipage.

« Ça allait d'un vrai train de lenteur », c'est lui qui me parle, à ma demande, pour que je puisse noter tous les mots qu'il me dit sur un carnet, je dis bien tous les mots. On est chez lui. Il m'a servi

un verre de bière. J'écris. Il mâchouille une cigarette qu'il vient de se rouler, demi-tabac, demi-
lichen, et qui lance dans la pièce une puanteur de
corne brûlée. Dans un coin, il y a son vieux père,
la mère est morte depuis beau temps. Le vieux se
parle tout seul, dans le gargouillis de sa mâchoire
où il ne reste que deux ou trois dents, tout en
secouant continuellement sa frêle tête d'étour-
neau à la façon des angelots à pièces des églises.
Au-dehors la neige s'est mise à tomber. La première neige, celle qui réjouit les enfants et dont la
neuve blancheur aveugle. On la voit venir parfois
près de la fenêtre, en curieuse, comme des centaines d'yeux tournés vers nous, puis repartir
effarouchée à grandes brassées vers la rue.
    « Ça avançait à peine, comme si le bonhomme
charriait à lui seul un lot de bornes en granit. Je
me suis même arrêté pour scruter longuement,
voir si je ne rêvais pas, non je ne rêvais pas, je
voyais bien quelque chose, mais je ne savais pas
encore quoi, des bêtes perdues j'ai pensé dans un
premier temps, ou des gens égarés, ou encore des
vendeurs de je ne sais quoi, parce que maintenant
je me rendais bien compte que c'était un peu
humain tout de même cette affaire-là. J'ai fris-
sonné je m'en souviens, un vrai frisson, et pas de
froid, mais un frisson à repenser à la guerre, à la
route de la guerre, cette putain de chiure de
merde de route qui ne nous avait amené ici que
du malheur et des misères, et lui, cette forme
d'homme avec ses deux bêtes que je ne savais

alors ni vache ni cheval, il était précisément sur cette route. Il ne pouvait venir que de là-bas, que de chez les *Fratergekeime*, ces enfants de couilles sales sortis des ventres pourris de leurs vieilles putains de mères... Tu te souviens de ce qu'ils ont fait à Cathor, ces merdes vertes ? »

Je fis oui de la tête. Cathor, c'était le raccommodeur de faïence. C'était aussi le beau-frère de Beckenfür. Il avait voulu jouer au plus fin avec les *Fratergekeime* quand ils étaient arrivés au village, et il avait perdu. J'en reparlerai peut-être.

« J'étais tellement intrigué que j'ai posé mes lauzes et ma pique. Je me suis frotté les yeux, je les ai plissés, j'ai essayé de voir le plus au loin. C'était comme une apparition d'une autre époque. J'en suis resté bouche bée. Un vrai personnage de foire, attifé comme on ne fait plus, et trottinant avec ses montures de cirque comme s'il allait à la revue ou sortait d'un théâtre de marionnettes. »

Ici, les chevaux, on les avait tués depuis longtemps, et mangés. Et depuis la fin de la guerre, on n'avait jamais eu l'idée d'en reprendre. On n'en voulait plus. On leur avait préféré les ânes, et les mules. Des bêtes très bêtes, avec rien d'humain en elles et aucun souvenir sur le dos. Et voir quelqu'un arriver à cheval, ça voulait forcément dire qu'il venait de très loin, qu'il ne connaissait rien à notre région, à ce qui s'y était passé, à nos malheurs.

Ce n'est pas tant qu'aller à cheval faisait

vieillot: depuis la guerre, c'est un peu comme si on avait remonté le temps: toute la misère qu'elle a semée a germé comme des graines dans un printemps propice. On a ressorti des granges des outils d'une autre époque, bricolés avec ce qui n'avait pas été détruit ou volé, des carrioles bancales, des charrettes rafistolées. On laboure avec des socs forgés il y a plus d'un siècle. On fane à la force du bras. Tout le monde est revenu en arrière, comme si le temps de l'humanité avait eu un grand hoquet et qu'il avait donné aux hommes un formidable coup de pied au cul pour les faire repartir presque de zéro.

L'apparition trottinait lentement, regardant paraît-il à gauche et à droite en flattant de la main le col de sa monture et en lui parlant souvent, car ses lèvres bougeaient. Le second animal était attaché au premier. C'était un vieil âne, encore solide, aux paturons carrés, qui allait d'un pas assuré, sans faiblesse ni écart alors qu'il avait sur le dos trois grosses malles qui semblaient être très lourdes ainsi que divers sacs qui pendaient sur la droite et sur la gauche, à la façon des bottes d'oignons sur les poutres des cuisines.

« Finalement, il arriva tout de même à ma hauteur. Je le regardais comme si c'était un génie ou le *Teufeleuzeit*, dont le père me parlait quand j'étais tout gamin pour me donner les foies et qu'il me disait vivre dans les terriers de la combe, entre les renards et les taupes, à se nourrir d'enfants perdus et d'oisillons. Il enleva son chapeau, son drôle de chapeau en forme de melon dont on aurait raboté les rondeurs, et me salua avec cérémonie. Puis il commença à descendre de son cheval, une jolie bête au poil net et brillant, qui avait une grâce distinguée. Il se laissa glisser le long de sa panse, en soufflant fort et en se frottant le ventre qu'il avait foutrement rebondi. Lorsqu'il fut à terre, il épousseta son vêtement d'opérette, une sorte de redingote de velours et de drap, avec plein de chichis bizarres et de galons cramoisis. Il avait comme un vrai ballon à la place du visage et une peau très tendue et bien rougie sur les pommettes. L'âne gémit un peu. Le cheval lui répondit en agitant son col et c'est là que ce drôle de gaillard me dit, avec un sourire : "Vous vivez dans un magnifique pays, Monsieur, oui, un magnifique pays..."

« Je me suis dit qu'il se foutait de ma gueule. Ses deux bêtes n'avaient pas bougé, trop polies comme leur maître, elles ne taquinaient même pas des lèvres la belle herbe qu'elles avaient sous leurs têtes ainsi que d'autres auraient fait sans se gêner. Elles se contentaient de se regarder et d'échanger quelques mots de temps à autre, des mots d'animaux. Puis il sortit une breloque, sembla étonné de l'heure, ce qui augmenta son sourire, et me demanda simplement en faisant un signe de tête vers la direction de chez nous : "Il faut que j'arrive avant la nuit..."

« Il ne dit pas le nom de notre village. Il fit juste le signe de tête dans la direction et d'ailleurs il n'attendit même pas ma réponse. Il savait très bien où il allait. Il le savait ! Et c'est vraiment ça qui était le plus bizarre, le fait que ce ne soit pas un homme perdu sur la montagne, mais bel et bien un qui cherchait à venir chez nous, à y venir tout exprès ! »

Beckenfür se tut et siffla cul sec son cinquième verre de bière. Puis il fixa d'un air abruti le plateau de la table sur lequel des encoches et des rayures dessinaient de mystérieuses figures. La neige par-delà les fenêtres tombait désormais très droite et régulière. À ce train, en une nuit il pouvait s'en amasser un mètre sur les toits et dans les rues. Et alors là, nous qui étions déjà sur les marges du monde le deviendrions plus encore. C'est cela souvent qui est terrible : être seul pour certains ne peut conduire qu'à d'étranges ruminations, des échafaudages tortueux et bancals. Et à ce jeu-là, j'en connais beaucoup qui parviennent en quelques soirées d'hiver à se révéler de drôles d'architectes.

VIII

Toujours est-il que ce fameux jour de printemps, l'*Anderer* a parlé tranquillement, sans se défaire de son sourire, puis est remonté sur son cheval, a planté Gunther Beckenfür sans plus de mots, et s'en est allé vers chez nous. Beckenfür l'a regardé encore longtemps, jusqu'à ce qu'il disparaisse derrière les rochers des Kölnke.

Avant d'arriver chez nous, il a dû s'arrêter quelque part. Forcément. J'ai recollé les heures. Il y a un trou entre le moment où Beckenfür l'a perdu de vue et l'instant où il a franchi la porte de la ville, à la brune, sous les yeux de l'aîné des Dörfer qui hésitait à rentrer chez lui parce que son père, une fois de plus saoul comme un chemineau, braillait qu'il allait l'éventrer. Un trou que même le voyage indolent sur le cheval ne peut pas combler. À bien réfléchir, je pense qu'il s'est arrêté près de la rivière, à côté du Baptisterbrücke, là où la route fait un curieux serpentin dans un gazon tendre comme une joue d'enfant.

Je ne vois que cela. La vue est très belle à cet endroit, et pour qui ne connaît pas notre pays, c'est le lieu où le palper comme une étoffe car on y aperçoit les toits du village, on entend sa rumeur et surtout, on s'étonne de la rivière.

La Staubi n'est pas un cours d'eau qui convient au paysage. On s'attendrait à trouver ici une lente coulée qui s'écarte et déborde, s'étale dans les prés tout en s'empêtrant dans des renoncules têtes d'or ainsi que des algues lentes et molles comme des cheveux mouillés. Au lieu de cela, nous avons un torrent impétueux, folâtre, qui miaule, crie, bouscule les graviers, râpe les roches affleurantes, cogne et lance en l'air des écumes et des crachins. Un vrai sauvage de montagne, clair et tranchant comme un cristal et dans lequel on aperçoit les éclairs gris des truites. Un indompté. Été comme hiver, son eau est froide à vous glacer le dedans du crâne, et durant la guerre, au petit matin, on y a trouvé parfois d'autres créatures que des poissons, toutes bleues, l'air encore un peu étonné ou les yeux bien clos, comme si on les avait endormies par surprise et bordées dans de jolis draps liquides.

Pour avoir parlé des choses avec lui, je suis certain que l'*Anderer* a pris le temps d'observer notre rivière. Staubi, c'est un drôle de nom. Il ne veut rien dire, même dans le dialecte. On ne sait pas d'où il vient. Et même Diodème dans tous les papiers qu'il a pu lire et remuer n'a jamais trouvé son origine ni son sens. C'est très bizarre les noms. Parfois on ne connaît rien d'eux et on les dit sans cesse. C'est un peu comme les êtres au fond, ceux justement que l'on croise durant des années, mais qu'on ne connaît jamais, et qui se révèlent un jour, sous nos yeux, comme jamais on ne les aurait crus capables d'être.

Je ne sais pas ce qu'a pu songer l'*Anderer* en voyant pour la première fois nos toits et nos cheminées. Il était arrivé. Il avait fini son voyage. Il venait là et nulle part ailleurs. Beckenfür l'a pensé et bien compris et nous tous plus tard comme lui. Il n'y avait pas d'erreur. L'*Anderer* venait ici, aucun doute, de son plein gré, en ayant préparé son aventure, en ayant tout emporté pour, et pas sur un coup de tête ou une lubie de fortune.

Même l'heure d'arrivée, il avait dû la calculer. Une heure rasante, durant laquelle la lumière soulève les choses, les montagnes qui gardent la combe, les forêts, les pâtures, les murs et les pignons, les haies vives et les voix, les rend plus belles et davantage majestueuses. Une heure qui n'est pas de pleine clarté, qui suffit à donner à tout événement une patine singulière, et à l'arrivée d'un étranger un net retentissement dans un village de quatre cents âmes bien occupées déjà à se fouiller le cerveau en des temps ordinaires. Mais à l'inverse une heure qui, par le fait qu'elle est encore accrochée au jour mourant, suscite la curiosité et pas encore la peur. La peur, c'est pour plus tard, lorsque les volets sont rabattus sur les fenêtres closes, que la dernière bûche est glissée sous la cendre, et qu'au plus profond des maisons le silence étend son royaume.

J'ai froid. J'ai le bout des doigts qui devient comme de la pierre, lisse et raide. Je suis dans la resserre de la maison, au milieu des planches abandonnées, des pots, des semences, des cordeaux de ficelle, des chaises à rempailler, de tout un bric-à-brac à demi croulant. Ici s'entasse l'écume de la vie. Et moi je suis là. J'y suis venu de moi-même. J'ai besoin de m'isoler pour tenter de mettre de l'ordre dans cette terrible histoire.

Nous sommes dans la maison depuis un peu moins de dix ans. Nous avons quitté la cabane pour y venir, lorsque j'ai pu l'acheter avec l'argent économisé sur mes appointements et sur la vente des broderies d'Emélia. Maître Knopf m'a serré les deux mains, avec vigueur, quand j'ai signé de mon nom l'acte de vente : « Te voilà désormais vraiment chez toi, Brodeck. N'oublie jamais qu'une maison, c'est comme un pays. » Puis il avait sorti des verres, et nous avions trinqué, lui et moi, car le vendeur avait refusé celui que le notaire lui avait tendu – il s'appelait Rudolf Sachs, portait monocle et gants blancs, était venu de S. tout exprès, et nous avait regardés de très haut comme s'il vivait sur un nuage blanc et nous dans le purin. La maison avait appartenu à un de ses grands-oncles qu'il n'avait d'ailleurs jamais connu.

La cabane, c'était celle qu'on nous avait donnée

quand nous étions arrivés, Fédorine, sa charrette et moi, il y a maintenant plus de trente ans. Nous venions du bout du monde. Notre voyage avait duré des semaines, comme un rêve qui ne se terminait jamais. Nous avions traversé des frontières, des fleuves, des paysages, des cols, des villes, des ponts, des langues, des peuples, des forêts et des champs. J'étais sur la charrette comme un petit souverain, blotti contre les ballots et le ventre du lapin qui gardait toujours son regard de velours sur moi. Fédorine chaque jour me nourrissait de pain, de pommes et de lard, qu'elle tirait de grands sacs en toile bleue, et aussi de mots, des mots qu'elle glissait dans mon oreille et que je devais ressortir par ma bouche.

Et puis un jour, nous sommes arrivés dans ce village qui est devenu notre village. Fédorine a arrêté sa charrette devant l'église et m'a fait me dégourdir les jambes. C'était un temps où personne encore n'avait peur des étrangers même lorsqu'ils étaient les plus pauvres des pauvres. On nous a entourés. Des femmes sont venues nous apporter de quoi manger et de quoi boire. Je me souviens aussi du visage des hommes qui ont tiré la charrette et l'ont menée vers la cabane, ne voulant plus que Fédorine fasse le moindre effort. Puis il y eut le curé Peiper, qui était jeune alors et plein d'entrain, qui croyait encore à ce qu'il disait, et puis le Maire, un vieil homme à grandes moustaches blanches et catogan, du nom de Sibelius Craspach, qui avait été jadis officier de

74

santé dans les armées impériales. On nous a installés dans la cabane en nous faisant comprendre que nous pouvions y rester une nuit ou des années. Il y avait un grand poêle noir, un lit en sapin, une armoire, une table, trois chaises, ainsi qu'une autre pièce vide. Les murs de bois avaient une douce et chaude couleur de miel. Il y faisait chaud. La nuit, on entendait parfois le murmure du vent dans les hautes branches des sapins tout proches et le craquement du bois caressé par le souffle du poêle. Je m'y endormais en pensant aux écureuils, aux blaireaux et aux grives. C'était un paradis.

Ici, dans la resserre, je suis seul. Ce n'est pas un endroit de femmes, jeunes ou vieilles. Le soir, les bougies y lancent leurs ombres fantastiques. Les poutres jouent une musique sèche. J'ai l'impression d'être très loin. J'ai l'impression, peut-être fausse, qu'ici rien ne peut me déranger ni m'atteindre, que je suis à l'abri de tout et de tous, alors même que je suis au cœur du village et que tout autour, il y a les autres, qui n'ignorent rien de moi, de mes respirations et de mes faits et gestes.

J'ai posé la machine sur la table de Diodème. Après sa mort, Orschwir a fait tout jeter et brûler, les habits, les quelques meubles, les romans, sous prétexte qu'il fallait faire place nette pour accueillir le nouvel instituteur. C'est Johann Lülli qui a remplacé Diodème. C'est un enfant du pays. Il a une jambe plus courte que l'autre, et une jolie femme à qui il a fait trois enfants dont le dernier est encore dans les langes. Lülli n'est pas très savant mais pas idiot non plus. Il faisait auparavant des écritures à la mairie, et maintenant, il fait ânonner les enfants, après avoir tracé sur le tableau des lettres et des chiffres. Lui aussi était là le soir de l'*Ereigniës*. J'ai aperçu parmi toutes ces têtes qui me regardaient sa tignasse rousse et ses larges épaules carrées qui font croire qu'il a toujours oublié d'enlever le cintre avant d'enfiler sa veste.

La table de Diodème, je n'en avais pas vraiment besoin, mais j'avais envie de garder quelque chose de lui, quelque chose qu'il avait touché, qui lui avait servi. Sa table lui ressemble. Deux beaux panneaux de noyer ciré, collés bord à bord sur quatre pieds simples, sans chichis ni ornements. Un grand tiroir fermé à clé, mais je n'ai pas la clé. Je n'ai pas eu non plus la curiosité de le forcer, pour voir s'il contenait quelque chose. Quand je secoue un peu la table, aucun son n'en provient. Il m'a tout l'air d'être vide.

IX

Je suis face au mur du fond de la resserre. La machine est devant moi. Il fait très froid. Il n'y a pas que mes doigts qui sont comme des pierres, il y a mon nez aussi. Je ne le sens plus.

Lorsque je cherche mes mots et que je lève les yeux, je rencontre le mur, et alors je me dis que je n'aurais peut-être pas dû mettre la table contre lui. Il a trop de personnalité. Il est trop présent. Il me parle du camp. J'ai rencontré là-bas un mur pareil au mien.

Lorsque l'on arrivait au camp, on passait tous à la *Büxte* – la « boîte ». C'est ainsi que les gardes appelaient l'endroit, une petite cage de pierre d'un mètre cinquante sur un mètre cinquante, dans laquelle on ne pouvait ni se tenir debout, ni se coucher.

Ils nous sortaient des convois à coups de trique, dans les hurlements. On devait ensuite en courant rejoindre le camp. Trois kilomètres de mauvais chemin, sous les cris, les aboiements des chiens, leurs morsures parfois. Ceux qui tombaient étaient achevés sur place, à coups de bâton. Nous étions faibles, nous n'avions rien mangé depuis six jours, et presque rien bu. Nos corps étaient ankylosés. Nos jambes nous portaient mal.

À mes côtés, il y eut ainsi l'étudiant Moshe Kelmar, qui avait été dans le même wagon que moi. Durant six jours nous avions parlé, tandis que nous étouffions entassés dans le grand étau de métal qui avançait à une allure de limace dans une campagne qu'on n'apercevait même pas, que nos gorges devenaient sèches comme des pailles de la fin août, qu'autour de nous la grande masse humaine gémissait et pleurait. Il n'y avait pas d'air, pas de place. Il y avait des vieillards, des jeunes filles, des hommes, des femmes. Il y avait tout près de nous une jeune mère et son enfant de quelques mois. Une très jeune mère et son petit enfant. Je me souviendrai d'eux toute ma vie.

Kelmar parlait la langue de Fédorine, cette langue millénaire qu'elle avait déposée en moi et qui tout soudain et sans effort était remontée à mes lèvres. Il connaissait beaucoup de livres et savait aussi beaucoup de noms de fleurs – même celui de la *pervenche des ravines*, qui est une sorte de fleur légendaire dans notre région –, alors qu'il avait vécu toujours dans la Capitale, c'est-à-dire très loin de chez nous, très loin de la montagne. Il n'avait jamais mis les pieds sur les hauteurs et s'en faisait tout un monde. Il avait des doigts de jeune femme, des cheveux blonds très fins, un visage délicat. Il portait une chemise qui avait été blanche, en beau lin, brodée de torsades sur les plastrons, une chemise que l'on met pour les bals ou pour les rendez-vous d'amour.

Je lui avais demandé des nouvelles de la Capitale, que j'avais connue jadis, du temps de mes études. À l'époque, les gens de notre province passaient la frontière pour s'y rendre. Même si cette ville appartenait au pays des *Fratergekeime*, notre contrée avait durant tellement de décennies été rattachée à elle, sous l'Empire, que nous nous y sentions encore comme chez nous. Kelmar me parla des cafés où se retrouvaient les étudiants pour boire des vins chauds et manger des gâteaux à la cannelle parsemés de grains de sésame, de la promenade Elsi qui longe un joli lac sur lequel en été on invitait des jeunes filles dans des barques et où on patinait l'hiver, de la Grande Bibliothèque de la rue Glockenspiel et ses milliers de livres aux reliures d'or, de la cantine Stüpe où une grosse femme, Fra Gelicke, se donnait pour notre mère et remplissait nos assiettes de louches entières de ragoût et de soupe à la saucisse. Mais à mes questions sur les lieux que j'avais connus et aimés, Kelmar me répondait la plupart du temps qu'il ne les avait pas revus depuis trois années au moins, depuis le jour où lui et tous ceux qu'on avait surnommés les *Fremdër* avaient été cantonnés dans la partie ancienne de la Capitale transformée en ghetto.

Mais dans cette enceinte, il y avait un lieu qu'il avait beaucoup fréquenté et dont il me parla longuement, un endroit qui m'était si cher que le simple fait de l'évoquer de nouveau aujourd'hui fait battre mon cœur un peu plus vite et fait venir un sourire dans mon âme : le petit théâtre Stüpispiel avait une scène minuscule et quatre rangées de fauteuils seulement. Les spectacles qui s'y donnaient étaient sans doute les plus mauvais de la ville, mais l'entrée n'y valait presque rien et durant les jours froids de novembre et de décembre, la petite salle était bien chaude, et douce comme une meule de foin.

Un soir, j'y étais allé en compagnie d'Ulli Rätte, un camarade étudiant, bon vivant, dont le rire continuel semblait être une cascade de pièces de cuivre, et qui en pinçait pour une apprentie comédienne. Celle-ci, un peu ronde et brunette, jouait un rôle mineur dans une farce sans queue ni tête. Je somnolais à demi quand à deux sièges du mien s'est assise une jeune fille. Ses vêtements trop minces pour la saison montraient bien qu'elle venait là pour les mêmes raisons que moi. Elle tremblait un peu. Elle ressemblait à un petit oiseau, mésange fragile et vive. Ses lèvres un peu ouvertes et d'un rose pâle souriaient. Elle souffla sur ses petites mains, se tourna vers moi et me regarda. Une vieille chanson de la montagne dit que lorsque l'amour frappe à la porte, il ne reste que la porte, et que tout le reste disparaît. Nos yeux se sont parlé ainsi pendant plus d'une heure, et lorsque nous sommes sortis du théâtre comme des automates, il a fallu le froid du dehors pour nous tirer de notre songe. Un peu de neige tombait sur nos épaules. J'ai osé lui demander son prénom. Elle me l'a donné et ce fut pour moi le plus précieux des présents. Dans la nuit qui a suivi, je n'ai cessé de le murmurer ce prénom, de le dire et le redire, comme si le répéter ainsi à l'infini allait devant moi faire apparaître comme par magie l'ange aux yeux noisette qui le portait : « Emélia, Emélia, Emélia... »

Kelmar et moi, nous sommes sortis du wagon en même temps. On a couru en protégeant nos têtes avec nos mains. Les gardes hurlaient. Certains parvenaient même à rire en hurlant. On aurait pu croire à une grande comédie, mais il y avait les gémissements et il y avait l'odeur du sang. Kelmar et moi étions essoufflés. Nous n'avions rien mangé depuis six jours, et à peine bu. Nos jambes nous portaient mal. Nos articulations étaient pleines de rouille. Nous courions comme nous pouvions. Ça n'en finissait pas. Le matin commençait à laisser tomber sa lumière pâle sur les prés aux alentours, même si dans le ciel n'apparaissait encore aucun soleil. Nous avons dépassé un grand chêne, tordu, et auquel la foudre avait grillé une partie du feuillage. C'est peu après que Kelmar s'est arrêté. D'un coup.

« Je n'irai pas plus loin, Brodeck. »

Je lui ai répondu qu'il était devenu fou, que les gardes allaient arriver, qu'ils allaient fondre sur lui et le tuer.

« Je n'irai pas plus loin. Je ne pourrai pas vivre avec ce que tu sais... », a-t-il répété.

J'ai essayé de le prendre par la manche, de le tirer malgré lui. Rien n'y a fait. J'ai tiré plus fort. Un morceau de sa chemise m'est resté dans la main. Les gardiens au loin se sont aperçus de quelque chose. Ils ont cessé de parler et ont regardé dans notre direction.

« Viens, viens vite ! » ai-je supplié.

Kelmar s'est assis tranquillement au milieu de la poussière de la route. Il a répété encore « Je n'irai pas plus loin », très doucement, très calmement, comme quelqu'un qui ne fait que dire à haute voix une décision grave qu'il a soupesée longuement dans le silence de ses pensées.

Les gardiens se sont mis à marcher vers nous, de plus en plus vite, et à crier.

« Kelmar..., j'ai murmuré, Kelmar... viens je t'en supplie ! »

Il m'a regardé en souriant.

« Tu penseras à moi, quand tu reviendras dans ton pays, quand tu trouveras la *pervenche des ravines*, tu penseras à l'étudiant Moshe Kelmar. Et puis tu raconteras, tu diras tout. Tu diras le wagon, tu diras aussi ce matin, Brodeck, tu le diras pour moi, tu le diras pour tous les hommes... »

Mes reins se sont enflammés avec violence. Un autre coup de bâton m'a entaillé l'épaule. Les deux gardes étaient là, qui hurlaient et frappaient. Kelmar a fermé les yeux. Un garde m'a poussé, m'a crié de partir. Un nouveau coup a fait éclater mes lèvres. Le sang a coulé dans ma bouche. J'ai recommencé à courir, en pleurant, non parce que j'avais mal, mais en pensant à Kelmar qui avait fait son choix. Les hurlements se sont éloignés. Je me suis retourné. Les deux gardiens s'acharnaient sur l'étudiant. Son corps oscillait de droite à gauche, comme un pauvre pantin dont de mauvais garçons se seraient amusés à rompre toutes les articulations et les mécanismes. Et j'ai cru revivre alors, dans un atroce raccourci, le soir de la *Pürische Nacht* – La Nuit de la Purification.

Je n'ai jamais trouvé la *pervenche des ravines* dans nos montagnes. Pourtant, je l'ai vue dans un livre, un livre précieux : c'est une fleur pas très haute, à la tige fine et dont les pétales d'un bleu profond paraissent soudés à ne jamais vraiment vouloir s'ouvrir. Mais peut-être qu'il n'en pousse plus désormais. Peut-être que la nature a décidé de la retirer à jamais du grand catalogue, et de priver les hommes de sa beauté, de les en priver parce qu'ils ne la méritaient plus.

Au bout du chemin et au bout de ma course, il y avait l'entrée du camp : un grand portail en fer forgé, joliment ouvragé, comme le portail d'un parc de loisirs ou d'un jardin d'agrément. De part et d'autre se dressaient deux guérites peintes de rose et de vert pimpant dans lesquelles des gardes se tenaient droits et raides, et au-dessus du portail, il y avait un gros crochet, brillant, semblable à un crochet de boucherie auquel on suspend des bœufs entiers. Un homme s'y balançait, mains liées dans le dos, une corde au cou, les yeux grands ouverts et sortis des orbites, la langue épaisse, gonflée, tendue hors des lèvres, un pauvre gars qui nous ressemblait comme un frère et dont le maigre poitrail s'ornait d'une pancarte sur laquelle était écrit, dans leur langue, la langue des *Fratergekeime* qui avait été jadis le double de notre dialecte, sa sœur jumelle, « *Ich bin nichts* » – « Je ne suis rien ». Le vent le faisait bouger un peu. Trois corneilles patientaient non loin de lui, guettant ses yeux comme des friandises.

Tous les jours, un homme était ainsi pendu à l'entrée du camp. Chacun le matin en se réveillant se disait que ce serait peut-être son tour. Les gardes nous sortaient des cabanes où nous nous entassions à même le sol pour la nuit, nous faisaient mettre en rang, et nous attendions, ainsi, debout, longtemps, quel que soit le temps, nous attendions qu'ils choisissent l'un d'entre nous, la victime du jour. Parfois, c'était décidé en trois secondes. D'autres fois, ils nous jouaient aux dés ou aux cartes. Et nous devions attendre debout près d'eux, en rangs parfaits, immobiles. Les parties s'éternisaient et, au bout du compte, le vainqueur avait le privilège de faire son choix.

Il passait dans les rangs. Nous retenions notre souffle. Chacun tentait de se rendre le plus insignifiant possible. Le garde prenait son temps. Puis il finissait par s'arrêter devant un prisonnier, le touchait du bout de son bâton et disait simplement «*Du*». Nous autres, tous les autres, au fond de nous, on sentait naître une joie folle, un bonheur laid et qui ne durerait que jusqu'au lendemain, jusqu'à la nouvelle cérémonie, mais qui permettrait de tenir, de tenir encore.

Le «*Du*» partait avec les gardes. Il allait jusqu'au portail. On le faisait monter jusqu'au crochet. On lui faisait dépendre le pendu de la veille et ensuite le descendre sur son dos, creuser une fosse et l'enterrer. Puis les gardiens lui faisaient enfiler le panneau «*Ich bin nichts*», lui passaient la corde, le faisaient monter en haut de l'escabeau et attendaient que la *Zeilenesseniss* arrive.

Die Zeilenesseniss, c'était la femme du directeur du camp. Elle était jeune et, surtout, elle était d'une inhumaine beauté, faite d'un excès de blondeur et de blancheur. Elle se promenait souvent dans le camp, et nous avions ordre sous peine de mort de ne pas croiser son regard.

La *Zeilenesseniss* ne manquait jamais la pendaison du matin. Elle arrivait lentement, fraîche, les joues encore rosies par l'eau pure, le savon, la crème, et le vent parfois nous apportait son parfum, un parfum de glycine, et je ne peux plus depuis lors sentir cette odeur de glycine sans vomir et sans pleurer. Elle avait des habits propres. Elle était impeccablement coiffée, vêtue, et nous, à quelques mètres, mangés de vermine dans nos haillons qui n'avaient plus ni formes ni couleurs, la peau crasseuse et puante, les crânes rasés et croûteux, avec nos os qui tentaient de nous trouer de toutes parts, nous appartenions à un autre monde que le sien.

Elle ne venait jamais seule. Toujours elle portait dans ses bras son enfant, un nourrisson de quelques mois enrubanné de jolis linges. Elle le berçait calmement, lui parlait à l'oreille, lui fredonnait des airs de comptine, l'une, je m'en souviens, disait « *Welt, Welt von licht/ Manns hanger auf all recht/ Welt Welt von licht/ Ô mein kinder so wet stillecht* » – « Monde, monde de lumière/ La main des hommes sur toutes choses/ Monde Monde de lumière/ Ô mon enfant si doux repose ».

L'enfant était toujours calme. Il ne pleurait pas. Parfois il dormait, mais avec de petits gestes très tendres elle le réveillait et lorsqu'il finissait par ouvrir les yeux, gigoter avec ses petits bras et ses petites cuisses, bâiller au ciel, alors d'un simple geste du menton, elle signifiait aux gardiens que la cérémonie pouvait commencer. L'un d'entre eux lançait un grand coup de pied dans l'escabeau et le corps du « *Du* » chutait, vite retenu par la corde. La *Zeilenesseniss* le regardait quelques minutes, et sur ses lèvres venait alors un sourire. Elle ne perdait rien des tressautements, des bruits de gorge, des pieds lancés dans le vide à la recherche du sol, des bruits goitreux des intestins qui se vidaient, de l'immobilité enfin, du grand silence. Elle posait alors un long baiser sur le front de son enfant, qui parfois pleurait un peu, moins de peur sans doute que parce qu'il avait faim et réclamait sa tétée, et s'en allait calmement. Les trois corneilles prenaient leurs places. Je ne sais pas si c'étaient les mêmes chaque jour. Elles se ressemblaient tant. Les gardiens aussi se ressemblaient tous, mais eux ne mangeaient pas les yeux, ils se contentaient de nos vies. Comme elle. Comme la femme du directeur. Celle qu'entre nous nous avions surnommée la *Zeilenesseniss*. *Die Zeilenesseniss* : « la Mangeuse d'âmes ».

Par la suite, j'ai souvent pensé à cet enfant, à son enfant. Est-il mort comme elle ? Est-il en vie ? S'il est vivant, il doit avoir l'âge de ma petite Poupchette. Comment est-il donc ce petit qui durant des mois a été chaque matin nourri du lait tiède des seins de sa mère et du spectacle de centaines d'hommes pendus ? Quels sont ses rêves ? Ses mots ? Sourit-il encore ? Est-il devenu fou ? A-t-il tout oublié ou bien ressasse-t-il dans son jeune cerveau les mouvements saccadés des corps qui s'approchaient de la mort, les plaintes étranglées, les pleurs qui coulaient sur les joues grises et creuses ? Les cris aigres des oiseaux ?

Les premiers jours au camp, dans la *Büxte*, j'ai parlé sans cesse à Kelmar, comme s'il était encore vivant. La *Büxte*, c'était un cachot sans fenêtre. Le jour venait par-dessous la grosse porte bardée de ferrures. J'ouvrais les yeux, je voyais le mur face à moi. Je fermais les yeux, je voyais Kelmar, et dans son dos, plus loin, beaucoup plus loin, Emélia, ses épaules douces et menues, et plus loin encore Fédorine, qui pleurait en secouant doucement la tête.

Je ne sais pas combien de temps je suis resté dans la *Büxte*, avec ces trois visages et avec ce mur. Beaucoup de temps sans doute. Des semaines, peut-être des mois. Mais de toute façon, là-bas, au camp, les jours, les semaines, les mois, cela ne signifiait rien. Le temps ne comptait pas.

Le temps, ça n'existait plus.

X

Je suis toujours dans la resserre. J'ai du mal à me calmer. Il y a une demi-heure à peu près, j'ai cru entendre un drôle de bruit près de la porte, une sorte de frottement. J'ai arrêté de taper sur la machine, tendu l'oreille. Rien. Le bruit s'était arrêté. J'ai retenu mon souffle pendant long-temps. J'étais certain pourtant d'avoir entendu quelque chose. Je n'avais pas rêvé, le bruit a repris un peu plus tard, mais ce n'était plus près de la porte, c'était le long du mur, le bruit se déplaçait lentement, très lentement, comme s'il rampait. J'ai soufflé la chandelle, j'ai retiré la feuille de la machine, l'ai plaquée sous ma che-mise, et je me suis blotti dans un angle, près d'un vieux cageot rempli de choux et de navets, derrière des outils. Le bruit n'avait pas cessé, et il avançait toujours avec lenteur, glissant le long des parois de la resserre.

Cela a duré longtemps. Le bruit parfois s'arrê-tait, puis reprenait. Il faisait le tour de la resserre, à son rythme d'une extrême lenteur. À l'entendre ainsi tourner autour de moi, j'avais le sentiment d'être pris dans un étau invisible et qu'une main tout aussi invisible se refermait peu à peu.

Le bruit avait fait un tour complet. Il était de nouveau derrière la porte. Je vis la clenche de métal bouger, s'incliner vers le bas, dans le plus grand silence. Je me suis souvenu de tous les contes que Fédorine a dans sa mémoire, où des objets parlent, où des châteaux en une nuit traversent des plaines et des montagnes, où des reines dorment durant mille ans, où des arbres se muent en seigneurs, où leurs racines se dressent, enlacent des gorges et les étouffent et où certaines sources peuvent guérir les blessures et les immenses chagrins.

La porte s'est ouverte, à peine, elle aussi sans bruit. J'ai tenté de me rencogner plus encore, de m'envelopper de noir. Je ne voyais toujours rien. Je n'entendais plus mon cœur. C'était comme s'il s'était arrêté de battre, et qu'il attendait lui aussi que se produise quelque chose. Une main alors a saisi la porte et l'a poussée. La lune passait son museau entre deux nuages. Le corps de Göbbler et sa tête de basse-cour se sont découpés dans l'embrasure, à la façon des silhouettes que les petits vendeurs des rues, dans la Capitale, près du grand marché de l'Albergeplatz, taillaient aux ciseaux dans du papier noirci à la fumée, et qui représentaient des gnomes ou des monstres.

Le vent s'engouffrant par la porte amena des

odeurs de neige gelée. Göbbler s'était immobilisé et fouillait les ténèbres. Je n'avais pas bougé. Je savais que là où j'étais, il ne pouvait pas me voir, moi non plus d'ailleurs, mais je sentais son odeur, une odeur de volaille humide et de poulailler.

« Pas couché, Brodeck ? Tu ne réponds rien ? Je sais pourtant que tu es là, j'ai vu la lueur sous la porte, avant que tu la souffles, et j'ai entendu la machine… »

Sa voix prenait dans l'obscurité des intonations bizarres.

« Je veille, Brodeck… Attention à toi ! »

La porte s'est refermée, et la silhouette de Göbbler a disparu. J'ai encore entendu ses pas durant quelques secondes. J'ai imaginé alors ses grosses bottes de cuir graissé, à la semelle boueuse, qui laissaient sur la fine couche de neige des marques brunes et sales.

Je suis resté encore un long moment sans bouger, dans mon coin. Je respirais le moins que je pouvais et je disais à mon cœur de se calmer. Je lui parlais comme on parle à un animal.

Au-dehors, le vent a soufflé de plus belle. La resserre s'est mise à trembler. J'ai eu froid. Soudain ma peur a fait place à de la colère. Que me voulait-il ce marchand de poules ? Et puis de quoi se mêlait-il ? Étais-je moi à le surveiller ou à épier sa grosse femme ? Et de quel droit entrait-il chez moi, sans frapper, pour me menacer à demi-mot ? Qu'il ait commis le pire avec les autres ne faisait

pas de lui un juge ! C'était bien moi l'innocent parmi eux tous ! C'était moi ! Le seul ! Le seul...
Le seul.

Oui, j'étais le seul.

En me disant ces mots, j'ai compris soudain combien cela sonnait comme un danger, et que, être innocent au milieu des coupables, c'était en somme la même chose que d'être coupable au milieu des innocents. Je me suis demandé aussi pourquoi le fameux soir, le soir de l'*Ereigniës*, tous les hommes du village s'étaient trouvés dans l'auberge de Schloss, au même moment, tous les hommes, sauf moi. Je n'avais jamais songé à cela, avant. Je n'y avais jamais songé parce que jusque-là, très naïvement, je m'étais dit que j'avais eu de la chance de ne pas m'y trouver, sans m'interroger davantage. Mais tous n'avaient pas décidé, comme par hasard à la même heure, d'aller boire un verre de vin ou une chope de bière. Si tous s'y trouvaient, c'était parce qu'ils s'étaient donné rendez-vous. Et de ce rendez-vous, j'avais été exclu. Pourquoi ? Pourquoi donc ?

J'ai tremblé de nouveau. J'étais toujours dans le noir, dans le noir de la resserre et dans le noir de ma question. Et soudain le souvenir du premier jour a dansé dans ma tête à la façon d'une scie dans un bois trop vert. Le premier jour de mon retour. Lorsque je suis revenu du camp après ma longue marche, et que je suis entré dans les rues de notre village.

Tous les visages de ceux que j'ai croisés me sont

alors apparus : tout d'abord à la poterne les deux filles Glacker, la grande qui a une tête de lérot et la petite dont les yeux se noient dans la graisse, puis dans la ruelle des pressoirs, Gott le forgeron avec ses bras couverts de fourrure rousse, la mère Fülltach devant son café à l'angle de la ruelle Unteral, Ketzenwir qui tirait une vache malade près de la fontaine Bieder, Otto Mielk, sa panse entre ses mains, qui parlait avec le forestier Prossa sous l'auvent de la halle, et qui a ouvert si grand la bouche en apercevant mon fantôme que son petit cigare tordu lui est tombé des lèvres, et puis tous les autres qui sont sortis de leurs murs, comme ils l'auraient fait de leurs tombes et qui ont fait cercle autour de moi, sans parler, m'entourant jusqu'à ma maison, et puis surtout tous ceux qui sont entrés dans les leurs de maisons, ont fermé leurs portes prestement comme si je venais avec un plein chargement de malheur ou de haine, de vengeance, et que j'allais répandre tout cela dans l'air, comme des cendres froides.

Avec des couleurs et des pinceaux, je pourrais les peindre, ces faces, si j'avais le talent de l'*Anderer*, et surtout peindre leurs yeux, des yeux dans lesquels, à l'époque, je n'avais lu que de la surprise, mais qu'à présent il me semble mieux connaître, où il y avait en fait un tas de choses, comme dans ces mares que l'été laisse derrière lui dans les tourbières asséchées de la clairière du Trauerprintz, et qui abritent quantité de pourritures mobiles, des gueules minuscules prêtes à déchiqueter tout ce qui ferait entrave à leur destin étroit.

Je venais de quitter le centre de la terre. J'avais eu cette chance, moi, de sortir du *Kazerskwir*, de remonter le long de ses parois, et chaque mètre gagné me semblait être une résurrection.

J'avais pourtant le corps d'un mort. Et dans les endroits où je passais durant mon long chemin, les enfants s'enfuyaient en pleurant comme s'ils avaient vu le diable, tandis que les hommes et les femmes sortaient des maisons, s'approchaient de moi, me touchaient presque, et me tournaient autour.

Parfois, on me donnait du pain, un morceau de fromage, une pomme de terre cuite sous la braise, mais certains me jetaient de petits cailloux, des crachats, des mots sales comme s'ils avaient croisé un malfaisant. Ce n'était rien à côté de ce que j'avais quitté. Je savais que je venais de bien trop loin pour eux, et ce n'était pas une affaire de kilomètres véritables. Je venais d'un pays qui n'existait pas dans leur esprit, un pays qu'aucune carte n'avait jamais mentionné, un pays qu'aucun récit n'avait jamais exprimé, un pays sorti de terre en quelques mois, mais dont les mémoires allaient désormais devoir s'encombrer pendant des siècles.

Comment j'ai pu marcher autant, coudre tous ses sentiers sous mes pieds nus, je ne saurais dire. Peut-être tout simplement parce que, sans le savoir, j'étais déjà mort. Oui, peut-être parce que j'étais mort, comme les autres, comme tous les autres, dans le camp, mais que je ne le savais pas, que je ne voulais pas le savoir, et comme je le refusais, j'étais parvenu à tromper la vigilance de ceux qui gardent les Enfers, les vrais, et qu'à force de voir arriver en ces temps trop de monde à leurs portes, ils m'avaient laissé m'en retourner, se disant qu'après tout, je finirais bien par revenir un jour ou l'autre prendre ma place dans la grande cohorte.

J'ai marché, marché, marché. J'ai marché vers Emélia. J'allais vers elle. Je revenais. Je ne cessais de me dire que je revenais vers elle. Il y avait à l'horizon son visage, sa douceur, son rire, sa peau, sa voix de velours et de rocaille, son accent de l'ailleurs qui donnait à chacun de ses mots une maladresse d'enfant trébuchant sur un caillou, qui manque de tomber, qui reprend son équilibre puis éclate de rire. Il y avait aussi son parfum d'air infini, de mousse et de soleil. Je lui parlais. Je lui disais que je revenais. Emélia. Mon Emélia.

Il faut tout de même que je dise que tous ceux que j'ai croisés durant mon grand chemin ne m'ont pas traité comme un chien errant, un gueux frappé de peste. Il y a eu aussi le vieil homme.

Je suis arrivé un soir dans un bourg curieusement épargné, de l'autre côté de la frontière, chez eux, chez les *Fratergekeime*, et dont toutes les maisons tenaient debout, sans entailles, sans béances, sans toitures arrachées, sans fermes brûlées. L'église, droite et préservée, veillait sur le petit cimetière qui s'étendait à ses pieds entre des potagers bien tenus et une allée de tilleuls. Les commerces n'avaient aucunement été pillés. La mairie était intacte et dans les auges des grandes fontaines, de belles vaches à la robe brune et aux yeux paisibles s'abreuvaient en silence, tandis que le gamin qui les surveillait et les ramenait pour la traite jouait avec une toupie de bois rouge.

Le vieil homme était assis sur un banc adossé à la façade d'une des dernières maisons du village. Il semblait dormir, les deux mains posées sur une canne de houx, la pipe éteinte. Un chapeau de feutre lui mangeait la moitié du visage. Je l'avais déjà dépassé quand je l'entendis m'appeler, avec une voix lente, une voix qui était en somme comme une main fraternelle qu'on pose sur une épaule : « Venez… Venez donc… »

J'ai cru un moment que j'avais rêvé sa voix. « Oui, c'est à vous que je parle, jeune homme ! »

C'était drôle ce nom de *jeune homme* qu'il m'avait donné. J'ai même eu envie de sourire. Mais je ne savais plus sourire. Les muscles de ma bouche, mes lèvres, mes yeux ne savaient plus, et mes dents cassées me faisaient mal.

Je n'étais plus un jeune homme. J'avais vieilli de plusieurs siècles dans le camp. J'avais fait le tour de la question. Mais à mesure que nous autres là-bas faisions ce curieux apprentissage, nos corps s'évaporaient. Moi qui étais parti rond comme une bille, je voyais désormais ma peau épouser mes os. Nous finissions tous par nous ressembler. Nous étions devenus des ombres pareilles les unes aux autres. On pouvait nous confondre, on pouvait en éliminer quelques-unes chaque jour, parce qu'on pouvait en ajouter quelques autres tout aussitôt, et cela ne se voyait pas. Les mêmes silhouettes et les mêmes visages osseux occupaient toujours le camp. Nous n'étions plus nous-mêmes. Nous ne nous appartenions plus. Nous n'étions plus des hommes. Nous n'étions qu'une espèce.

XI

Le vieil homme m'a conduit dans sa maison qui sentait la pierre fraîche et le foin. Il m'a fait poser sur un beau bahut ciré mon baluchon, qui ne contenait à vrai dire pas grand-chose, deux ou trois haillons que j'avais tirés un matin des cendres d'une grange, et un morceau de couverture qui sentait encore le feu.

Dans la première pièce, très basse de plafond, et toute tapissée de sapin, une table ronde avait été préparée, comme si j'avais été attendu. Il y avait deux couverts disposés en vis-à-vis sur une nappe en coton et dans un vase de terre, un bouquet de fleurs des champs, fragiles, émouvantes, qui remuaient au moindre souffle d'air en répandant alors des odeurs qui ressemblaient à des souvenirs de parfums.

À ce moment, j'ai repensé à l'étudiant Kelmar, avec un mélange de tristesse et de joie, mais le vieil homme a posé la main sur mon épaule et d'un petit mouvement de menton m'a fait signe de m'asseoir.

« Vous avez besoin d'un bon repas et d'une bonne nuit. Ma servante avant de partir a préparé un lapin aux herbes et une tarte aux coings. Ils n'attendaient que vous. »

Il est parti dans la cuisine puis est revenu avec un lapin dressé dans un plat en faïence vert, au milieu de carottes, d'oignons rouges, et de branches de thym. Je ne parvenais pas à bouger, ni à dire un mot. Le vieil homme est venu près de moi, m'a servi copieusement, puis m'a coupé une grande tranche de pain blanc. Dans mon verre il a versé une eau limpide. Je ne savais plus trop si je me trouvais vraiment dans cette maison ou dans un de ces nombreux rêves agréables qui venaient me visiter dans la nuit du camp.

Il s'est assis face à moi.

« Permettez-moi de ne pas vous accompagner, à mon âge, on ne mange plus guère, mais commencez je vous prie. »

C'était le premier homme qui, depuis bien longtemps, s'adressait à moi comme si j'étais un homme. Des larmes se sont mises à couler de mes yeux. Mes premières larmes, depuis bien longtemps aussi. J'ai crispé mes mains sur les montants de ma chaise, comme pour ne pas tomber dans le vide. J'ai ouvert la bouche, j'ai essayé de dire quelque chose, mais je n'ai pas pu.

« Ne parlez pas, a-t-il repris, je ne vous

demande rien. Je ne sais pas exactement d'où vous venez, mais je crois que je peux deviner. »

J'avais l'impression d'être un enfant. J'ai eu des gestes maladroits, précipités, incohérents. Il me regardait avec bonté. J'ai oublié mes dents cassées, je me suis jeté sur la nourriture, comme je le faisais au camp lorsque les gardes me lançaient un trognon de chou, une pomme de terre ou une croûte de pain. J'ai mangé le lapin entier, tout le pain, j'ai léché le plat, j'ai dévoré la tarte. J'avais encore en moi la peur qu'on me vole ma nourriture si je traînais trop. Je sentais mon ventre plein comme il ne l'avait pas été depuis des mois et des mois, et cela me faisait mal. J'avais l'impression qu'il allait exploser et que j'allais mourir dans cette belle maison, sous le regard bienveillant de mon hôte, mourir d'avoir trop mangé après être presque mort de faim.

Quand j'ai eu fini de nettoyer plat et assiette de ma langue, récolté sur le bout de mes doigts toutes les miettes parsemées sur la table, le vieil homme m'a mené à la chambre. M'y attendait un baquet de bois, rempli d'eau chaude et savonneuse. Mon hôte me déshabilla, me fit entrer dans le baquet, me fit asseoir, puis il me lava. L'eau coulait sur ma peau qui n'avait plus de couleur, ma peau puante de crasse et de souffrance, et le vieillard lavait mon corps, sans répugnance, avec la douceur d'un père.

Je me suis réveillé le lendemain dans un haut lit d'acajou, entre des draps brodés, frais et empesés, qui sentaient le vent. La chambre présentait sur tous ses murs des portraits gravés d'hommes portant moustaches et jabots, certains parés d'atours militaires. Tous me regardaient sans me voir. La douceur du lit m'avait donné mal sur tout le corps. J'eus peine à me lever. Par une fenêtre, on apercevait les champs qui bordaient la ville, des champs tenus, certains emblavés, d'autres labourés dans lesquels des attelages tiraient des herses qui griffaient la terre et l'aéraient, une terre noire et légère, tout le contraire de la nôtre qui est rouge et collante comme une glu. Le soleil était tout proche de l'horizon dentelé de peupliers et de bouleaux. Et ce que je pris pour l'aube était en fait le crépuscule du soir. J'avais dormi une nuit et une journée entière, d'un sommeil plein, sans rêve, sans coupure, sans halte. Je me sentais tout à la fois lourd et débarrassé d'un fardeau dont je n'aurais su alors très bien définir le contenu.

Sur une chaise m'attendaient des vêtements propres et une paire de chaussures de marche, en cuir souple et fort, des chaussures inusables et que je porte encore au moment où j'écris. Quand j'eus fini de m'habiller, je vis un homme qui me regardait dans le miroir, un homme qu'il m'avait semblé connaître dans une autre vie.

Mon hôte était assis sur le banc au-dehors, devant sa maison, comme la veille. Il tirait sur sa pipe et envoyait dans l'air du soir une fumée qui sentait bon le miel et la fougère. Il m'invita à m'asseoir à ses côtés. Je me rendis compte à ce moment que je ne lui avais pas encore adressé un seul mot.

« Je m'appelle Brodeck. »

Il tira un peu plus fort sur sa pipe, son visage disparut un instant dans l'odorante fumée, puis il répéta très doucement :

« Brodeck… Brodeck… Je suis bien heureux que vous ayez accepté mon invitation. Je devine que vous avez encore un long chemin pour arriver jusqu'à chez vous… »

Je ne savais pas quoi lui dire. J'avais perdu l'habitude des mots et l'habitude des pensées.

« Ne le prenez pas mal, reprit le vieil homme, mais parfois, mieux vaut ne pas revenir de là où on est parti. On se souvient de ce qu'on a laissé, mais on ne sait jamais ce qu'on va retrouver, surtout lorsque les hommes ont été pris de folie durablement. Vous êtes jeune encore… Pensez à cela. »

Il fit craquer contre la pierre du banc une allumette pour rallumer sa pipe éteinte. Le soleil désormais était définitivement tombé vers l'autre côté du monde. Ne restaient aux confins des terres que des traces rougeoyantes qui s'étalaient comme un barbouillis de feu et finissaient de clapoter dans les champs. Au-dessus de nos têtes, le ciel laissait dans sa pâleur venir des flots d'encre noire et quelques étoiles commençaient à y semer leur brillance, entre les zébrures des derniers martinets et celles des premières chauves-souris.

« On m'attend. »

Je ne réussis à dire que cela.

Le vieil homme secoua lentement la tête. Je réussis à répéter encore ma phrase, mais sans dire qui m'attendait, sans prononcer le prénom d'Emélia. Je l'avais gardé tellement en moi, que j'avais peur de le laisser aller au-dehors de moi, comme s'il risquait de s'y perdre.

Je suis resté quatre jours dans sa maison. À dormir comme un loir et à manger comme un seigneur. Le vieil homme me regardait avec bienveillance, me resservait, mais lui-même n'avalait jamais rien. Parfois, il se taisait. Parfois, il me faisait la conversation. Une conversation à une seule voix, toujours la sienne, mais ce monologue ne semblait pas lui déplaire et moi-même je prenais un plaisir curieux à me laisser entourer par ses mots. J'avais l'impression grâce à eux de revenir dans la langue, la langue derrière laquelle, étendue, faible et encore malade, se tenait une humanité qui ne demandait qu'à guérir.

J'avais repris quelques forces, je décidai de partir, un matin, très tôt, alors que le jour se levait et qu'avec lui des odeurs de jeune herbe et de rosée s'invitaient dans la maison. Mes cheveux qui repoussaient par plaques me donnaient l'allure d'un convalescent dont aucun médecin n'aurait pu préciser de quelle maladie il avait réchappé. J'avais encore le teint limoneux, et les yeux enfoncés très au loin dans leurs orbites.

Le vieil homme, à qui j'avais dit la veille que je comptais continuer ma route, m'attendait sur le seuil. Il me donna un sac à bretelles, en drap gris et courroies de cuir. Il contenait deux grosses miches de pain, une bande de lard, un saucisson, ainsi que des vêtements.

« Prenez-les, me dit-il, c'est juste à votre taille. Ils étaient à mon fils, mais il ne reviendra plus. C'est sans doute mieux comme ça. »

Il me sembla soudain que le sac que je venais de saisir était d'un poids considérable. Le vieil homme me tendit la main.

« Bonne route, Brodeck. »

Pour la première fois, sa voix tremblait. Je saisis sa main, une main sèche et froide, à la peau tavelée qui se fripa dans ma paume. Elle tremblait elle aussi.

« S'il vous plaît, ajouta-t-il, pardonnez-lui… pardonnez-leur… », et sa voix mourut dans ce murmure.

XII

Voici au moins cinq jours que je n'ai pas
poursuivi ce récit. D'ailleurs, lorsque j'ai saisi le
paquet de feuilles que j'avais laissées dans un
coin de la resserre, certaines étaient déjà recouvertes d'une poussière jaune comme le pollen et
d'un peu de terre. Il faudrait que je leur trouve
une cachette plus douce.

Les autres ne se doutent de rien. Ils sont
persuadés que je suis en train de composer le
Rapport qu'ils m'ont demandé, et que je suis
entièrement pris par cette tâche. Le fait que
Göbbler m'ait surpris fort tard l'autre soir dans
la resserre a joué en ma faveur. Quand le lendemain matin j'ai croisé, tout à fait par hasard,
Orschwir dans la rue, il a posé sa main sur mon
épaule et m'a dit : « Il paraît que tu travailles dur,
Brodeck. Continue. » Puis il a continué sa route.
Il était très tôt. Et je me suis fait la réflexion que
malgré cette heure précoce, Orschwir était déjà
au courant que la veille au soir, à minuit, j'étais

dans la resserre à taper sur les touches de la machine, quand sa voix s'est de nouveau élevée dans la brume gelée de l'aube : « Mais au fait, où vas-tu donc avec ton sac, Brodeck, et par ce temps ? » Je me suis arrêté. Orschwir m'observait en tirant des deux mains sur sa toque pour l'enfoncer un peu plus. Il battait ses pieds l'un contre l'autre pour se réchauffer et sa bouche envoyait de grands jets de vapeur qui montaient dans l'air.

« Est-ce qu'il faut que je réponde désormais à toutes les questions qu'on me pose ? »

Orschwir a eu un petit sourire, mais les sourires chez lui sont presque comme des grimaces et il a secoué la tête, lentement, très lentement, comme il l'avait fait lorsque j'étais venu le voir au lendemain de l'*Ereigniës*.

« Brodeck, tu me fais de la peine. C'était une demande amicale. Pourquoi te sens-tu sur tes gardes ? »

Le souffle m'a manqué. Je suis parvenu tout de même à hausser les épaules, d'une façon que j'ai essayé de rendre la plus naturelle possible.

« Je vais essayer de comprendre pour les renards, il faut que je rédige une note sur cela. »

Orschwir a soupesé ce que je lui ai dit, en jetant des coups d'œil à mon sac, comme pour tenter de voir ce qu'il cachait.

« Les renards ? Bien sûr... Les renards... Eh bien bonne journée, Brodeck, ne t'éloigne pas

trop tout de même, et... tiens-moi au courant. »
Puis il m'a tourné le dos et a continué son chemin.

Ce sont les chasseurs et quelques-uns de nos
forestiers qui m'ont averti voici deux semaines
déjà. Au hasard des premières battues, des coupes
de bois et des allées et venues, beaucoup ont
découvert des renards morts, jeunes ou vieux,
mâles ou femelles. Dans un premier temps, chacun a pensé à la rage, qui revient dans nos montagnes de façon régulière, qui tue un peu, et puis
s'éloigne. Mais aucune des bêtes trouvées mortes
ne présentait les signes caractéristiques de la
maladie, langue blanchie de bave, grande maigreur, yeux révulsés, poil terne et collé par
paquets. Au contraire, c'étaient de superbes spé-
cimens, apparemment en pleine santé, bien nourris – Brochiert le boucher en a ouvert trois à ma
demande : leurs panses étaient remplies de baies
comestibles, de feignes, de souris, d'oiseaux, de
vers rouges – et leur mort ne paraissait pas avoir
été violente car leurs corps ne portaient aucune
trace de blessures ni de lutte. Tous ceux qui
avaient trouvé un animal mort avaient été surpris
par son attitude : il était couché sur le flanc, voire
sur le dos, les pattes avant dressées comme s'il
avait cherché à saisir quelque chose. Il avait les
yeux clos et paraissait dormir tranquillement.

J'étais dans un premier temps allé rendre visite
à Ernst-Peter Limmat, qui fut mon maître d'école
et le maître d'école de deux générations d'élèves
au village. Il a passé quatre-vingts ans et ne quitte

107

plus guère sa maison, mais le temps glisse sur sa cervelle, sans l'entamer ni la ronger. Il se tient la plupart du temps sur une haute chaise, face à son âtre où brûle continuellement un feu odorant de charme et de sapin mêlés. Il regarde les flammes, relit les livres de sa bibliothèque, fume du tabac et fait griller des châtaignes qu'il décortique avec ses longs doigts élégants. Il m'en avait donné une pleine poignée et nous les mangions après avoir soufflé dessus, par petits morceaux, savourant leur chair grasse et chaude tandis que ma veste trempée séchait près du feu.

Ernst-Peter Limmat, en plus d'avoir appris à lire et à écrire à des centaines d'enfants, a sans doute été le plus grand chasseur et coureur de bois de notre contrée. Les yeux fermés, il pourrait dessiner chaque forêt, chaque roche, chaque crête, chaque ruisseau et les placer sans faillir sur une carte.

Jadis, dès qu'il avait fini la classe, il partait marcher, préférant de loin la compagnie des grands sapins, des oiseaux et des sources à celle des hommes. En période de chasse, il lui arrivait de disparaître des jours entiers quand l'école était fermée, et nous le voyions revenir, les yeux brillants de plaisir, le carnier rempli de coqs de bruyère, de faisans, de grives litornes ou portant sur ses épaules un chevreuil, quand ce n'était pas un chamois qu'il était allé traquer jusque sur les roches escarpées des Hörni, où plus d'un chasseur par le passé s'était brisé les os.

Le plus curieux, c'est que Limmat ne mangeait jamais ce qu'il tuait. Il distribuait aux plus nécessiteux son gibier. C'est grâce à lui que, lorsque j'étais petit, Fédorine et moi avons pu manger de temps à autre de la viande. Limmat, quant à lui, ne se nourrissait que de légumes, de bouillons maigres, d'œufs, de truites et de champignons, avec une prédilection pour les trompettes-de-la-mort, dont il m'avait dit un jour qu'elles étaient le monarque des champignons, et que leur air funèbre ne servait qu'à éloigner les sots et décourager les ignorants. Son intérieur en était d'ailleurs toujours décoré. Il en pendait partout de grandes guirlandes qui achevaient de sécher et donnaient au logis un parfum de réglisse et de fumure. Il ne s'était jamais marié. Vivait dans sa maison Mergrite, une servante qui avait presque le même âge que lui et dont les mauvaises langues avaient souvent dit jadis qu'elle faisait sans doute plus que lui laver son linge et cirer ses meubles.

Je lui avais raconté cette histoire de renards, les découvertes des nombreux cadavres, et leur air paisible. Il avait eu beau chercher dans sa mémoire, il n'avait pas trouvé de précédents, mais il m'avait promis de plonger dans ses livres et de m'avertir s'il parvenait à y découvrir quelques cas similaires, dans d'autres régions que la nôtre, ou dans d'autres temps. Puis notre conversation avait roulé sur l'hiver qui approchait à grands pas, sur la neige qui chaque jour

109

plongeait vers le village, descendait peu à peu les flancs des montagnes et de la combe et qui allait bientôt parvenir jusqu'à nos portes.

Comme tous les vieillards, Limmat n'était pas à l'auberge de Schloss le soir de l'*Ereigniës*. Mais je me demandais s'il était au courant de ce qui s'était passé. Je me demandais même si la présence de l'*Anderer* dans notre village lui avait été connue, ou rapportée. J'aurais bien aimé lui en parler, vider mon sac.

« Je suis heureux que tu te souviennes encore de ton vieux maître, Brodeck, cela me touche. Te rappelles-tu lorsque tu es arrivé dans la classe ? Moi je m'en souviens très bien. Tu ressemblais à un maigre chien, avec des yeux trop gros pour toi. Tu parlais un galimatias compris de toi seul et de Fédorine, mais tu as appris vite, Brodeck, très vite, notre langue et le reste. »

Mergrite vint nous apporter un verre de vin chaud qui sentait le poivre, l'orange, le clou de girofle et l'anis étoilé. Elle ajouta deux bûches dans la cheminée qui lancèrent dans le noir des étoiles d'or, puis disparut.

« Tu n'étais pas comme les autres, Brodeck, reprit le vieux maître, et je ne dis pas cela parce que tu n'étais pas de chez nous, parce que tu venais de loin. Tu n'étais pas comme les autres car tu regardais toujours au-delà des choses… Tu voulais toujours voir ce qui n'existait pas. »

Il se tut, mangea lentement une châtaigne, but

une gorgée de vin, lança l'écorce de la châtaigne dans le feu.

« Je repense à tes renards. C'est un curieux animal, le renard, sais-tu. On le dit malin, mais en fait, il est bien plus que cela. Les hommes l'ont toujours détesté, sans doute parce qu'il leur ressemble un peu trop. Il chasse pour se nourrir, mais il est aussi capable de tuer pour son seul plaisir. »

Limmat marqua un temps, puis il reprit, songeur : « Il est mort tellement d'hommes ces derniers temps, dans cette guerre, toi tu le sais hélas mieux que quiconque ici. Peut-être les renards ne font-ils que nous imiter, qui sait ? »

Je n'ai pas osé dire à mon vieux maître que je ne pouvais pas écrire ce genre de chose dans ma notice. Ceux qui me lisent à l'Administration – si toutefois on me lit encore – n'y comprendraient rien, et peut-être me croiraient-ils devenu fou et auraient-ils envie de se passer entièrement de moi, et alors les quelques sous que je reçois très irrégulièrement et qui nous font vivre cesseraient tout à fait de me parvenir.

Je suis resté encore en sa compagnie un moment. Nous n'avons plus parlé des renards mais d'un fayard que des bûcherons venaient d'abattre sur le revers du Bösenthal parce qu'il était malade, et qui d'après eux devait avoir plus de quatre siècles. Limmat me rappela que sous d'autres climats, dans des continents lointains, poussaient des arbres qui pouvaient vivre plus de deux mille ans. Cela, il me l'avait déjà dit quand j'étais enfant. J'avais alors songé que Dieu, s'il existe encore, était un bien curieux personnage, qui choisit de laisser vivre en toute quiétude des arbres durant des siècles mais qui rend la vie des hommes si brève et si dure.

En me raccompagnant jusqu'à son seuil, après m'avoir fait cadeau de deux guirlandes de trompettes-de-la-mort, Ernst-Peter Limmat me demanda des nouvelles de Fédorine, et puis, avec un air plus grave et plus doux, d'Emélia et de Poupchette.

La pluie au-dehors n'avait pas cessé. Mais il s'y mêlait désormais quelques lourds flocons de neige fondue. Au milieu de la rue coulait un petit ruisseau qui faisait briller les pavés de grès. L'air froid sentait bon la fumée, la mousse et le sous-bois. J'ai fourré les champignons séchés sous ma veste et je suis rentré à la maison.

J'avais posé la même question à propos de la mort des renards à la mère Pitz. Sa mémoire n'est pas aussi bonne que celle du vieux maître, et elle n'est sans doute pas aussi experte que lui en ce qui concerne le gibier et les nuisibles, mais elle a tellement arpenté en tous sens les chemins, les chaumes et les sentiers, lorsqu'elle menait ses bêtes en estive, que j'espérais un peu qu'elle aurait pu m'éclairer. En recoupant les dires des uns et des autres, j'étais parvenu au nombre de vingt-quatre renards retrouvés morts, ce qui est un chiffre considérable quand on y songe. Hélas, elle ne se souvenait pas d'avoir entendu parler d'un tel phénomène et je me rendis compte qu'en définitive elle s'en fichait bien.

« Qu'ils crèvent tous ce serait mon bonheur ! L'an passé ils m'ont embarqué mes trois poules et leurs poussins. Ils ne les ont même pas mangés d'ailleurs, ils les ont déchiquetés et puis sont partis. Tes renards, ce sont des *Scheizznegetz'zohns* des "fils des maudits", ils ne valent même pas la lame du couteau qui les égorgera. »

Elle avait interrompu pour moi une conversation avec Frida Niegel, une bossue aux yeux de pie qui sent toujours l'étable, avec laquelle elle aime à passer en revue les veufs et les veuves du village et des hameaux proches en imaginant des remariages possibles. Elles inscrivent les noms sur de petits cartons et, durant des heures, comme on joue aux cartes, elles les assemblent devant elles, par paires, en supputant des épousailles et des destins ravaudés, tout en buvant de petits verres de liqueur de mûre, à mesure que le temps passe et que toutes deux s'échauffent à ce manège. Je compris que je les gênais.

J'en conclus que le seul qui pourrait peut-être m'éclairer un peu était Marcus Stern, qui vit à une heure de marche de chez nous, seul au milieu de la forêt. C'est vers lui que j'allais le matin où j'ai croisé Orschwir.

XIII

Le sentier qui mène à la cabane de Stern monte raide dès la sortie du village. En peu de temps et en quelques lacets qui passent dans un bois de feuillus, on se retrouve à surplomber les toits. À mi-parcours, une roche en forme de table invite à la pause. On l'appelle la *Lingen*, du nom qu'on donne dans le dialecte aux petites fées des bois dont on dit qu'elles viennent danser là, par les nuits claires et chanter leurs chants qui ressemblent à des rires étouffés. Par endroits, des coussinets de mousse d'un vert laiteux estompent sa dureté et des bruyères composent des bouquets de fleurs. C'est un bel endroit pour les amoureux et les rêveurs. Je me souviens d'y avoir vu l'*Anderer*, un jour de plein été, le 8 juillet – je note tout – vers les trois heures de l'après-midi, c'est-à-dire une heure de fournaise, où le soleil qui semble avoir arrêté sa course dans le ciel verse du plomb en fusion sur le monde. J'allais cueillir des framboises dont ma petite

Poupchette raffole. Je voulais lui faire cette surprise tandis qu'elle dormait pour la sieste.

Le bois était tout bourdonnant du travail des abeilles et du vol des guêpes, de la frénésie des mouches et des taons qui allaient en tous sens comme pris d'une folie subite. C'était une grande symphonie qui paraissait sourdre du sol et de l'air. Dans le village, je n'avais pas croisé âme qui vive.

La petite côte m'avait coupé les jambes et le souffle. Ma chemise était déjà trempée et poisseuse, et se collait à ma peau. Arrêté sur le chemin, je reprenais ma respiration lorsque je me suis rendu compte qu'à quelques mètres, sur la roche, me tournant le dos et contemplant les toits du village, il y avait l'*Anderer*. Il était assis sur son curieux siège qui avait intrigué tout le monde la première fois où on l'avait vu le sortir, un siège qui se pliait et se dépliait, qui était assez gros pour supporter ses larges fesses mais qui une fois escamoté ressemblait à une simple canne.

Dans le paysage tout de verdure et de jaune clair, son habit noir, cette éternelle redingote de drap impeccablement repassée, jetait une ombre déplacée. En m'approchant un peu, je m'aperçus qu'il portait aussi sa chemise à jabot, son gilet de laine, ses guêtres sur ses gros souliers cirés qui renvoyaient la lumière comme des éclats de miroir.

Mes pas firent craquer quelques branches et il se retourna.

115

Il m'aperçut. J'avais sans doute l'air d'un voleur, mais il ne sembla pas étonné et me sourit, soulevant de sa main droite un chapeau imaginaire pour me saluer. Il avait les joues très roses et le reste de son visage, front, menton, nez, était recouvert d'une crème de céruse. Ses boucles noires de part et d'autre de son crâne déplumé achevaient de lui donner une allure de vieux comédien. De grosses gouttes de sueur coulaient sur son visage qu'il épongeait avec un mouchoir brodé d'un illisible monogramme.

« Vous venez sans doute vous aussi prendre la mesure du monde ? » me dit-il de sa belle voix douce et précieuse, en accompagnant sa phrase d'un geste de la main qui me désigna l'étendue du paysage. Je remarquai alors que sur ses gros genoux bien ronds était posé un carnet et qu'il tenait dans la main une mine de plomb. Sur la page du carnet, il y avait des traits, des lignes, des zones ombrées. Lorsqu'il se rendit compte de ce que je regardais, il le referma.

C'était la première fois que je me trouvais seul avec lui, depuis qu'il était arrivé chez nous, et c'était la première fois qu'il m'adressait la parole.

« Auriez-vous l'amabilité de me rendre un service ? demanda-t-il, et comme je ne répondais rien et que sans doute mon visage s'était fermé un peu, il reprit avec ce sourire énigmatique qui ne le quittait jamais : Rassurez-vous, j'aimerais simplement que vous me nommiez toutes ces hauteurs qui ferment la combe. J'ai peur que mes cartes ne soient imprécises. »

Et accompagnant ses mots par un grand geste de la main, il désigna les éminences qui se découpaient au loin en tremblotant dans la torpeur de ce jour d'été, se confondant presque par endroits avec le ciel qui semblait vouloir les dissoudre. Je me rapprochai de lui, m'agenouillai pour être à sa hauteur et, partant de l'est, je me mis à énumérer les noms :

« Celui-ci, c'est le Hunterpitz, on l'appelle ainsi en raison de son profil de tête de chien, ensuite, vous avez les trois Schnikelkopf, puis le Bronderpitz, l'arête des Hörni, la pointe du Hörni, qui est le sommet le plus élevé, le col de la Doura, la crête des Floria, et enfin, tout à fait à l'ouest, la dent de Mausein, et sa forme d'homme courbé sous un fardeau. »

Je me suis tu : il achevait d'écrire les noms sur son carnet qu'il avait ressorti de sa poche mais dans laquelle il le rentra bien vite de nouveau.

« Je vous remercie infiniment » et il me serra la main avec chaleur, tandis que dans ses gros yeux verts brillait une lueur de satisfaction, comme si je venais de lui faire cadeau d'un trésor. J'allais le quitter quand il a ajouté :

« On m'a dit que vous vous intéressiez aux fleurs, aux herbes. Nous nous ressemblons. Je suis un amateur de paysages, de figures et de portraits. Un vice bien innocent, au demeurant. J'ai emporté avec moi des ouvrages assez rares qui devraient

117

vous intéresser. Je serai ravi de vous les montrer si vous me faites un jour l'honneur d'une visite. »

J'ai fait un petit signe de tête, mais je n'ai rien répondu. Je ne l'avais encore jamais entendu parler autant. Je suis parti et je l'ai laissé sur la roche.

« Et tu lui as donné tous les noms !? » Wilhem Vurtenhau levait les bras au ciel en me fusillant du regard. Il venait d'entrer dans la quincaillerie de Gustav Röppel au moment où je racontais ma rencontre avec l'*Anderer*, quelques heures après qu'elle venait d'avoir lieu. Gustav était un camarade. Nous étions lui et moi sur le même banc de l'école, côte à côte, et souvent je lui permettais de lire sur mon cahier les réponses aux problèmes tandis que lui me donnait en échange des clous, quelques vis, un peu de ficelle qu'il parvenait à chiper dans le magasin qui à l'époque était tenu par son père. Je viens d'écrire que Gustav *était* un camarade, car aujourd'hui je ne sais plus. Il était avec les autres pour l'*Ereigniës*. Il a commis l'irréparable ! Et depuis, il ne m'a pas adressé un seul mot, alors que nous nous sommes croisés chaque dimanche après la messe, sur le parvis de l'église où le curé Peiper, titubant et rubicond, raccompagne ses ouailles avant de les bénir une dernière fois avec des gestes inachevés. Je n'ai pas osé non plus pousser la porte de sa quincaillerie. J'ai trop peur qu'entre nous, il n'y ait plus rien qu'un grand vide.

Vurtenhau, j'ai déjà dit je crois qu'il est très riche mais aussi très bête. Il a tapé sur le comptoir de Röppel, cela a fait dégringoler une boîte de punaises.

« Mais tu te rends compte de ce que tu as fait, Brodeck, tu lui as donné tous les noms de nos montagnes, et tu dis qu'il les a notés ! »

Vurtenhau était hors de lui. Ses oreilles immenses, d'un violet foncé, semblaient avoir pompé tout le sang de son corps. J'ai eu beau lui faire remarquer que les noms des sommets, ce n'était pas un secret, tout le monde les sait, les connaît, ou peut les trouver sur des documents, cela ne le calmait pas.

« Tu ne réfléchis même pas à ce qu'il peut manigancer, à fouiner partout comme il le fait, à poser des questions qui n'ont l'air de rien, avec sa tête de carpe et ses manières doucereuses, lui qui est arrivé de nulle part ! »

J'ai répété ce que m'avait dit l'*Anderer*, à propos des paysages et des figures, pour calmer un peu Vurtenhau, mais cela n'a fait qu'accroître sa colère. Il a quitté la quincaillerie en lançant une phrase qui à l'époque m'a paru sans importance, mais dont aujourd'hui je perçois seulement tout ce qu'elle pouvait rouler de menaces en elle :

« N'oublie pas que si quelque chose arrive, Brodeck, ce sera ta faute ! »

Puis il a claqué la porte. Gustav et moi, nous nous sommes regardés, nous avons haussé les épaules en même temps, et nous avons ri de bon cœur, comme nous le faisions jadis, du temps de notre enfance.

XIV

Il m'a fallu presque deux heures pour atteindre la cabane de Stern, alors qu'en temps normal, une bonne heure suffit. Mais personne n'avait fait la trace et l'épaisseur de la neige sitôt que j'avais dépassé la limite des feuillus pour pénétrer dans les grandes sapinières était telle que je m'enfonçais jusqu'aux genoux. La forêt était silencieuse. Je ne voyais aucun animal, pas d'oiseaux. Je n'entendais rien sinon la rumeur de la Staubi qui près de deux cents mètres en contrebas chute dans un coude assez marqué pour se fracasser sur de gros rochers.

Quand j'étais passé près de la Lingen, j'avais détourné les yeux et je ne m'étais pas arrêté. J'avais même accéléré mon allure et l'air glacé était venu au plus profond de mes poumons comme pour les dessécher. J'avais trop peur de voir le fantôme de l'*Anderer*, dans la même attitude que jadis, sur son petit siège, face au paysage, ou alors tendant les bras vers moi pour me supplier. Mais me supplier de quoi ?

Même si j'avais été dans l'auberge le soir où tous sont devenus fous, qu'aurais-je pu faire à moi tout seul ? Le moindre de mes mots, le moindre de mes gestes aurait décidé de mon sort, et j'aurais subi le même destin que lui. C'est aussi cela qui me frappait de terreur : savoir que si j'avais été dans l'auberge, je n'aurais rien fait pour empêcher ce qui s'est produit, je me serais fait le plus petit possible, et j'aurais assisté impuissant à l'épouvantable scène. Cette lâcheté, même si elle n'avait pas eu lieu, me dégoûtait. Au fond, j'étais comme les autres, comme tous ceux qui m'entouraient et qui m'avaient chargé de ce *Rapport* dont ils espéraient qu'il allait les disculper.

Stern habite en dehors du monde, je veux dire en dehors du nôtre. Et tous les Stern ont vécu comme lui, depuis toujours, restant au milieu de la forêt et n'entretenant avec le village que des relations lointaines. Mais lui est le dernier des Stern. Il est seul. Il n'a pas pris de femme et n'a pas eu d'enfants. Tout mourra après lui.

Il vit grâce aux peaux qu'il tanne. Il descend au village deux fois par hiver, et un peu plus à la belle saison. Il vend ses fourrures, ainsi que des objets qu'il taille dans des branches et des troncs de sapin. Avec l'argent qu'il ramasse, il achète de la farine, un sac de pommes de terre, des pois secs, du tabac, du sucre et du sel. Et lorsqu'il lui en reste, il le boit en eau-de-vie et remonte fin saoul vers chez lui. Il ne se perd jamais. Ses pieds connaissent le chemin.

Lorsque je suis arrivé à sa cabane, je l'ai trouvé sur le seuil, occupé à lier des branches mortes pour en faire un balai. Je l'ai salué. Il m'a répondu d'un signe de tête, sans ajouter un mot. Stern se méfie toujours des visites. Puis il est entré à l'intérieur en laissant la porte ouverte.

Aux poutres pendaient quantité de choses qui achevaient de sécher, animales et végétales, et dont les fumets âcres et violents se mariaient et ne vous lâchaient plus. Le feu dans l'âtre jetait de petites flammes mesquines et beaucoup de fumée. Stern a trempé une louche dans un chaudron et a rempli deux bols avec la soupe épaisse qui y mijotait sans doute depuis le matin, une soupe de gruau et de châtaignes. Puis il a coupé deux grosses tranches de pain dur, a versé un vin sombre dans deux verres. Nous nous sommes assis face à face, et nous avons mangé, en silence, au milieu de cette puanteur aux relents de charogne qui en aurait sans doute fait fuir plus d'un. Mais moi, la puanteur, je connaissais. Elle ne me dérangeait pas. J'avais connu pire.

Après la *Büxte* et avant de devenir *Chien Brodeck*, au camp, j'ai été pendant de longs mois le *Scheizeman* – « l'homme merde ». Mon rôle consistait à vider les latrines au-dessus desquelles les ventres de plus de mille prisonniers se soulageaient plusieurs fois par jour. Les latrines étaient de grandes fosses, profondes d'un mètre, larges de deux et longues de quatre mètres environ. Il y en avait cinq, que je devais curer avec soin. Pour cela, je ne disposais que d'une grosse casserole arrimée à un manche de bois, et de deux grands seaux en fer-blanc. Je remplissais les seaux avec la casserole puis, sous escorte, je faisais des allers et retours jusqu'à la rivière dans laquelle je les vidais.

Souvent, la casserole, qui ne tenait au manche que grâce à de vieilles ficelles, se détachait et tombait au fond. Il me fallait alors descendre dans la fosse et la rechercher avec mes mains, en les plongeant dans la masse d'immondices. Les premières fois, je me souviens d'avoir vomi toutes les tripes de mon corps et le peu qu'elles contenaient. Puis je me suis habitué. On s'habitue à tout. Il y a pire que l'odeur de la merde. Il y a quantité de choses qui ne sentent rien, mais qui carient les sens, le cœur et l'âme plus sûrement que tous les excréments.

Les deux gardes qui m'accompagnaient se bouchaient le nez avec un mouchoir imprégné d'eau-de-vie. Ils se tenaient à quelques mètres de moi et se racontaient des histoires de femmes, parsemées de détails obscènes qui les faisaient rire et échauffaient leurs visages. J'entrais dans la rivière. Je vidais les seaux. Et je m'étonnais toujours de la frénésie des centaines d'alevins qui venaient dans les tourbillons brunâtres, pour s'y vautrer, agitant en tous sens leurs minces corps d'argent, comme rendus fous par la puante nourriture. Mais le courant bien vite diluait les immondices et ne restait plus que l'eau claire et le mouvement des algues, ainsi que les reflets du soleil qui frappaient sa surface comme s'il voulait y semer des pièces et des éclats de miroir.

Parfois, les gardes engourdis dans leur ivresse me laissaient me laver dans le courant. Je prenais un galet rond et m'en servais comme un savon, frottant ma peau pour en enlever la merde et la crasse. Il arrivait aussi que je parvienne à attraper quelques petits poissons qui s'attardaient encore dans mes jambes, espérant peut-être une autre ration. Avec deux doigts, je pressais leur ventre pour en faire sortir leurs boyaux et les mettais vite dans ma bouche avant que les gardes aient le temps de me voir. Il nous était interdit sous peine de mort de manger autre chose que les deux litres de bouillon fétide qui nous étaient servis chaque soir et le cube de pain dur et aigre du matin. Je les mâchais longuement, ces poissons, comme des friandises délicieuses.

En cette période, l'odeur de la merde ne me quittait pas. Elle était mon seul et vrai vêtement. Durant les nuits, dans les baraquements, j'avais ainsi davantage de place pour dormir car personne ne voulait être près de moi. L'homme est ainsi fait qu'il préfère se croire un pur esprit, un faiseur d'idées, de songes, de rêves et de merveilles. Il n'aime pas qu'on lui rappelle qu'il est aussi un être de matières, et que ce qui s'écoule entre ses fesses le constitue autant que ce qui s'agite et germe dans son cerveau.

Stern nettoya son bol avec un morceau de pain, puis par un bref sifflement, il fit sortir de nulle part une mince créature : un furet, qu'il avait apprivoisé et qui lui tenait compagnie, vint manger dans sa main. L'animal tout en se régalant me jetait de temps en temps des regards curieux, et ses petits yeux ronds et brillants ressemblaient à des perles noires ou à des baies de mûrier. Je venais de raconter à Stern tout ce que je savais à propos des renards. Je lui avais rapporté aussi ma visite à Limmat et à la mère Pitz.

Il se leva lentement, disparut dans la pénombre du fond de la pièce, revint et posa sur la grande table de belles peaux rousses tenues ensemble par une ficelle de chanvre.

« À tous tes renards, tu peux ajouter aussi ceux-là, il y en a treize. Et je n'ai pas eu besoin de les tuer. Je les ai trouvés morts, tous dans la position que tu dis. »

Stern prit une pipe et la bourra de tabac coupé de feuilles de châtaignier pendant que je passais ma main dans les fourrures qui étaient brillantes et fournies. Puis je lui demandai ce que tout cela pouvait bien vouloir dire. Il haussa les épaules, aspira sur son tuyau qui fit une musique crachotante et lança vers moi des vapeurs fortes qui me firent tousser.

« Je ne sais rien, Brodeck. Je n'en sais rien. Les renards, je ne suis pas dans leur tête. »

Il se tut, caressa son furet qui se mit à s'entortiller autour de son bras et à pousser de petits gémissements.

« Je ne sais rien des renards, commença-t-il, mais je me souviens du grand-père Stern qui parlait des loups. Il y en avait encore de son temps. Aujourd'hui, lorsque j'en vois un, c'est un égaré qui vient de loin, à moins que ce ne soit un fantôme de loup. Le vieux Stern une fois a raconté l'histoire d'une meute, une belle meute d'après lui, qui comptait plus de vingt bêtes. Il prenait plaisir à les épier, à les traquer simplement un peu pour agacer leurs nerfs. Et puis un jour, plus rien. Il ne les entend plus, ne les voit plus. Il se dit qu'ils en ont eu assez de son petit jeu et sont partis de l'autre côté des montagnes. L'hiver passe. Un gros hiver plein de neige. Puis le printemps revient. Il fait le tour des forêts, comme pour les inspecter, et au pied des grands rochers du Maulenthal, qu'est-ce qu'il trouve ? Les restes de toute la meute qui achevaient de pourrir. Ils étaient tous là, au grand complet, les vieux, les jeunes, les femelles, les reins ou le crâne brisés. Un loup, ça ne tombe pas du haut d'un rocher, ou alors, un seul, parfois, surpris par le vide, ou qui glisse, ou qui fait s'effondrer sous lui une corniche. Mais pas une meute entière. »

Stern se tut et me regarda droit dans les yeux.

« Tu veux dire qu'ils seraient allés tout seuls à la mort ?

– Je dis ce que j'ai entendu dire de la bouche du vieux Stern, c'est tout.

– Mais pour les renards ? »

Stern se gratta les cheveux.

« Les loups, les renards, c'est un peu cousins et compagnie. Peut-être qu'il n'y a pas que les hommes qui pensent trop. »

Stern ralluma sa pipe qui venait de s'éteindre, prit le petit furet, qui cherchait maintenant à entrer sous sa veste, et emplit nos verres de vin.

Il y eut entre nous un grand silence. Je ne sais pas à quoi pensait Stern, mais moi j'essayais de faire s'emboîter ce qu'il venait de me raconter avec ce que m'avait dit le vieux Limmat, et je ne parvenais à rien, à rien de clair, à rien que je pouvais écrire dans un rapport et qu'aurait pu accepter un fonctionnaire de S., sans sourciller et sans le jeter dans le poêle.

Le feu mourait. Stern lui donna à manger quelques fagots de genêts secs. Nous parlâmes encore, durant une heure peut-être, des saisons et de l'hiver, du gibier, des coupes de bois, mais plus des renards. Puis, comme le jour commençait à baisser et que je voulais être rentré avant la nuit, je pris congé de Stern qui me raccompagna au-dehors. Le vent s'était levé et frottait la cime des grands sapins. De la neige en tombait, par gros paquets, mais les bourrasques les brisaient en fine poudre qui finissait par couvrir nos épaules de cendres blanches et glacées. Nous

nous serrâmes la main et c'est là que Stern me demanda :

« Et le *Gewisshor*, il est toujours au village ? »

J'ai failli demander à Stern de qui il parlait, puis je me suis souvenu que c'était ainsi que quelques-uns avaient surnommé l'*Anderer* : *De Gewisshor* – « le Savant » – peut-être parce qu'il avait un air qui en imposait. Je n'ai pas répondu tout de suite, j'avais subitement froid. Et j'ai songé que si Stern me posait la question, c'était qu'il ne savait rien, que le fameux soir de l'*Ereigniës*, il n'était pas à l'auberge. Nous étions donc au moins deux à ne pas avoir de sang sur les mains. Je ne savais pas quoi lui dire.

« Il est parti...

– Alors attends », a dit Stern et il est entré dans sa cabane. Quand il en est ressorti quelques secondes plus tard, il avait dans les mains un paquet qu'il m'a tendu.

– Il m'avait commandé cela. C'est déjà payé. Si jamais il ne revenait pas, tu pourrais les garder pour toi. »

C'était une sorte de toque, une paire de moufles et des chaussons. Le tout fait en belle fourrure de martre, et bien soigné, bien cousu. J'ai hésité, puis j'ai fini par mettre le paquet sous mon bras. C'est à ce moment que Stern, en me regardant droit dans les yeux, m'a dit :

« Tu sais Brodeck, les renards, je pense qu'il n'y en a plus. Ils sont tous morts. Il n'y en aura plus jamais. »

Et comme je ne répondais rien, car je ne savais pas quoi répondre, il m'a serré la main, sans plus dire un mot, et après quelques secondes d'hésitation, je me suis lancé dans la trace.

XV

J'ai déjà dit qu'au moment de son arrivée, lorsque l'*Anderer* a passé la poterne avec son équipage, la nuit s'avançait. Comme un chat qui vient de repérer une souris et qui est sûr de la tenir sous peu entre ses crocs.

C'est une drôle d'heure que cette heure-là. Les rues se vident, la pénombre les coule dans une grisaille froide et les maisons deviennent de curieuses silhouettes, pleines de menaces et de sous-entendus. C'est curieux le pouvoir qu'a la nuit de changer les choses les plus quotidiennes et les visages les plus simples. Parfois d'ailleurs, elle ne les change pas, elle les révèle, comme si en recouvrant de noir les paysages et les êtres, elle en faisait ressortir la vraie nature. On pourrait hausser les épaules à tout ce que je dis, et penser que je décris des craintes d'un autre temps ou que je brode un roman. Mais avant de juger et de condamner, il faut imaginer la scène, cet homme venu de nulle part – car il venait réellement de nulle part, comme l'avait dit Vurtenhau, qui au milieu d'un fatras d'idioties énonce parfois quelques vérités, avec son costume de personnage d'un autre siècle, ses curieuses montures, ses bagages imposants – entrant dans notre village où plus personne n'entrait depuis des années, comme cela, sans façon, avec le plus grand naturel. Qui donc n'aurait pas ressenti un peu de peur ?

« J'ai pas eu peur moi. »

C'est le gamin Dörfer, l'aîné, qui répond à mes questions. C'est lui le premier qui a vu l'*Anderer*, lors de son arrivée.

Notre conversation a lieu dans le café Pipersheim. C'est le père du gamin qui a tenu à ce qu'elle se déroule là plutôt qu'à la maison. Il a dû se dire qu'il pourrait y boire quelques canons tranquillement. Gustav Dörfer est un petit être terne, toujours emballé dans des vêtements sales qui dégagent une odeur de navet cuit. Il se loue dans des fermes et quand il a quelques sous, il les boit. Sa femme pèse le double de lui mais ça ne l'empêche pas de la battre comme plâtre, quand il est saoul, après avoir saccagé le logis et cassé le peu de vaisselle. Il lui a fait cinq enfants, chétifs et tristes. Le grand se prénomme Hans.

« Et qu'est-ce qu'il t'a dit ? » Le gosse regarde son père, comme pour lui demander l'autorisation de répondre, mais lui s'en moque. Il n'a d'yeux que pour son verre, déjà vide, et qu'il contemple en le serrant dans ses deux mains avec une douloureuse mélancolie. Je fais signe à Pipersheim qui nous guette derrière son comptoir de le resservir. Celui-ci enlève de sa bouche le cure-dent qu'il suce sans cesse, et qui lui fait des gencives crêtelées et saignantes ainsi qu'une haleine difficile, saisit une bouteille et vient remplir le verre. Le visage du père s'éclaire un peu.

« Il m'a demandé le chemin de l'auberge de Schloss.

– Il connaissait le nom ou c'est toi qui lui as dit ?

– Il le connaissait.

– Alors qu'est-ce que tu lui as dit ?

– Je lui ai expliqué comment y aller.

– Et qu'est-ce qu'il a fait ?

– Il a noté ce que j'ai dit dans son petit carnet.

– Et puis ?

– Et puis il m'a donné quatre belles billes en verre, qu'il a tirées d'un sac en disant : "Pour votre peine."

– Pour votre peine ?

– Oui, j'ai rien compris, ça se dit pas ça chez nous.

– Et les billes, tu les as toujours ?

– Peter Lülli me les a gagnées. Il est fort, il en a tout un sac. »

Gustav Dörfer ne nous avait pas écoutés. Ses yeux étaient rivés sur le niveau de son verre qui baissait trop vite. Le gamin enfonça sa tête entre ses épaules. Il avait des bleus sur le front, de petites cicatrices, des croûtes, des bosses, des anciennes et des toutes fraîches, et son regard, quand on parvenait à le croiser et à l'accrocher un peu, disait les coups et les souffrances, le lot de blessures que chaque jour apportait avec une inaltérable rigueur.

Je repensais à ce carnet que j'avais vu dans les mains de l'*Anderer* et sur lequel il notait tout, comme par exemple le chemin qui mène à une auberge qui ne se situait qu'à soixante mètres de là où il se trouvait. À mesure que son séjour se prolongeait entre nos murs, l'histoire du carnet commença à tourner dans la tête des uns et des autres, et ce qui au départ parut être une manie bizarre – le sortir pour un oui pour un non –, un tic cocasse qui faisait tantôt sourire, tantôt jacasser, devint rapidement la matière à d'aigres causeries.

Je me souviens notamment d'une conversation surprise un jour de marché, le 3 août, lorsque celui-ci se terminait et qu'il ne restait plus sur le sol que des légumes gâtés, de la paille souillée, quelques bouts de ficelle, des éclats de cagettes, toutes choses inertes qui semblaient avoir été abandonnées là par d'invisibles marées.

Poupchette aime beaucoup le marché et c'est pourquoi je l'y emmène presque chaque semaine. Les petits animaux tenus dans des enclos, chevreaux, lapins, poules, canetons, la font battre des mains, et rire. Et puis il y a les odeurs qui font frémir ses fragiles narines, de beignets, de fritures, de vin chaud, de marrons, de viandes qui grillent, et les sons aussi, les voix de toutes et de tous qui se mêlent comme dans une grande bassine, les cris, les appels, le bagout des camelots, les prières des vendeurs d'images saintes, les fausses colères qui entourent les marchandages. Mais ce que préfère Poupchette, c'est lorsque Viktor Heidekirch arrive avec son accordéon, et commence à lancer dans l'air quelques notes qui semblent parfois des plaintes, parfois des cris de joie. On lui fait place, on l'entoure, et soudain, la rumeur du marché paraît s'estomper comme si chacun attendait la musique et qu'elle devenait pour l'heure plus importante que tout.

Viktor, il est de toutes les fêtes et de toutes les noces. C'est le seul chez nous qui sait la musique, et le seul aussi qui ait un instrument en état de fonctionner. Je crois bien qu'il y a un piano dans la petite salle de l'auberge de Schloss, celle où se réunit l'*Erweckens'Bruderschaf*, et peut-être aussi des instruments en cuivre – Diodème me l'a certifié pour l'avoir aperçu un jour où, m'a-t-il dit, la porte n'était pas tout à fait fermée, et comme je le taquinais en lui disant qu'il était bien renseigné, qu'il semblait bien connaître la pièce, et que peut-être au fond il en faisait partie de cette compagnie, il s'était rembruni et m'avait demandé de me taire. L'accordéon de Viktor, et sa voix, c'est un peu notre mémoire aussi. Ce jour-là, il avait fait pleurer les femmes et rougir les yeux des hommes en psalmodiant *La complainte de Johanni*. C'est

134

une chanson d'amour et de mort, dont l'origine se perd dans le temps et qui raconte la misère d'une jeune fille qui aimait mais n'était pas aimée en retour, et qui plutôt que de voir celui qui faisait battre son cœur au bras d'une autre, préféra entrer dans la Staubi, un jour d'hiver, à l'heure du crépuscule, et se coucher à jamais dans l'eau froide et le courant.

*When de abend gekomm Johanni schlafft en
    de wasser
Als besser sein en de todt dass alein immer
    verden
De hertz is a schotke freige who nieman geker
Und ubche madchen kann genug de kusse
    kaltenen*

Emélia parfois nous accompagne. Je lui prends le bras. Je la mène. Elle se laisse guider, et ses yeux regardent des choses qu'elle seule peut voir. Le jour de cette conversation que je veux rapporter, elle était assise à ma gauche et fredonnait sa chanson, tout en balançant sa tête d'avant en arrière, sur un rythme doux. Poupchette à ma droite mâchonnait une saucisse que je venais de lui acheter. Nous étions assis contre le plus gros des piliers de la halle. Devant nous, à quelques mètres, la vieille Roswilda Klugenghal, qui est moitié folle et moitié vagabonde, fouillait les ordures à la recherche de légumes et d'abats. Elle trouva une carotte tordue qu'elle brandit devant elle pour l'examiner, et à laquelle elle se mit à parler comme si c'était une vieille connaissance. C'est à ce moment que les voix se sont élevées, derrière le pilier. Des voix que je reconnus immédiatement.

Il y avait là quatre hommes : Emil Dorcha, forestier ; Ludwig Pfimling, garçon d'écurie ; Bern Vogel, ferblantier, et Caspar Hausorn, commis à la mairie. Quatre hommes déjà bien échauffés par ce qu'ils avaient bu depuis l'aube, et que le marché et son ambiance de fête avaient fouettés un peu plus encore. Ils parlaient fort, trébuchaient parfois sur les mots, prenaient des accents définitifs, et je compris très vite de qui il était question.

« Vous l'avez vu avec ses airs de fouine et ses yeux qui traînent partout ? lança Dorcha.

— Cet animal-là, c'est que *rein schlecht* « du pur mauvais », moi je vous le dis, du mauvais et du vicieux, ajouta Vogel.

— Il fait de mal à personne, fit remarquer Pfimling, il se promène, il regarde, il sourit toujours.

— Sourire de mise cache traîtrise, tu oublies le proverbe, et puis de toute façon, t'es tellement bête et myope que tu verrais même pas le mal chez Lucifer ! »

C'est Hausorn qui venait de parler, et il avait craché ses mots comme s'il avait lancé des petites pierres. Il reprit sur un ton radouci :

« Il est forcément venu ici pour quelque chose,

et quelque chose de pas très clair, et de pas très heureux pour nous.

– Tu penses à quoi ? lui demanda Vogel.

– À rien encore, je me creuse, je ne sais pas, mais un gaillard comme lui doit bien avoir une idée derrière la tête.

– Il note tout sur son carnet, fit remarquer Dorcha, vous l'avez pas vu tout à l'heure devant les agneaux de Wuzten ?

– Tu parles qu'on l'a vu, il est resté des minutes et des minutes, et il écrivait, il écrivait tout en les regardant.

– Il écrivait pas, corrigea Pfimling, il dessinait. J'ai bien vu moi, même si tu dis que je vois rien, ça je l'ai vu. En plus, il était tellement dans ce qu'il faisait qu'on aurait pu lui manger sur la tête qu'il aurait rien senti. Moi, je suis venu derrière son épaule, et j'ai regardé.

– Dessiner des agneaux, qu'est-ce que ça peut bien dire ? demanda Dorcha en regardant Hausorn.

– Qu'est-ce que j'en sais moi ! Tu crois que j'ai les réponses à tout ? »

Là, la conversation s'arrêta. Je croyais même qu'elle était finie pour de bon et qu'elle ne reprendrait pas. Mais je me trompais. Une voix reprit, mais une voix que je ne pus identifier, car elle était devenue très basse, et grave.

« Des agneaux, il n'y en a pas beaucoup ici, je veux dire parmi nous... Peut-être que tout ce qu'il dessine, c'est comme dans la Bible de l'église, symbole et compagnie, et que c'est une façon de dire ce qu'on est et ce qu'on a fait naguère, pour pouvoir le rapporter là d'où il vient… »

Je sentis le froid venir dans mon dos, et me gratter l'échine. Je n'aimais pas la voix, ni ce qu'elle venait de dire, même si le sens des paroles restait un peu dans l'obscur.

« Mais alors le carnet, s'il sert à tout ce que tu dis, il ne faut jamais qu'il sorte de chez nous ! »

C'est Dorcha qui venait de faire la dernière remarque. Lui, je l'avais reconnu.

« Peut-être que tu as raison, reprit la première voix que je ne parvenais toujours pas à reconnaître, peut-être il faut que le carnet n'aille jamais plus ailleurs, ou peut-être il faut que ce soit celui à qui il appartient qui ne puisse plus jamais partir… »

Ensuite, rien. J'ai attendu. Je n'osais pas bouger. Au bout d'un moment tout de même, j'ai penché un peu ma tête derrière le pilier. Personne. Les quatre hommes étaient partis sans que je les entende. Ils avaient disparu dans l'air comme les pans de brume que la brise du sud arrache par les matinées d'avril aux crêtes de nos montagnes. Je me suis même demandé si je n'avais pas rêvé tout ce que j'avais entendu. Poupchette m'a tiré par la manche.

« À maison, mon papa, à maison ? »

Elle avait ses petites lèvres toutes luisantes de la graisse de saucisse, et ses yeux se baignaient

138

d'un joli sourire. J'ai déposé un gros baiser sur son front et l'ai mise sur mes épaules. Ses mains ont attrapé mes cheveux tandis que ses jambes frappaient contre ma poitrine : « Hue papa, hue papa ! » J'ai pris la main d'Emélia, l'ai fait se lever. Elle s'est laissé faire. Je l'ai blottie contre moi, j'ai caressé son beau visage, j'ai déposé un baiser sur sa joue, et nous sommes ainsi rentrés tous les trois, tandis que dans ma tête résonnaient encore les voix des hommes sans visages, et les menaces qu'elles avaient lancées, comme des graines qui ne demandaient qu'à germer.

Gustav Dörfer avait fini par s'endormir sur la table du café, moins par ivresse que par fatigue sans doute, fatigue du corps ou fatigue de la vie. J'avais cessé depuis longtemps de parler de l'*Anderer* avec son gamin, et nous avions changé de sujet. Il avait une passion pour les oiseaux, ce que j'ignorais, et il avait tenu à m'interroger sur toutes les espèces que je connaissais et que je notais dans mes relevés. Nous avions ainsi parlé des grives, celles qu'on dit litornes, et les autres, les grises de mars, qui comme leur nom l'indique ne reviennent chez nous que vers le printemps, puis des becs-croisés qui abondent dans les forêts de pins, des roitelets, des mésanges, des merles, des perdrix des neiges, des coqs de bruyère, des faisans de montagne, des soldats bleus dont le drôle de nom vient de la couleur des plumes de leur poitrail et de leur talent à se battre, des corneilles et des corbeaux, des bouvreuils, des aigles et des chouettes.

Sous sa tête cabossée par les coups, l'enfant qui avait une douzaine d'années cachait un cerveau rempli de savoir, et son regard s'animait dès qu'il parlait des oiseaux. Par contre, ses pupilles redevenaient ternes et mates quand il se tournait vers son père, s'apercevait de sa présence que notre conversation lui avait fait un temps oublier. Alors il le contemplait, ronflant la bouche ouverte, la face aplatie sur le vieux bois, la casquette de travers, de la bave blanche sortant de ses lèvres.

« Quand je vois un oiseau mort, me dit Hans Dörfer, et que je le prends dans ma main, j'ai des larmes qui viennent dans mes yeux. Je ne peux pas m'en empêcher. La mort d'un oiseau, il n'y a rien qui peut la justifier. Mais si mon père crevait là, près de moi, maintenant, d'un coup, je vous jure que je danserais autour de la table, et je vous paierais à boire. Parole ! »

XVI

Je suis dans notre cuisine. Je viens de mettre sur ma tête la toque en fourrure de martre. J'ai également chaussé les pantoufles et j'ai enfilé les gants.

Une drôle de chaleur vient en moi, qui me procure un confortable engourdissement, pareil à celui qui nous saisit en buvant un verre ou deux de vin chaud après une longue marche par une après-midi de fin d'automne. Je suis bien et je songe. À l'*Anderer* évidemment. Je ne dis pas qu'avoir mis des vêtements qui lui étaient destinés, qu'il avait lui-même commandés – et comment d'ailleurs avait-il rencontré Stern qui vient si peu dans notre village comme je l'ai dit ? Et comment avait-il appris qu'il savait coudre des peaux ? –, me fasse pénétrer dans ses pensées et dans le petit monde de son cerveau, mais il me semble malgré tout que je m'approche de lui, que je reviens près de lui, et qu'il va peut-être d'un geste ou d'un regard m'en apprendre un peu plus.

Il faut avouer que je suis bien désemparé. On m'a chargé d'une mission qui dépasse de très loin la capacité de mes épaules et celle de mon intelligence. Je ne suis pas avocat. Je ne suis pas policier. Je ne suis pas conteur. Ce récit, si jamais il est lu, le prouve assez, où je ne cesse d'aller vers l'avant, de revenir, de sauter le fil du temps comme une haie, de me perdre sur les côtés, de taire peut-être, sans le faire exprès, l'essentiel.

Quand je relis les pages précédentes de mon récit, je me rends compte que je vais dans les mots comme un gibier traqué, qui file vite, zigzague, essaie de dérouter les chiens et les chasseurs lancés à sa poursuite. Il y a de tout dans ce fatras. J'y vide ma vie. Écrire soulage mon cœur et mon ventre.

Pour le *Rapport* que les autres m'ont ordonné de faire, c'est différent. J'ai le ton de personne. Je retranscris les conversations à la lettre près. Je fais maigre. D'ailleurs, Orschwir m'a prévenu il y a quelques jours que je devais me rendre vendredi en fin de journée à la mairie.

« Viens nous voir vendredi, Brodeck, tu nous liras… »

Il était venu en personne à la maison pour me dire cela. Il avait posé sa grande carcasse sur une chaise que Fédorine lui avait avancée, ne l'avait ni saluée, ni remerciée, avait enlevé sa casquette de loutre, refusé le verre que je lui proposais.

« Pas le temps, merci. On a du travail. Trente

cochons à tuer ce matin. Et si je suis pas là, ils sont capables de mes les abîmer... »

On entendit des pas au-dessus de nos têtes. C'était Poupchette qui trottinait là-haut comme une musaraigne. Puis il y eut d'autres pas, plus lents, plus lourds aussi, et une voix, lointaine, celle d'Emélia, qui fredonnait. Orschwir leva un moment la tête, puis il me regarda, comme s'il s'apprêtait à dire quelque chose, mais il se ravisa. Il sortit sa blague à tabac et se roula une cigarette. Un gros silence, dur comme une pierre, s'installa entre nous. Orschwir s'attardait sans raison, alors qu'il venait de me lancer qu'on l'attendait à la ferme. Il tira deux ou trois bouffées de sa cigarette et une odeur de miel et de vieil alcool emplit l'air de la cuisine. Orschwir ne fume pas n'importe quoi. Il fume du tabac de riche, bien blond, bien coupé, et qu'il fait venir de loin.

Il regarda une fois encore le plafond, puis tourna de nouveau son affreux visage vers moi. On n'entendait plus rien, ni les pas, ni la voix d'Emélia. Fédorine nous ignorait. Elle avait râpé des pommes de terre et préparait en les roulant dans ses mains de petites galettes – des *Kartfolknudle* – qu'elle ferait revenir plus tard dans de l'huile bouillante et qu'elle nous servirait après les avoir parsemées de graines de pavot.

Orschwir se racla la gorge.

« Pas trop seul ? »

Je lui fis signe que non.

Il sembla réfléchir, tira une bouffée de sa

cigarette, s'étouffa, s'étrangla. Sa peau devint rouge comme les cerises sauvages qui mûrissent en juin, et ses yeux se couvrirent d'eau. La toux finit par s'estomper.

« Besoin de quelque chose ?

– Rien. »

Orschwir passa sa grosse main sur ses deux joues, comme s'il se rasait avec. Je me demandais bien où il voulait en venir.

« Bien, je vais te laisser alors. »

Il avait prononcé sa phrase avec hésitation. Je le regardai droit dans les yeux, pour essayer de voir ce qu'il y avait au fond des siens, mais il les baissa bien vite.

Je me suis entendu répondre une drôle de phrase, une phrase qui ne me semblait guère être de moi, car elle m'apparut bien menaçante :

« Ça t'arrange bien de faire comme si elles n'existaient pas toutes les deux, hein ? Ça t'arrange, n'est-ce pas ? »

La phrase eut pour effet de faire taire définitivement Orschwir. Je vis qu'il essayait de réfléchir à ce que je venais de dire, qu'il tournait et retournait dans tous les sens les mots que je venais de prononcer pour tenter de les assembler, mais il ne parvint sans doute à rien car il se leva d'un bond, prit sa casquette, l'enfonça sur son crâne, et il s'en alla. La porte en se refermant fit son petit bruit sec et miauleur. Et soudain, par la grâce de ce simple petit bruit, je me suis revu de l'autre côté de cette porte, il y a deux ans, le jour de mon retour.

Tous ceux que j'avais croisés depuis que j'étais entré dans le village m'avaient regardé avec des yeux ronds, et avaient ouvert grand leurs bouches sans en laisser sortir un seul mot. Certains avaient fui dans leurs maisons pour rapporter la nouvelle de mon retour, et tous avaient compris qu'il fallait me laisser seul, qu'il ne fallait pas encore me poser de questions, que la seule chose qui comptait pour moi, c'était d'arriver près de la porte de ma maison, de poser ma main sur la clenche, de pousser la porte, d'entendre son petit bruit, de revenir chez moi, de retrouver celle que j'aimais et à qui je n'avais cessé de penser, de la prendre dans mes bras, de la serrer fort à lui faire mal, et d'unir de nouveau enfin mes lèvres à ses lèvres.

Oh ces gestes, ce chemin, ces quelques mètres, combien de fois les avais-je parcourus en rêve ! Alors, ce jour-là, quand j'ai poussé la porte, ma porte, la porte de ma maison, j'avais le corps tremblant et le cœur qui tapait dans ma poitrine comme s'il allait la crever. J'ai même cru que l'air allait me manquer, et que j'allais mourir là, une fois passé le seuil, que j'allais mourir de trop de bonheur. Mais tout à coup m'est apparu le visage de la *Zeilenesseniss*, et je me suis figé net dans mon bonheur. C'est un peu comme si on m'avait versé une grande poignée de neige entre ma chemise et ma peau nue. Pourquoi donc, à cet instant

145

précis, le visage de cette femme était-il sorti des limbes pour danser devant mes yeux ?

Dans les dernières semaines de la guerre, le camp était devenu un lieu plus étrange encore qu'il ne l'avait été jusqu'alors. Des rumeurs incessantes et contradictoires le secouaient comme sous l'effet de bourrasques chaudes et glacées. De nouveaux arrivants murmuraient que la guerre était sur le point de se terminer, et que nous autres qui rampions et ressemblions à des cadavres, étions dans le camp des vainqueurs. On lisait alors dans les yeux des morts vivants que nous étions devenus une lueur qui avait disparu depuis longtemps et qui rallumait sa fragile lumière. Mais aussitôt la brutalité des gardes chassait le désarroi qu'ils avaient laissé paraître durant quelques secondes, et comme pour affirmer qu'ils étaient encore les maîtres, ils s'en prenaient au premier d'entre nous qui passait là, et le frappaient à coups de bâton, de botte, de crosse, l'enfonçaient dans la boue comme on tente de faire disparaître une trace ou un déchet. Il n'empêche que leur nervosité et l'aspect constamment préoccupé de leurs visages nous donnaient à penser que quelque chose véritablement se passait.

Le garde qui était mon maître ne s'occupait plus beaucoup de moi. Alors que durant des semaines il s'était plu chaque jour à me passer un gros collier de cuir autour du cou, à y attacher une laisse tressée et à me mener ainsi dans tout le camp, moi marchant à quatre pattes, lui suivant derrière, debout sur ses deux jambes et sur ses certitudes, je ne le voyais plus qu'à l'heure du repas. Il venait furtivement vers la niche qui me servait de couche, versait deux louches de soupe dans l'écuelle, mais je sentais bien que ce jeu ne l'amusait plus. Son visage était devenu gris et deux profondes rides, que je ne lui connaissais pas, crevassaient dorénavant son front.

Je savais qu'avant la guerre il avait été comptable, qu'il avait une femme et trois enfants, deux garçons et une fille, pas de chien mais un chat. Il avait un physique inoffensif, un air timide, des yeux fuyants, de petites mains soignées qu'il lavait avec méthode plusieurs fois par jour en sifflotant un air militaire. Contrairement à bien d'autres gardes, il ne buvait pas, et ne fréquentait jamais le baraquement sans fenêtres où des prisonnières, nous ne les apercevions jamais, étaient mises à la disposition des gardes. C'était un homme ordinaire, pâle et réservé, qui parlait toujours d'une voix égale, sans hausser le ton, mais qui, à deux reprises, sans hésiter une seule seconde, avait tué à coups de nerf de bœuf, sous mes yeux, un prisonnier qui avait oublié de le saluer en enlevant son calot. Son nom était Joss Scheidegger. J'ai bien essayé depuis de chasser ce nom de ma mémoire, mais on ne commande pas à sa mémoire. On peut juste parfois l'endormir un peu.

Un matin, il y eut dans le camp un grand remue-ménage, des bruits de toutes sortes, des ordres criés, des questions. Les gardes couraient en tous sens, rassemblaient leurs paquetages, chargeaient sur des charrettes quantité de choses. On sentait dans l'air, comme surpassant la puanteur qui émanait de nos pauvres corps, une autre odeur, aigre, prégnante : la peur avait changé de camp.

Les gardes dans leur grande agitation ne nous prêtaient pas la moindre attention. Avant, nous existions pour eux comme esclaves, mais ce matin-là, nous n'existions plus du tout.

J'étais couché dans la niche, au chaud contre le ventre des dogues, et je regardais ce curieux spectacle de la débandade. Je suivais chaque mouvement. J'entendais chaque appel, chaque ordre, des ordres qui ne nous concernaient plus. À un moment, alors que la plupart des gardes avaient déjà quitté les lieux, je vis Scheidegger se diriger vers le baraquement qui se trouvait non loin de la niche et qui abritait les bureaux du service du recensement. Peu de temps après, il en ressortit avec un sac en cuir qui semblait contenir des documents. Un des dogues aboya en le voyant. Scheidegger regarda vers la niche, s'arrêta et sembla hésiter. Il jeta des coups d'œil autour de lui, et constatant que personne ne l'observait, il vint rapidement vers la niche, s'agenouilla près de moi, fouilla dans sa poche, en sortit une petit clé que je connaissais bien, et en quelques gestes tremblants, ouvrit la serrure de mon collier, puis ne sachant que faire de la

148

petite clé, il la jeta subitement par terre, comme si elle le brûlait.

« Qui sait qui paiera pour tout cela… ? »

Scheidegger avait murmuré ces mots, de pauvres mots de comptable en somme, minables et sans dignité, en me regardant pour la première fois dans les yeux, et attendant peut-être que je lui donne une réponse. Il avait le front couvert de sueur et la peau plus grise encore que d'ordinaire. Qu'espérait-il avec son geste ? Un pardon ? Le mien ? Il resta ainsi quelques secondes à me fixer, implorant, craintif. Alors, je me mis à aboyer, longuement, un très long aboiement, mélancolique et lugubre, qui fut repris et prolongé par les deux dogues. Scheidegger se releva brusquement, terrorisé, et s'enfuit en courant.

En un peu moins d'une heure, il n'y eut plus aucun garde dans le camp. Il n'y eut que le silence. On n'entendait rien et on ne voyait personne. Puis, peu à peu, timidement, des ombres sortirent des baraquements, n'osant pas encore regarder vraiment autour d'elles, ne disant mot. Les allées du camp se peuplèrent de cette armée vacillante et incrédule, aux joues ternes et creusées, aux silhouettes hésitantes. Ce fut bientôt une foule compacte et fragile, toujours muette, qui prit la mesure de son nouvel état en errant sans but déterminé d'un endroit à un autre, ponctuant le camp de son étrange procession, dans l'éblouissement d'une liberté qu'aucun n'osait nommer.

149

L'incroyable se produisit lorsque ce grand fleuve d'os et de chairs souffrantes tourna le coin du baraquement des gardes et de leurs chefs. Tout s'arrêta net. Les premiers avaient levé la main, sans un mot, et chacun s'était figé. Oui, l'incroyable venait de se produire : face aux centaines de créatures qui peu à peu redevenaient des hommes, il y avait la *Zeilenesseniss*, seule. Toute seule. Immensément seule.

Je ne crois pas au destin. Et je ne crois plus en Dieu. Je ne crois plus en rien. Mais je veux bien admettre que dans cette rencontre-là, entre un peuple de grande misère et celle qui fut l'emblème de ses bourreaux, il y eut davantage que la marque du hasard.

Pourquoi donc était-elle encore là, alors que tous les gardes étaient partis ? Elle aussi avait dû partir, et puis elle était revenue, à la hâte, sans doute pour rechercher quelque chose qu'elle avait oublié. On entendit d'abord sa voix. La même voix qu'à l'ordinaire, sûre d'elle-même, forte de sa puissance et de son droit, cette voix de seigneur qui selon les moments donnait l'ordre de pendre un de nous autres ou chantait des comptines à son enfant.

Je ne compris pas ses mots, j'étais un peu loin de la scène, mais je me rendis compte qu'elle parlait comme si rien n'avait changé. Sans doute ne se savait-elle pas seule dans le camp. Abandonnée. Sans doute croyait-elle qu'il y avait là encore des gardes prêts à exécuter le moindre de ses ordres et à nous frapper à mort si elle le souhaitait et le demandait. Mais personne ne lui répondit. Personne ne vint à elle pour la servir ou la secourir. Personne face à elle ne fit un geste. Elle continua à parler, mais peu à peu sa voix changea. Son débit se précipita en même temps que baissa son intensité, puis elle éclata, devint hurlement, se tarit de nouveau.

Aujourd'hui, j'imagine ses yeux. J'imagine les yeux de la *Zeileneseniss* lorsqu'elle commença à comprendre qu'elle était la dernière, qu'elle était la seule, et que peut-être, oui peut-être, elle ne repartirait jamais du camp, qu'il allait se transformer, pour elle aussi, en tombeau.

On m'a dit qu'elle commença à frapper avec ses poings ceux qui se trouvaient au premier rang. Aucun ne répliqua. Ils ne firent que s'écarter devant elle. Alors elle entra peu à peu dans le grand fleuve des cadavres marchant, sans savoir qu'elle n'en ressortirait jamais, car derrière elle les flots se refermaient. Il n'y eut pas un cri, pas une plainte. Ses mots disparurent avec elle. Elle fut engloutie, et connut une fin sans haine, une fin presque mécanique, à son image en somme. Je crois bien, même si je ne peux pas le jurer, qu'aucun ne porta la main sur elle. Elle mourut sans avoir été frappée, sans qu'aucune parole ne lui fût adressée, ni même aucun regard, elle qui les avait tant méprisés ces regards. Je l'imagine trébuchant à un moment, tombant à terre. Je l'imagine tendant les mains, essayant de s'accrocher aux ombres qui passaient à côté d'elle, sur elle, sur son corps, sur ses jambes, sur ses bras délicats et blancs, sur son ventre et sur son visage poudré, des ombres qui ne prêtèrent aucune attention à elle, qui ne la regardèrent pas, qui ne lui portèrent aucun secours, qui ne s'acharnèrent pas sur elle non plus, mais qui simplement passèrent, passèrent, passèrent, la foulèrent au pied, comme on foule la poussière, la terre ou la cendre.

Le lendemain, je découvris ce qui restait de son corps. C'était une pauvre chose gonflée et bleue. Toute sa beauté s'était retirée d'elle. On aurait dit une baudruche ou une de ces *Strohespuppe* – « fée paillasse » – que l'on promène dans les rues du village durant la fête de la Saint-Jean, avant de les brûler en les précipitant dans les grands feux le soir venu, tandis qu'on chante et danse à la gloire de l'été, ces grosses poupées que les enfants confectionnent en bourrant de foin sec de vieux vêtements de femme. Son visage n'existait plus. Elle n'avait plus d'yeux, plus de bouche, plus de nez. C'était une plaie énorme et ronde, tendue comme un ballon, à laquelle s'accrochait une longue crinière de cheveux blonds mêlés de boue. C'est d'ailleurs à ses cheveux que je la reconnus. Ses cheveux qui me paraissaient jadis, tandis que je rampais sur le sol en contrefaisant le chien, comme des filaments de soleil, aveuglants et obscènes.

Elle avait gardé dans la mort ses deux poings serrés si fortement qu'ils ressemblaient à des

152

cailloux. De l'un d'eux s'échappait une chaîne en or, joliment ouvragée. Sans doute au bout de cette chaîne y avait-il une médaille, une de ces fines médailles gravées représentant un saint ou une sainte et qu'on dispose autour du cou des nourrissons lorsqu'ils ont reçu les sacrements du baptême. Peut-être était-ce justement pour cette médaille qu'elle était revenue sur ses pas, lorsqu'elle s'était aperçue qu'elle manquait sur la petite et si douce poitrine de son enfant ? Elle était de nouveau entrée dans le camp, pensant en ressortir bien vite. Sans doute ne savait-elle pas que lorsqu'on a quitté les Enfers, jamais il ne faut s'en retourner vers eux. Mais au fond, mourir d'ignorance ou mourir sous les milliers de pas d'hommes redevenus libres, il n'y a au vrai aucune espèce de différence. On ferme les yeux, et puis il n'y a plus rien. Et la mort n'est jamais difficile. Elle ne réclame ni héros ni esclave. Elle mange ce qu'on lui donne.

XVII

« La bière ne laisse pas de tache, pas plus que
l'eau-de-vie, tandis que le vin ! »

Le curé Peiper ne cessait de pester. Il était en
caleçon et chemise près de la pierre à eau et frottait sa chasuble blanche avec une grande brosse
en chiendent et un bloc de savon.

« En plus, juste sur la croix ! Si je ne parviens
pas à l'estomper, des nigauds ou des bigotes y
verront un symbole ! On croule déjà sous les
symboles, c'est notre commerce, pas la peine
d'en rajouter ! »

Je le regardais faire sans dire un seul mot.
J'étais assis dans un angle de sa cuisine, sur une
chaise bancale au paillage ébouriffé. Il régnait
dans la pièce une lourde chaleur aux relents de
vaisselle sale, de graisse figée, de vinasse répandue. Des centaines de bouteilles vides étaient
posées çà et là, et dans le goulot de dizaines
d'entre elles, le curé avait planté une bougie qui
tournait sa flamme fragile vers le plafond.

Peiper cessa de frotter son vêtement, qu'il jeta avec dépit au fond de la pierre à eau, puis il se retourna. Il me regarda avec étonnement, comme s'il avait oublié ma présence et venait de me découvrir.

« Brodeck, Brodeck... Un verre ? »

Je fis non de la tête.

« Tu n'en as pas encore besoin. Tu as de la chance... »

Il chercha une bouteille dans laquelle il restait du vin, en déplaça beaucoup, des vides, qui firent une musique cristalline et incohérente, avant de trouver la bonne. Il saisit son col comme si sa survie en dépendait et se versa un canon. Il prit le verre dans ses deux mains réunies, l'éleva jusqu'à la hauteur de son visage, sourit, et dit avec une voix grave toute mêlée d'ironie :

« Ceci est mon sang, voyez et buvez en tous ! »

Il le lampa d'un trait, fit claquer le cul du verre sur la table et partit d'un grand éclat de rire.

J'étais venu le voir juste après être allé à la mairie, comme Orschwir me l'avait demandé, pour présenter l'état de mon *Rapport*.

Ce jour-là, la nuit était tombée d'un coup sur le village, comme une hache sur un billot. Au fur et à mesure de la journée, de gros nuages venus de l'ouest s'étaient accumulés dans notre combe et, bloqués là par les montagnes, pris au piège, ils avaient commencé à tourner sur eux-mêmes, affolés, avant que d'être, vers les trois heures de l'après-midi, ouverts en deux par un grand vent glacial venu du nord. Alors de leur ventre béant s'était échappée une neige dense, des flocons têtus et innombrables, serrés les uns contre les autres comme les soldats déterminés d'une armée infinie, et qui s'accrochaient partout, sur les toits, les murs, les pavés, les arbres. Nous étions le 3 décembre. Toutes les autres neiges avant celle-là n'avaient été que des figurantes. Nous le savions. Tandis que celle-là, celle qui s'est mise à tomber ce jour-là, ce n'était plus une plaisanterie. C'était la première des grandes neiges. Il y en aurait d'autres, et c'est en leur compagnie que nous allions devoir vivre jusqu'au printemps.

Devant la mairie, le *Zungfrost* – « langue gelée » – avait allumé deux lanternes de part et d'autre de la porte. Avec une grosse pelle, il raclait le sol et faisait une tranchée, repoussant la neige sur deux monticules. Ses vêtements se couvraient de blancheur et les flocons qui s'y collaient faisaient songer à des plumes. Il ressemblait ainsi à une grosse volaille.

« Salut *Zungfrost* !

– Sa… sa… salut Bro… Brodeck ! T'as… as… as… as… vu ce qu'il tom… tom… tombe !

– Je viens voir le Maire.

– Je… je sais. Il t'a… il t'a… t'attend en haut. »

Le *Zungfrost* a quelques années de moins que moi. Il sourit toujours, mais ce n'est pas un simple d'esprit. Son sourire d'ailleurs, si on le regarde vraiment, ça pourrait être tout aussi bien une grimace. C'est son visage qui s'est figé un jour, il y a longtemps, son visage, son sourire et sa langue, tout s'est figé. Il avait sept ou huit ans. C'était au profond d'un autre grand hiver. Tous les enfants du village, jeunes et moins jeunes, nous nous étions retrouvés dans un coude de la Staubi qui avait cette année-là entièrement gelé. Nous glissions sur la glace. On se poussait. On riait. Et puis à un moment, quelqu'un, on n'a jamais su qui, a lancé le goûter du *Zungfrost* – une tranche de lard fourrée dans un quignon de pain – au loin sur la glace, à un mètre ou deux de l'autre berge. Le gamin a regardé son goûter qui s'éloignait, s'éloignait, et il s'est mis à pleurer, de grosses larmes silencieuses, rondes comme des baies de gui. Nous autres, on a tous ri. Et puis l'un a lancé : « Arrête de pleurer, va donc le chercher ! » Il y eut un silence. On savait tous que là où le goûter avait arrêté sa course, la glace devait être mince, mais personne n'a rien dit. On a attendu. Le gamin a hésité puis, peut-être par défi, pour montrer qu'il ne manquait pas de courage, ou peut-être tout simplement parce qu'il avait très faim, il s'est avancé sur la glace, lentement, à quatre pattes, et chacun a retenu son souffle. On s'est tous assis sur la berge, les uns contre les autres et on l'a regardé. Il avançait comme un petit animal, avec prudence et on devinait bien qu'il essayait de se faire le plus léger possible même s'il ne devait pas peser bien lourd. À mesure qu'il se rapprochait de son goûter, notre petite bande est sortie de sa stupeur, et nous nous sommes tous mis à l'encourager, en cadence, sur un rythme de plus en plus vif. C'est à l'instant où il a tendu sa main vers le pain et le lard que tout s'est rompu. La glace sous lui s'est retirée comme une nappe enlevée vivement de dessus une table, et il a disparu sans un cri dans les eaux de la rivière.

C'est le père Hobel, un forestier qui passait non loin, qui, alerté par nos cris, l'a retiré quelques minutes plus tard à l'aide d'une grande perche. Le gamin avait le visage d'une blancheur de crème. Même ses lèvres étaient devenues blanches. Il avait les yeux clos et il souriait. On l'a bien cru mort. Glissé sous des couvertures et la peau frottée d'alcool, il se réveilla quelques heures plus tard. La vie revint dans ses veines et le sang dans ses joues. La première chose qu'il demanda, ce fut son goûter, mais il le demanda en butant sur chaque mot, comme si sa bouche s'était figée dans le froid des courants, et sa langue était restée enclose, à demi morte, sous un caparaçon de glace. Depuis ce jour, on ne l'appela plus que par son surnom, le *Zungfrost*.

À l'étage, j'entendis des voix venir de la salle du conseil. Mon cœur se mit à battre un peu plus vite. Je pris mon souffle, me découvris et frappai à la porte avant d'entrer.

La salle du conseil est vaste. Je dirais même

qu'elle est un peu trop grande pour le peu qu'on a à y faire. Elle est d'une autre époque, d'un temps où on mesurait la richesse d'une commune à la proportion de ses bâtisses publiques. Son plafond se perd dans les hauteurs. Aux murs, qui sont simplement blanchis à la chaux, sont accrochés d'antiques cartes, des parchemins encadrés sur lesquels des écritures penchées et complexes disent les droits, les baux, les corvées remontant à l'époque où le village dépendait des seigneurs de Molensheim, avant que l'Empereur, par une charte de 1756, lui accorde sa franchise et le déclare libre de toute servitude. Sur tous ces documents, des sceaux de cire pendent à des rubans rabougris.

D'ordinaire, une grande table derrière laquelle les membres du conseil sont assis, le Maire se tenant au milieu, fait face à plusieurs rangées de bancs sur lesquels le public qui vient écouter les délibérations peut s'asseoir. Ce jour-là, il y avait bien la table, mais les bancs avaient été repoussés dans un angle de la pièce et entassés les uns sur les autres, dans un fatras indescriptible. Et face à la grande table, il y avait simplement une chaise et un minuscule bureau.

« Approche Brodeck, nous n'allons pas te manger... »

Derrière la grande table se tenait Orschwir. C'est lui qui venait de parler, et ses paroles avaient fait naître des rires chez les autres, des rires assourdis, sûrs d'eux-mêmes et dans lesquels on sentait de la complicité. Les autres ? Ils étaient deux. À la gauche du Maire, maître Knopf qui me regardait par-dessus ses lorgnons sales tout en bourrant sa pipe. À la droite d'Orschwir, après une chaise demeurée vide, il y avait Göbbler, qui avançait vers moi sa tête tout en la tournant un peu, comme si désormais c'était avec ses oreilles qu'il cherchait à voir les êtres et les choses et non plus avec ses yeux qui le trahissaient davantage chaque jour. Göbbler… Mon sang n'a fait qu'un tour quand je me suis rendu compte qu'il était là.

« Vas-tu t'asseoir oui ou non ? a repris Orschwir d'un ton qu'il tentait de rendre chaleureux. Nous sommes là entre amis, Brodeck, fais comme chez toi, tu n'as rien à craindre. »

J'ai failli demander au Maire la raison de la présence de mon voisin, et même de celle de maître Knopf, qui, bien que notable, ne faisait même pas partie du conseil municipal. Pourquoi ceux-ci et pas d'autres ? Pourquoi justement ceux-ci ? En vertu de quelles qualités ? de quelles fonctions ? de quelles compétences se trouvaient-ils derrière la grande table ?

Mon crâne bouillait de toutes ces questions lorsque j'entendis la porte s'ouvrir dans mon dos. Le visage d'Orschwir s'éclaira d'un grand sourire.

« Venez, je vous en prie, dit-il respectueusement au nouvel arrivant que je ne voyais pas encore. Vous n'avez rien perdu, nous allions juste commencer. »

La salle résonna d'une démarche lente, ponctuée de coups de canne. Le nouvel arrivant venait vers moi, dans mon dos. Il se rapprochait. Je ne voulais pas me retourner. Il s'arrêta à quelques pas de moi, et alors j'entendis sa voix me dire «Bonjour Brodeck», sa voix qui me dit bonjour ce soir-là comme elle m'avait jadis dit bonjour des centaines et des centaines de fois, et alors mon cœur cessa de battre, je fermai les yeux et je sentis mes mains devenir humides et je sentis aussi une saveur amère emplir ma bouche et l'envahir comme pour la noyer. Les pas reprirent, et avec eux leur bruit d'une élégante lenteur. Puis il y eut un raclement de chaise, et le silence. J'ouvris les yeux. Ernst-Peter Limmat, mon vieux maître, venait de s'asseoir à la droite d'Orschwir et me regardait de ses grands yeux bleus.

«Tu as perdu ta langue, Brodeck? Vas-y! Nous sommes tous là! Tu peux maintenant lire ce que tu as écrit.»

Orschwir s'était frotté les mains en disant cela. Comme il se frottait les mains lorsqu'il venait de faire une bonne affaire. Ce n'était pas ma langue qui me faisait défaut. Ce n'était pas elle que j'avais perdue soudain, mais peut-être une parcelle, une de plus, de foi et d'espérance.

Mon cher et vieux maître Limmat, que faisiez-vous donc là, derrière cette table pareille à celle d'un tribunal? Vous aussi vous saviez donc?

XVIII

Les visages. Leurs visages. Était-ce là encore un de ces rêves tortueux qui me ballottaient dans un monde sans repères, un frère de ceux qui me prenaient dans la nuit du camp ? Où suis-je ? Tout cela finira-t-il un jour ? Est-ce cela l'Enfer ? Quelle faute ai-je donc commise ? Emélia, dis-le-moi… Je t'ai laissée. Oui, je t'ai laissée. Je n'étais pas là. Mon ange, pardonne-moi, je t'en prie. Tu sais bien qu'ils m'ont emmené et que je n'y pouvais rien. Dis-moi les choses. Dis-moi ce que je suis. Dis-moi que tu m'aimes. Cesse de chantonner, je t'en supplie, cesse de psalmodier cet air qui me fracasse le crâne et le cœur. Ouvre tes lèvres et laisse sortir les mots. Je peux tout endurer désormais. Je peux tout entendre. Je suis si fatigué. Je suis tellement peu de chose, et ma vie n'a aucune lueur sans toi. Je me sais poussière. Je suis si vain.

Ce soir, j'ai bu un peu trop. C'est le milieu de la nuit au-dehors. Je n'ai plus peur de rien. Il faut tout écrire. Ils peuvent venir. Je les attends. Oui, je les attends.

Dans la salle des conseils, j'ai donc lu les quelques feuilles, une dizaine tout au plus, sur lesquelles j'avais consigné les témoignages et reconstruit les moments. Je tenais mes yeux sur les lignes, sans jamais les lever vers ceux qui se trouvaient face à moi et m'écoutaient. Je ne cessais de glisser de la chaise dont l'assise versait vers l'avant. Quant au bureau, il était tellement petit que j'avais eu peine à entrer mes jambes en dessous. Ma position était d'un grand inconfort, mais c'est ce qu'ils voulaient : me mettre mal à l'aise, dans cette salle immense, avec cette disposition digne d'un jugement.

J'ai lu d'une voix morte, d'une voix absente. Je n'étais pas encore revenu de la surprise et la déception aigre d'avoir retrouvé là mon ancien maître. Mes yeux lisaient mais ma pensée était ailleurs. Beaucoup de souvenirs liés à lui me revenaient en mémoire, de très anciens lorsque pour la première fois j'avais franchi la porte de l'école et que j'avais vu ses yeux se poser sur moi, des yeux larges d'un bleu de glacier, un bleu de crevasse profonde. Il y avait aussi tous ces moments – combien les avais-je aimés ! – où, me retenant les soirs après l'étude, il m'aidait à progresser, à rattraper mon retard, en restant avec patience et bonté près de moi. Dans ces moments, sa voix se faisait moins grave. Nous n'étions que tous les deux. Il me parlait avec douceur, corrigeait mes fautes sans colère, m'encourageait. Je me souviens que dans mes nuits de petit garçon, lorsque je tentais de retrouver le visage de mon père, je me surprenais souvent à le faire apparaître sous les traits du maître, et je me souviens aussi que cette pensée m'était agréable et réconfortante.

Tout à l'heure, lorsque je suis rentré à la maison, j'ai dépendu les guirlandes de trompettes-de-la-mort que Limmat m'avait données l'autre jour, quand j'étais allé le visiter à propos des renards, et je les ai jetées au feu.

« Es-tu devenu fou ? Qu'est-ce qu'elles t'ont fait ? m'a demandé Fédorine qui avait ouvert un œil et remarqué mon manège.

– Elles ? Rien. Mais les mains qui les ont tressées ne sont pas très propres. »

Sur ses genoux, il y avait une pelote de grosse laine et des aiguilles à tricoter.

« Tu parles le Tibershoï, Brodeck. »

Le Tibershoï, c'est la langue magique du pays de Tibipoï où se déroulent tant et tant d'histoires racontées par Fédorine, une langue parlée par les elfes, les gnomes et les trolls, mais que les humains ne peuvent jamais comprendre.

Je n'ai rien répondu. J'ai pris le litre d'eau-de-vie, un verre et suis allé dans la resserre. Il m'a fallu de longues minutes pour dégager la porte de toute la neige qui s'y était accumulée. Et il en tombait encore. La nuit en était pleine. Le vent avait cessé et les flocons, livrés à leur seul caprice, descendaient dans des tourbillons imprévisibles et gracieux.

Dans la salle des conseils, quand j'ai eu fini de lire ce que j'avais écrit, il y eut un grand silence. C'était à qui allait parler le premier. J'ai levé les yeux pour la première fois vers eux. Maître Knopf suçait sa pipe comme si le sort du monde en dépendait. Il n'en tirait qu'une maigre fumée et cela semblait le contrarier. Göbbler paraissait dormir, Orschwir achevait de noter quelque chose sur un morceau de papier. Seul Limmat m'observait, avec un sourire. Le Maire releva la tête.

« Bien. Très bien, Brodeck. C'est très intéressant, bien écrit. Continue dans cette voie. »

Il se tourna vers les uns et les autres, pour chercher leur assentiment ou les autoriser à faire leurs remarques. C'est Göbbler le premier qui se lança.

« Je m'attendais à plus, Brodeck. J'entends tellement ta machine. Le *Rapport* est loin d'être fini, pourtant il me semble que tu écris beaucoup... »

J'ai essayé de cacher ma colère. J'ai essayé de répondre calmement, sans m'étonner de rien, sans remettre en cause la question ni même la présence de celui qui la posait. J'aurais tellement aimé lui dire qu'il ferait mieux de se préoccuper de l'incendie qui trottinait au cul bouillant de sa femme plutôt que de mes écritures. J'ai répondu qu'écrire ce genre de rapport ne m'était pas naturel, que je peinais à trouver le ton et les mots, qu'il était bien difficile de coudre les témoignages,

165

d'établir un portrait juste, de saisir la vérité de ce qui s'était déroulé durant les derniers mois. Oui, je travaillais sans cesse sur la machine, mais je peinais, je reprenais, je barrais, je déchirais, je recommençais, ce qui expliquait que je n'avançais pas très vite.

« Mais je ne voulais pas te contrarier en disant cela, Brodeck, c'était juste une petite remarque, excuse-moi », dit Göbbler qui mimait la gêne.

Orschwir parut satisfait de mes justifications. Il se tourna de nouveau vers ceux qui l'entouraient. Siegfried Knopf semblait heureux car sa pipe ronronnait de nouveau. Il la regardait avec des yeux bienveillants et caressait son fourneau avec ses deux paumes, sans prêter la moindre attention à qui l'entourait.

« Peut-être une question maître Limmat » demanda respectueusement le Maire en se tournant vers le vieil instituteur. Je sentis la sueur venir à mon front, comme lorsqu'il m'interrogeait en classe devant tous mes camarades. Limmat sourit, laissa passer un temps, frotta ses longues mains l'une contre l'autre.

« Non, pas une question, monsieur le Maire, plutôt une remarque, une simple remarque… Je connais bien Brodeck. Je le connais très bien. Depuis longtemps. Je sais qu'il s'acquittera en toute conscience de la tâche que nous lui avons confiée, mais… comment dire… c'est un rêveur, et je le dis sans mal, car je pense que c'est une grande qualité de rêver, mais en l'espèce, il ne faudrait pas qu'il embrouille tout, qu'il mélange les songes et le réel, ce qui existe et ce qui n'a pas eu lieu... Je le conjure de faire attention, je le conjure de rester dans le chemin tracé, de ne pas laisser son imagination gouverner ses pensées et ses phrases. »

Dans les heures qui ont suivi, j'ai tourné et retourné dans ma tête les mots de Limmat. Qu'y avait-il à comprendre ? Je n'en sais rien.

« Nous n'allons pas te retenir plus longtemps Brodeck. Je suppose que tu as hâte de rentrer. »

Orschwir s'est levé, et je l'ai imité aussitôt. J'ai salué les uns et les autres d'un petit signe de tête, et je me suis dirigé rapidement vers la porte. C'est ce moment-là qu'a choisi maître Knopf pour sortir de sa léthargie. Sa voix de vieille chèvre m'a rattrapé :

« Tu as une bien jolie toque, Brodeck, et qui doit être chaude. Je n'en ai jamais vu de pareille... Où donc l'as-tu eue ? »

Je me suis retourné. Maître Knopf s'approchait de moi, sur ses jambes tordues et sautillantes. Il n'avait d'yeux que pour la toque de l'*Anderer* que je venais de remettre sur ma tête. Il était maintenant tout proche de moi et tendait sa main crochue vers elle. Je sentis ses doigts courir sur la fourrure.

« Très originale, et quel beau travail... Superbe ! Que tu dois être bien là-dessous, surtout par les temps qui viennent... Je te l'envie, Brodeck... »

Knopf caressait la toque en tremblant. Je sentais son haleine saturée de tabac et je voyais dans ses yeux danser une lumière délirante. Je me suis demandé soudain s'il n'était pas devenu fou. Göbbler venait de nous rejoindre.

« Tu n'as pas répondu, Brodeck, quand maître Knopf t'a demandé qui t'avait confectionné ta toque. »

J'ai hésité. Hésité entre le silence, et quelques mots que je lui aurais lancés comme des pointes de couteau. Göbbler attendait. Limmat s'était rapproché de nous et serrait son cou maigre dans les revers de sa veste de velours.

« Göbbler, finis-je par dire sur un ton de confidence, tu ne me croiras jamais, pourtant c'est la pure vérité, mais je t'en prie, c'est un secret, ne le répète à personne, eh bien cette toque, figure-toi que c'est la Vierge Marie qui me l'a cousue et le Saint-Esprit qui me l'a apportée ! »

Ernst-Peter Limmat éclata de rire. Knopf rit aussi. Seul Göbbler se renfrogna. Ses yeux presque morts cherchèrent les miens, comme pour les crever. Je les laissai tous plantés là, et sortis.

Au-dehors, la neige n'avait pas cessé de tomber, et la tranchée qu'une heure plus tôt le *Zungfrost* avait dégagée n'existait déjà plus. Dans les rues du village, il n'y avait personne. Les lanternes sur les pignons agitaient leurs auréoles. Le vent avait repris, mais très légèrement et il faisait voltiger les flocons dans tous les sens. Je sentis soudain contre moi une présence. C'était l'*Ohnmeist* qui essayait de fourrer son museau froid contre mon pantalon. Cela m'a étonné cette familiarité. Je me suis même demandé s'il ne me prenait pas pour un autre, s'il ne me prenait pas pour l'*Anderer*, le seul à qui il avait jadis accordé ses privautés.

Nous cheminâmes côte à côte, le chien et moi, dans le grand parfum du froid neigeux et celui des fumées de bois de sapin qui descendaient des cheminées, par bourrasques. Je ne sais plus au juste à quoi je songeais dans cette curieuse promenade. Mais je sais que soudain, je me suis retrouvé très loin de ces rues, très loin du village, très loin des visages familiers et barbares. Je marchais avec Emélia. Nous nous tenions bras dessus bras dessous. Elle portait un manteau de drap bleu bordé aux manches et au col d'un liséré de lapin gris. Ses cheveux, ses si beaux cheveux, s'enroulaient dans un petit chapeau rouge. Il faisait très froid. Nous avions très froid. C'était le deuxième soir. Je dévorais son visage, chacun de ses gestes, ses petites mains, ses rires et ses yeux.

« Vous êtes donc étudiant, monsieur ? »

Elle avait un délicieux accent, qui glissait sur les mots et leur donnait à tous, jolis ou laids, un doux relief. Cela faisait trois fois que nous faisions le tour du lac, sur la promenade Elsi. Nous n'étions pas les seuls. Il y avait d'autres couples, pareils au nôtre, qui se regardaient beaucoup, se parlaient peu, riaient pour un rien, retombaient dans le silence. J'avais emprunté trois sous à Ulli Rätte. J'achetai une crêpe brûlante au marchand qui avait sa baraque près de la patinoire. Il y versa en plus une grande cuillère de miel et nous la tendit en disant: «Pour les amoureux!» Nous sourîmes mais n'osâmes pas nous regarder. J'offris la crêpe à Emélia. Elle la saisit comme s'il s'était agi d'un trésor, la coupa en deux et m'en tendit une moitié. La nuit tombait, et avec elle, le gel qui rendait encore plus roses les pommettes d'Emélia et faisait davantage briller ses yeux noisette. Nous mangions la crêpe. On se regardait tous les deux. Nous étions au tout début de notre vie.

L'*Ohnmeist* poussa un long gémissement qui me ramena dans le village. Il frotta une fois encore sa tête contre moi, puis il s'éloigna, à petits pas, en agitant sa queue de droite et de gauche, comme pour me dire au revoir. Je le suivis des yeux jusqu'au moment où il entra derrière le bûcher qui est le long de l'atelier de la forge de Gott. Sans doute s'était-il trouvé là un abri pour passer l'hiver.

Je ne m'étais pas rendu compte du chemin que nous avions parcouru lui et moi. On était arrivés au bout du village, tout près de l'église et du cimetière. Il neigeait toujours aussi dru. La forêt commençait à trente mètres à peine et pourtant on ne distinguait même pas sa lisière. Ce fut en voyant l'église que je pensai au curé Peiper, et lorsque je vis la lumière venir de sa cuisine, je me décidai à frapper à sa porte.

XIX

Peiper m'avait écouté en remplissant régulière-
ment son verre. Moi, j'avais vidé mon sac. J'avais
parlé, longuement. J'avais presque tout dit. Sauf
les lignes que j'écris en plus du *Rapport*. Mais
j'avais dit mes doutes, mes effrois. J'avais dit ce
curieux sentiment d'être tombé dans un piège
dont je ne parvenais pas à comprendre exactement qui en tissait les fils, qui les tenait, et pourquoi on m'y avait précipité, et surtout de quelle
manière je réussirais à m'en sortir. Quand je me
tus, Peiper laissa filer un peu de temps. Parler
m'avait fait du bien.

« À qui t'es-tu confié Brodeck, à l'homme ou
à ce qui reste du prêtre ? »

J'hésitais à répondre parce que tout simplement je ne savais pas quoi répondre. Comme
Peiper sentait mon embarras, il reprit :

« Je te pose la question parce que ce n'est pas la
même chose, tu le sais, même si je me rends
compte que tu ne crois plus en Dieu. Je vais

171

t'aider un peu, et te faire une confidence : moi non plus je ne crois plus guère en Dieu. Je Lui ai parlé pendant longtemps, des années et des années, et pendant des années, il me semblait bien qu'Il m'écoutait, et qu'Il me répondait aussi, par des signes, des pensées qui me venaient, des gestes que je faisais et qu'Il m'inspirait. Et puis, tout cela s'est arrêté. Je sais maintenant qu'Il n'existe pas, ou qu'Il est parti pour toujours, ce qui revient au même : nous sommes seuls, voilà tout. Pourtant, je continue à entretenir la boutique, mal sans doute, mais elle tient encore debout. Cela ne cause de tort à personne et il y a ici quelques vieilles âmes qui seraient encore bien plus seules et bien plus abandonnées si je laissais tomber le théâtre. Chaque représentation, vois-tu, leur donne un peu de force, la force de continuer. Il y a un principe pourtant que je n'ai pas renié, c'est celui du secret, du secret de la confession. C'est ma croix, et je la porte. Je la porterai jusqu'au bout. »

Il saisit subitement ma main et la serra très fort.

« Je sais tout Brodeck. Tout. Et tu ne peux même pas imaginer ce que ce *Tout* veut dire. »

Il s'arrêta car il venait de s'apercevoir que son verre était vide. Il se leva en tremblant et lança des regards anxieux vers les bouteilles qui peuplaient la pièce. Il en remua cinq ou six avant d'en trouver une dans laquelle restait un peu de vin. Il la prit dans ses bras en souriant, comme on enlace un être cher qu'on est heureux de retrouver, revint s'asseoir, se servit.

« Les hommes sont bizarres. Ils commettent le pire sans trop se poser de questions, mais ensuite, ils ne peuvent plus vivre avec le souvenir de ce qu'ils ont fait. Il faut qu'ils s'en débarrassent. Alors ils viennent me voir car ils savent que je suis le seul à pouvoir les soulager, et ils me disent tout. Je suis l'égout, Brodeck. Je ne suis pas le prêtre, je suis l'homme-égout. Celui dans le cerveau duquel on peut déverser toutes les sanies, toutes les ordures, pour se soulager, pour s'alléger. Et ensuite, ils repartent comme si de rien n'était. Tout neufs. Bien propres. Prêts à recommencer. Sachant que l'égout s'est refermé sur ce qu'ils lui ont confié. Qu'il n'en parlera jamais, à personne. Ils peuvent dormir tranquilles, et moi pendant ce temps, Brodeck, moi je déborde, je déborde sous le trop-plein, je n'en peux plus, mais je tiens, j'essaie de tenir. Je mourrai avec tous ces dépôts d'horreur en moi. Vois-tu ce vin ? Eh bien c'est mon seul ami. Il m'endort et me fait oublier, durant quelques instants, tout cette masse immonde que je transporte en moi, ce chargement putride qu'ils m'ont tous confié. Si je te dis cela, ce n'est pas pour que tu me plaignes, c'est pour que tu comprennes... Tu te sens seul de devoir dire le pire, moi, je me sens seul de devoir l'absoudre. »

Il s'arrêta, et je vis distinctement, dans la

lumière multiple et mouvante des chandelles, ses yeux s'emplir de larmes.

« Je n'ai pas toujours bu, Brodeck, tu le sais bien. Avant la guerre, l'eau était mon quotidien, et je savais Dieu tout à côté de moi. La guerre... Peut-être les peuples ont-ils besoin de ces cauchemars. Ils saccagent ce qu'ils ont mis des siècles à construire. On détruit ce qu'hier on louait. On autorise ce que l'on interdisait. On favorise ce que jadis on condamnait. La guerre, c'est une grande main qui balaie le monde. C'est le lieu où triomphe le médiocre, le criminel reçoit l'auréole du saint, on se prosterne devant lui, on l'acclame, on l'adule. Faut-il donc que la vie paraisse aux hommes d'une si lugubre monotonie pour qu'ils désirent ainsi le massacre et la ruine ? Je les ai vus bondir au bord du gouffre, cheminer sur son arête et regarder avec fascination l'horreur du vide dans lequel s'agitaient les plus viles passions. Détruire ! Souiller ! Violer ! Égorger ! Si tu les avais vus... »

D'un geste vif, le curé saisit mon poignet dans sa main, et le serra.

« Pourquoi à ton avis tolèrent-ils mes sermons incohérents, mes messes trouées d'imprécations et de délires d'ivrogne ? Pourquoi y viennent-ils tous ? Pourquoi aucun n'a jamais demandé à l'évêque ma révocation ? Parce qu'ils ont peur, Brodeck, tout simplement, parce qu'ils ont peur de moi et de ce que je sais d'eux. C'est la peur qui gouverne le monde. Elle tient les hommes par leurs petites couilles. Elle les serre dans sa main, de temps à autre, pour leur rappeler qu'elle peut les anéantir si elle le veut. Je vois leurs visages dans mon église, tandis que je suis en chaire. Je les vois sous leur fausse placidité. Je sens leur aigre sueur. Je la sens. Ce n'est pas de l'eau bénite qui suinte de la raie de leurs culs, tu peux me croire ! Ils doivent se maudire de m'avoir tout dit... Te souviens-tu lorsque tu m'aidais à servir la messe, Brodeck ? »

J'étais un très petit garçon et le curé Peiper m'impressionnait beaucoup. Il avait une voix profonde et soyeuse, une voix que les verres de vin n'avaient pas encore rabotée. Il ne riait jamais. J'avais une aube blanche et une collerette d'un rouge vermillon. J'aspirais l'encens en fermant les yeux, et je croyais ainsi que Dieu viendrait plus facilement en moi. Il n'y avait aucune faille dans mon bonheur béat. Il n'y avait pas de races. Pas de différences entre les hommes. J'avais oublié qui j'étais, d'où je venais. Je n'avais jamais prêté attention au petit bout de chair absent entre mes cuisses, et on ne me l'avait jamais reproché. Nous étions tous le peuple de Dieu. Près de l'autel, dans notre petite église, je me tenais à côté du curé Peiper. Il tournait les pages du Grand Livre. Il brandissait l'hostie et le calice. J'agitais les clochettes. Je lui présentais l'eau et le vin, le linge blanc pour qu'il s'essuie les lèvres. Je savais qu'il y avait un Paradis pour

175

les justes et un enfer pour les coupables. Tout me paraissait simple.

« Il est venu me visiter une fois… »

Peiper avait la tête basse et sa voix était devenue terne. J'ai cru qu'il me parlait de nouveau de Dieu.

« Il est venu, mais je crois que je n'ai pas su l'entendre. Il était tellement… différent… Je n'ai pas su… Je n'ai pas su l'entendre. »

Mais j'ai compris soudain que le curé parlait de l'*Anderer*.

« Ça ne pouvait se terminer que comme cela, Brodeck. Cet homme, c'était comme un miroir, vois-tu, il n'avait pas besoin de dire un seul mot. Il renvoyait à chacun son image. Ou peut-être que c'était le dernier envoyé de Dieu, avant qu'Il ne ferme boutique et ne jette les clés. Moi je suis l'égout, mais lui, c'était le miroir. Et les miroirs, Brodeck, ne peuvent que se briser. »

Comme pour appuyer ses paroles, Peiper prit la bouteille qui était devant lui et la lança contre le mur. Puis il en prit une autre, et une autre et une autre encore, et à mesure que les bouteilles se brisaient, jetant dans la cuisine des milliers d'éclats de verre, il riait, riait comme un damné, tout en hurlant « *Ziebe Jarh vo Missgesck ! Ziebe Jarh vo Missgesck ! Ziebe Jarh vo Missgesck !* – Sept ans de malheur ! Sept ans de malheur ! Sept ans de malheur ! », puis il s'arrêta soudain, s'abattit sur la table, la face dans ses mains, et sanglota comme un enfant.

Je restai un moment près de lui, sans oser bouger, ni dire quoi que ce soit. Il renifla deux fois, bruyamment, puis ce fut le silence. Il demeura ainsi, affalé sur la table, la tête cachée entre ses bras. L'une après l'autre les chandelles achevèrent de se consumer, et la cuisine fut peu à peu rendue à la pénombre. Des ronflements paisibles s'élevèrent du corps de Peiper. L'église sonna dix heures. Je sortis de la pièce en refermant très doucement la porte derrière moi.

Au-dehors, je fus surpris par la lumière. Il avait cessé de neiger et le ciel s'était dégagé entièrement. Les derniers nuages tentaient encore de s'accrocher sur les Schnikelkopf, mais le vent qui venait désormais de l'est achevait de faire le ménage en les écharpant en bandes minces. Les étoiles avaient sorti leurs parures d'argent. En levant la tête et en les regardant, j'eus l'impression de plonger dans une mer tout à la fois sombre et étincelante dont les fonds d'encre étaient ornés d'innombrables perles claires. Elles paraissaient toutes proches. Je fis même le geste stupide de tendre la main, comme si de mes doigts j'avais pu en saisir une poignée et les ramener sous ma veste pour les offrir à Poupchette.

La fumée sortait droite des cheminées. L'air était redevenu très sec et le gel saisissait les tas de neige devant les maisons en formant à leur surface une croûte dure et scintillante. Je sentais dans ma poche les feuilles que j'avais lues quelques heures plus tôt devant les autres. Quelques minces feuilles, très légères, mais qui pesaient d'un poids considérable et me brûlaient la peau. Je repensais à ce que m'avait dit Peiper à propos de l'*Anderer*, et j'avais bien du mal à faire la part des choses entre le délire d'un ivrogne et les mots d'un homme accoutumé à jongler avec les paraboles. Je me demandais surtout pourquoi l'*Anderer* était venu voir le curé, d'autant que nous avions tous remarqué assez vite qu'il fuyait l'église et ne se rendait jamais à la messe. Qu'avait-il pu lui dire ?

En passant près de l'auberge de Schloss, je vis que la lumière était encore allumée dans la grande salle. Alors, je ne sais pas pourquoi, l'envie me prit d'y entrer.

Dieter Schloss, debout derrière son comptoir, discutait avec Caspar Hausorn. Ils étaient tellement penchés l'un vers l'autre pour se parler qu'on aurait cru qu'ils allaient s'embrasser. J'ai lancé un salut qui les a cloués net, puis je suis allé m'asseoir à la table dans l'angle, juste près de la cheminée.

« Tu as encore du vin chaud ? »

Schloss fit signe que oui. Hausorn se tourna vers moi et fit un bref mouvement de tête qui pouvait passer pour un bonsoir. Puis il se pencha de nouveau vers l'oreille de Schloss, lui murmura quelque chose, à quoi l'aubergiste parut assentir, ramassa sa casquette, finit d'un trait son verre de bière et s'en alla sans plus me regarder.

C'était la deuxième fois que je revenais dans l'auberge depuis l'*Ereigniës*. Et comme la fois précédente, j'avais peine à croire que dans ce lieu très ordinaire s'était déroulée la scène de mise à mort. L'auberge ressemblait à n'importe quelle auberge de village, quelques tables, des chaises, des bancs, des litres sur des étagères, des glaces encadrées et tellement couvertes de suie qu'elles ne reflétaient plus rien depuis longtemps, un meuble qui contenait des jeux d'échecs et de dames, de la sciure sur le sol. Au-dessus se trouvaient les chambres. Quatre exactement. Trois n'avaient pas servi depuis longtemps. Quant à la quatrième, la plus grande, la plus belle aussi, elle avait hébergé l'*Anderer*.

Le lendemain de l'*Ereigniës*, après ma visite à Orschwir, j'étais resté presque une heure chez la mère Pitz, à reprendre mes esprits, à calmer ma raison et mon cœur, tandis que devant moi elle tournait les pages de son herbier et me commentait toutes les fleurs endormies dans le livre. Puis, lorsque peu à peu tout était redevenu clair dans ma tête, je l'avais quittée en la remerciant et j'étais allé directement à l'auberge. J'y avais trouvé porte close et volets rabattus. C'était la première fois que je voyais ainsi l'auberge de Schloss. J'avais frappé à la porte, de grands coups pressés, et j'avais attendu. Rien. J'avais frappé de nouveau, encore plus fort, et cette fois un volet s'était entrouvert et Schloss était apparu, méfiant et craintif.

« Qu'est-ce que tu veux, Brodeck ?

– Te parler. Ouvre-moi.

– Ce n'est peut-être pas le bon moment.

– Ouvre-moi, Schloss, tu sais bien que je dois faire le *Rapport*. »

Le mot m'était sorti tout seul de la bouche. Je l'employais pour la première fois, cela me fit tout bizarre mais il eut un effet immédiat sur Schloss. Il referma le volet et je l'entendis descendre précipitamment. Quelques secondes plus tard, il faisait jouer les verrous et ouvrait la grosse porte.

« Entre vite ! »

Il la referma dans mon dos avec une telle promptitude que je ne pus m'empêcher de lui demander s'il craignait qu'un fantôme s'y faufile.

« Ne plaisante pas avec ça, Brodeck... »

Puis il se signa à deux reprises.

« Qu'est-ce que tu veux ?

– Que tu me montres la chambre.

– Quelle chambre ?

– Ne fais pas mine de ne pas comprendre. La chambre. »

Schloss parut réfléchir et hésiter.

« Pourquoi tu veux la voir ?

– Je veux la voir maintenant. Je veux être précis. Je ne veux rien oublier. Je dois tout raconter. »

Schloss passa sa main sur son front qui luisait comme s'il venait de le frotter avec du saindoux.

« Il n'y a pas grand-chose à voir, mais si tu y tiens... Suis-moi. »

Nous montâmes à l'étage. Schloss et son gros corps occupaient tout l'escalier et faisaient ployer chacune des marches. Il soufflait fort. Parvenu sur le palier, il sortit une clé d'une des poches de son tablier et me la tendit.

« Je te laisse faire, Brodeck. »

Il fallut que je m'y reprenne à trois fois avant de pouvoir faire jouer la clé dans la serrure. Je ne parvenais pas à contrôler le tremblement de ma main. Schloss était un peu en retrait et tentait de reprendre son souffle. Enfin il y eut un petit déclic. J'ouvris la porte. Mon cœur me semblait être celui d'un oiseau traqué. J'avais peur de revoir cette chambre, peur comme de rencontrer un mort, mais ce que je vis me surprit tellement que mon angoisse s'évanouit sur-le-champ.

La chambre était totalement vide. Il n'y avait plus ni meubles, ni objets, ni vêtements, ni malle, à l'exception d'une grande armoire chevillée au mur. J'ouvris ses deux battants. Elle aussi était vide. Il n'y avait plus rien. Comme si l'*Anderer* n'avait jamais séjourné là. Comme s'il n'avait jamais existé.

« Où sont passés tous ses bagages ?

– De quoi parles-tu, Brodeck ?

– Ne te moque pas de moi, Schloss. »

La chambre sentait le bois humide et le savon. Le sol avait été mouillé à grande eau et frotté. À l'endroit où il y avait naguère le lit, on distinguait sur le parquet de mélèze une grande tache, plus sombre.

« C'est toi qui as lavé le sol ?
– Il faut bien que quelqu'un le fasse…
– Et cette tache, qu'est-ce que c'est ?
– À ton avis Brodeck ? »
Je me suis retourné vers Schloss.
« À ton avis… », répéta-t-il d'un air las.

XX

Je me suis réveillé bien tard ce matin. Et dans ma tête cognent des marteaux. Je crois que j'ai vraiment trop bu hier soir. La bouteille d'eau-de-vie est presque entièrement vide. J'ai la bouche sèche comme de l'amadou et je ne sais plus par quel miracle j'ai retrouvé le chemin de mon lit. J'ai écrit tard, et je me souviens que je ne sentais plus mes doigts tant le froid les avait rendus gourds. Je me souviens aussi que les touches de la machine se bloquaient de plus en plus. Contre la vitre, des fougères de glace avaient déposé leurs ramures et j'étais tellement ivre que j'ai cru que c'était la forêt qui s'avançait pour entourer la resserre, l'étouffer, et m'étouffer avec elle.

Lorsque je me suis levé, Fédorine ne m'a pas posé de questions. Elle m'a préparé une infusion où j'ai reconnu le parfum du serpolet, celui de la menthe grivèche et de la joubarbe. Elle a simplement dit : « Bois ça, c'est bon pour ce que tu as. » J'ai fait ce qu'elle a dit, comme quand j'étais petit.

Puis elle a posé devant moi un panier qui avait été apporté par Alfred Wurtzwiller, un peu plus tôt. À l'intérieur il y avait de la soupe aux pommes de terre, un pain gris, un demi-jambon, des pommes et des poireaux. Mais pas d'argent. Ce n'était pas comme d'habitude, lorsque de S. arrive un mandat qui montre que l'Administration ne m'oublie pas tout à fait. Dans ce cas, il y a l'argent et aussi trois ou quatre documents officiels, tamponnés de multiples fois, signés, contresignés, et qui attestent du paiement. Mais là, dans le panier, il n'y avait que la nourriture. Je ne pouvais pas ne pas faire le lien entre mon audition de la veille devant le Maire et les autres, et cette nourriture. On me payait ainsi. On me payait un peu. Pour le *Rapport*. Pour ce que j'avais déjà écrit, et surtout, surtout, pour ce que je n'y avais pas écrit.

Fédorine était occupée à laver Poupchette dans un baquet. Celle-ci battait des mains et les claquait dans l'eau chaude. Elle riait aux éclats en répétant : « P'tit poisson ! P'tit poisson ! » Je l'ai prise dans mes bras, toute mouillée, l'ai serrée contre moi et j'ai embrassé sa peau nue, souple et chaude, ce qui l'a fait davantage rire encore. Derrière nous, contre la fenêtre, ses yeux perdus au loin vers l'immensité blanche de la combe, Emélia fredonnait sa chanson. Poupchette s'est débattue et je l'ai posée à terre. Elle a pris un peu de mousse dans sa main, a couru vers sa mère, lui a lancé la mousse. Emélia s'est tournée vers la petite, sans cesser de chantonner. Elle a posé ses yeux morts sur le joli sourire de Poupchette, puis elle a de nouveau regardé la blancheur.

Je me sens faible et inutile. Je tente d'écrire des choses. Mais qui les lira ? Qui ? Je ferais mieux de prendre Poupchette et Emélia dans mes bras, la vieille Fédorine sur mon dos, un baluchon rempli de vivres, de vêtements et de quelques beaux souvenirs, et m'en aller loin d'ici. Recommencer. Tout recommencer. C'est à cela paraît-il que l'on reconnaît l'homme, nous disait jadis Nösel. « L'homme est un animal qui toujours recommence. » Nösel lançait ses sentences avec des pauses de tribun, les deux mains appuyées sur son large bureau, en laissant toujours derrière elles un grand silence que chacun d'entre nous remplissait à sa guise.

« L'homme est un animal qui toujours recommence. » Mais que recommence-t-il sans cesse ? Ses erreurs, ou la construction de ses fragiles échafaudages qui parviennent parfois à le hisser à deux doigts du ciel ? Cela Nösel ne le disait jamais. Peut-être parce qu'il savait que la vie elle-même, la vie dans laquelle nous n'étions encore pas tout à fait entrés, finirait un jour ou l'autre par nous le faire comprendre. Ou peut-être tout simplement parce qu'il n'en savait rien, parce que lui-même n'avait jamais eu d'hésitation, et parce qu'à force de ne téter depuis toujours que la mamelle des livres, il en avait oublié le vrai monde et ceux qui y passaient.

Hier soir, sans que je l'y invite, Schloss s'est assis face à moi, après m'avoir apporté mon vin chaud. Je sentais bien qu'il voulait me dire quelque chose, mais moi, je n'avais rien à lui dire. J'étais encore trop occupé par tout ce que m'avait raconté le curé Peiper. Et puis, ce que je voulais, c'était simplement boire mon verre de vin chaud, sentir le feu raviver mon corps. C'est tout. Je ne cherchais rien d'autre. J'avais le crâne qui grouillait de questions sans réponses, et de centaines de petites pièces d'un grand mécanisme qu'il me restait à inventer pour les assembler.

« Je sais que tu ne m'aimes pas trop, Brodeck, a soudain murmuré Schloss dont j'avais oublié la présence face à moi, pourtant, je ne suis pas le plus mauvais, tu sais. »

L'aubergiste me semblait encore plus gros et plus suant que d'ordinaire. Il tortillait ses doigts et se mordait les lèvres qu'il avait grasses et fendillées.

« Je fais ce qu'on me dit, c'est tout. Je ne veux pas d'histoires, ce qui ne m'empêche pas de penser... Moi, je ne suis qu'un homme simple, je n'ai pas ton intelligence, et quoi que tu penses peut-être, je n'ai pas de vice non plus. Je ne suis pas le pire. C'est vrai que j'ai servi à boire aux *Fratergekeime* quand ils ont occupé le village. Mais qu'est-ce que tu voulais que je fasse ? C'est mon métier de servir à boire. Je n'allais quand même pas me laisser tuer par eux parce que je leur aurais refusé un verre de bière ? J'ai toujours regretté ce qui t'est arrivé Brodeck, je te le jure, et je n'y étais pour rien, tu peux me croire... Quant à ce qu'ils ont fait à ta femme... Mon Dieu... »

J'ai failli cracher au visage de Schloss lorsqu'il a évoqué Emélia, mais les quelques mots qu'il a ensuite prononcés m'ont arrêté subitement.

« Moi aussi je l'aimais ma femme, tu sais. Peut-être que ça peut te paraître curieux, parce qu'elle n'était pas très belle si tu te souviens, mais depuis qu'elle n'est plus là, j'ai l'impression de vivre à demi. Plus rien n'a d'importance. Si Gerthe avait été là, pendant la guerre, peut-être que je n'aurais jamais servi à boire aux *Fratergekeime* ? Je me sentais fort en sa présence... Peut-être que je leur aurais craché à la gueule ? Peut-être que j'aurais saisi le grand couteau qui me sert à couper les oignons et que je leur aurais ouvert la panse ? Et puis, si elle avait été encore là, peut-être que... peut-être que le *Murmelnër* serait toujours en vie, peut-être que je me serais fait tuer plutôt que lui le soit, sous mon toit... ? »

Je sentais grouiller mon ventre. J'avais un peu la nausée. Le vin chaud ne passait pas. Il ne me réchauffait pas, il me mordillait les entrailles, comme si soudain dans mon ventre il y avait eu un petit animal qui tentait de planter ses dents un peu partout. Je regardais Schloss comme je ne l'avais jamais vu. C'était comme si un pan de brouillard s'était déchiré, peu à peu, en laissant voir derrière lui un paysage insoupçonné, dont les reliefs s'ordonnançaient avec une curieuse harmonie. En même temps, je me demandais si Schloss ne cherchait pas à m'embobiner. C'est toujours simple de regretter après coup ce qui s'est passé. Ça ne mange pas de pain, et ça permet de se laver à la fois les mains et la mémoire, à grande eau, pour les rendre pures et blanches. Mais tout de même, ce que Peiper m'avait dit à propos de la confession et de l'égout, c'était quelque chose ! Ils avaient tous dû y passer à l'église, et Schloss ne devait pas avoir été le dernier. Et puis je me rappelais trop bien son attitude et son visage le soir de l'*Ereigniës*, il n'avait pas l'air en retrait. Il ne semblait pas désavouer le crime commis entre ses murs, quoi qu'il me dise désormais. Il n'avait pas l'air d'un homme saisi par la terreur et l'horreur de ce qui venait de se produire.

Je ne savais pas trop quoi penser. Je ne sais toujours pas trop quoi penser. C'est sans doute cela la grande victoire du camp sur les prisonniers : les uns sont morts, et les autres comme moi qui ont pu en réchapper gardent toujours une part de souillure au fond d'eux-mêmes. Ils ne peuvent plus jamais regarder les autres sans se demander si au fond des regards qu'ils croisent il n'y a pas le désir de traquer, de torturer, de tuer. Nous sommes devenus des proies perpétuelles, des créatures qui, quoi qu'elles fassent, verront toujours le jour qui se lève comme une longue épreuve à surmonter et le soir qui tombe avec un sentiment curieux de soulagement. Il y a en nous les ferments de la déception et de l'intranquillité. Je crois que nous sommes devenus, et jusqu'à notre mort, la mémoire de l'humanité détruite. Nous sommes des plaies qui jamais ne guériront.

« Tu ne sais peut-être pas que jadis nous avons eu un enfant, a poursuivi Schloss. Fédorine ne te l'a peut-être pas écrit à cette époque. C'était du temps où tu étais loin de chez nous, du temps de tes études. Un enfant, qui n'a vécu que quatre jours, et quatre nuits. Un garçon, dont l'accoucheuse, la vieille Paula Beckenart, qu'elle repose en paix, avait dit qu'il avait tout d'un petit Schloss. Elle l'avait sorti du ventre de Gerthe, au septième jour d'avril. Au-dehors, les oiseaux piaillaient et les bourgeons sur les mélèzes devenaient gros comme des prunes. La première fois qu'on me l'a mis dans les bras, j'ai bien cru que je ne saurais pas le tenir. J'avais peur de trop le serrer, de l'étouffer avec mes grosses mains, et j'avais peur aussi de le laisser choir à terre, et qu'il se brise comme du cristal. Gerthe se moquait de moi, et lui, le petit, il criait fort, battait des mains et des pieds, mais dès qu'il trouvait le sein de Gerthe, il aspirait son lait et tétait sans plus s'arrêter comme s'il avait voulu la vider entièrement. Je lui avais fait faire par Hans Douda un berceau dans le tronc d'un noyer, un beau noyer qu'il s'était gardé pour fabriquer une armoire mais j'avais mis les pièces d'or sur son établi, et nous étions tombés d'accord. »

Schloss avait de gros ongles sales. Au fur et à mesure qu'il me racontait son enfant, il essayait de les nettoyer, sans même les regarder, mais il ne parvenait pas à enlever la noirceur qui les bordait.

« Il l'occupait pleinement ce berceau. Il en tapait le fond avec ses petits pieds, il y mettait toute sa force, et cela rendait un joli bruit, comme celui des cognées lointaines dans les forêts. Gerthe voulait l'appeler Stephan et moi je préférais Reichart. Au vrai, on avait été pris de court : tous les deux, nous nous étions persuadés que l'enfant ne pouvait être qu'une fille. Cette petite fille qui jamais ne vint, nous lui avions déjà donné un prénom : Lisebeth, parce que Lise était le prénom de ma mère, et Bethsie, celui de la mère de Gerthe. Mais quand le petit homme est venu au jour, et que l'accoucheuse l'a brandi vers le ciel, nous n'avions pas de nom pour lui. Durant les quatre jours de sa courte vie, on ne cessait de se chamailler en riant, Gerthe et moi. Je disais "Reichart", elle répondait "Stephan". C'était devenu un jeu, un jeu qui finissait par des embrassades et des tendresses. Si bien que lorsque l'enfant est mort, il n'avait pas de nom. Il est mort sans nom, et depuis, je n'ai cessé de m'en vouloir, comme si c'était cela qui l'avait un peu tué. »

Schloss s'est tu et a baissé la tête. Plus rien ne bougeait en lui. C'est comme s'il ne respirait plus.

Moi j'avais dans ma bouche le parfum de la cannelle et celui de la girofle, et dans mon ventre, toujours la grande morsure.

« Dans mes nuits, parfois je rêve de lui, il tend ses mains vers moi, ses toutes petites mains, et puis il s'en va, il s'éloigne, comme si une force l'emportait, et moi, je n'ai pas de nom à hurler, je n'ai pas de nom à dire pour tenter de le retenir. »

Schloss avait relevé la tête et prononcé ces mots en mettant ses gros yeux dans les miens. Ça prenait beaucoup de place et ça débordait. Ça m'étouffait même un peu ce regard. Il attendait sans doute que je parle, que je dise un mot, mais lequel ? Je savais bien que les fantômes peuvent avoir la vie dure et que, parfois, ils sont plus présents que les vivants.

« Un matin, en me réveillant, je n'ai rien entendu. Gerthe n'était plus dans le lit. Elle était au pied du berceau. Elle regardait l'enfant et elle ne bougeait pas. Je l'ai appelée. Elle n'a rien répondu. Elle n'a même pas tourné la tête vers moi. Je suis allé vers elle en chantonnant les prénoms, Stephan, Reichart... Gerthe s'est levée d'un bond et m'a sauté dessus, comme une bête devenue folle, essayant de me frapper, de déchirer ma bouche, de griffer mes joues. Dans le berceau, j'ai vu le visage de l'enfant. Il avait les yeux clos, et sa peau avait pris la couleur de l'ardoise. »

Je ne sais plus combien de temps je suis resté

encore avec Schloss. Je ne me rappelle plus non plus s'il a continué à me parler de son enfant, ou s'il est resté face à moi, en silence. Le feu dans la cheminée a décliné. Il ne l'a pas rechargé. Les flammes se sont éteintes, puis ensuite le peu de braises. Il a fait froid. Je me suis levé à un moment et Schloss m'a raccompagné jusqu'à la porte. Il m'a serré longuement la main, et puis il m'a dit merci. Deux fois. Merci pour quoi ?

Sur le chemin du retour, ma tête bourdonnait et j'avais l'impression que mes tempes tapaient l'une contre l'autre comme deux cymbales. Je me suis surpris à dire à haute voix le nom de Poupchette, plusieurs fois, « Poupchette, Poupchette, Poupchette... », comme des cailloux sonores lancés dans l'air et qui allaient me ramener au plus vite jusqu'à ma maison. Je ne pouvais m'empêcher de penser à l'enfant mort de Schloss, à tout ce qu'il m'avait dit sur lui, aux quelques heures passées dans notre monde. C'est tellement étrange une vie d'homme. Une fois qu'on y est précipité, on se demande souvent ce qu'on y fait. C'est peut-être pour cela que certains, un peu plus malins que d'autres, se contentent de pousser seulement un peu la porte, jettent un œil, et apercevant ce qu'il y a derrière se prennent du désir de la refermer au plus vite.

Peut-être que ce sont eux qui ont raison.

XXI

Je reviens au premier jour. Ou plutôt au premier soir. Le soir de l'arrivée de l'*Anderer* dans notre village. J'ai dit sa rencontre avec l'aîné des Dörfer, mais je n'ai pas dit son arrivée à l'auberge, quelques instants plus tard. Je me suis fait raconter à trois reprises et par trois témoins différents : Schloss lui-même, Menigue Wirfrau le boulanger, qui était venu à l'auberge boire un verre de vin, et Doris Klattermeier, une jeune fille toute rose aux cheveux pâles comme des foins qui passait dans la rue à ce moment. Des témoins, il y en avait d'autres, dans l'auberge et au-dehors, mais les trois que j'avais interrogés m'avaient dit les faits exactement de la même façon – à un détail près –, et je n'ai pas cru bon d'aller plus loin.

L'*Anderer* était descendu de sa monture quand il avait parlé avec le fils Dörfer, et il avait continué à cheminer ainsi dans les rues, tenant par la bride son cheval, l'âne suivant quelques pas derrière eux. Parvenu devant l'auberge, il avait noué les brides à l'anneau, puis, plutôt que de faire comme tout le monde, c'est-à-dire de pousser la porte et d'entrer, il avait frappé trois coups et attendu. C'était tellement inhabituel cette pratique qu'il attendit longtemps. «J'ai cru que c'était un farceur, me dit Schloss, ou bien un gosse!» Bref, rien ne se passe. On ne lui ouvre pas la porte, et lui, il ne l'ouvre pas non plus. Quelques-uns se sont déjà arrêtés, dont la petite Doris, pour regarder le phénomène, cheval, âne, chargement, et le bonhomme drôlement accoutré planté devant la porte, un sourire sur son visage rond et poudré. Au bout de quelques minutes, il frappe de nouveau trois coups, plus secs et plus forts. «Là, je me suis dit qu'il y avait quelque chose de pas normal et je suis allé voir.»

Schloss ouvre donc la porte et se retrouve face à l'*Anderer*. «J'ai failli en avaler ma langue! Il sortait d'où celui-là? D'un cirque ou d'un conte?» Mais l'*Anderer* ne lui laisse pas le temps de se ressaisir. Il se découvre, dégage son crâne tout rond tout chauve, esquisse un petit salut, souple et élégant avec son drôle de chapeau, et dit: «Je vous salue monsieur. Mes amis – et là il désigne d'un geste l'âne et le cheval – et moi-même avons fait une longue route et sommes bien fatigués. Seriez-vous assez aimable pour nous offrir l'hospitalité? Nous avons de quoi vous payer bien sûr.»

Schloss est persuadé que l'*Anderer* a dit: «Je

vous salue monsieur Schloss », mais la petite Doris ainsi que Wirfrau m'ont juré le contraire. Sans doute Schloss était-il tellement abasourdi par la drôle d'apparition, et par la demande qui lui était faite qu'il a eu quelques instants d'absence. « Moi, j'ai pas su quoi lui répondre sur le coup ! Ça faisait combien d'années qu'on n'avait pas eu de visiteurs, à part ceux que tu sais ! Et puis ces mots, il les avait prononcés en *Deeperschaft* – la langue de l'intérieur – pas en dialecte, et mon oreille, elle n'était plus habituée. »

Menigue Wirfrau m'a dit que Schloss était resté un moment sans répondre, à regarder l'*Anderer* et à se gratter la tête. L'*Anderer*, quant à lui, se tenait paraît-il immobile, souriant, comme si tout cela était normal, et que le temps qui s'écoulait goutte à goutte dans un étroit tuyau n'avait aucune importance. « Même son âne et son cheval ne bougeaient pas – c'est Doris Klattermeier qui parle. Les deux bêtes regardaient Schloss, et dans leurs yeux, on aurait cru qu'il y avait de l'intelligence. » Elle avait tremblé un peu quand elle m'avait rapporté cela, et puis elle s'était signée, deux fois. Chez nous, si pour la plupart Dieu est une créature lointaine de livres et d'encens, le Diable est un voisin que beaucoup pensent avoir aperçu un jour ou l'autre.

Schloss a fini par dire quelque chose tout de même. « Il lui a demandé le nombre de nuits qu'il comptait rester. » Wirfrau, j'étais allé le voir quand il pétrissait. Il était torse nu, la poitrine couverte de farine, et le bord des yeux aussi. Il prenait le grand anneau de pâte à pleins bras, le soulevait, le retournait, le laissait tomber au fond du pétrin, recommençait. Il me parlait sans me regarder. J'avais trouvé une place, entre deux sacs et le bûcher. Le four ronronnait depuis un bon moment et la petite pièce semblait cuire dans l'odeur du bois qui brûlait. « L'autre a paru réfléchir un peu, il souriait toujours, il a regardé son cheval et son âne, et c'était comme s'il leur demandait leur avis, puis il a fini par répondre, avec sa drôle de voix : "Je pense que nous allons nous installer assez longuement." Alors Schloss, sans doute parce qu'il ne savait pas quoi dire et qu'il ne voulait pas avoir l'air couillon, il a secoué la tête plusieurs fois, et puis il lui a proposé d'entrer. »

Deux heures plus tard, l'*Anderer* était installé dans la chambre que Schloss avait précipitamment dépoussiérée. Ses bagages et ses malles avaient été montés et son cheval et son âne étaient couchés sur un bon lit de paille, dans l'écurie du père Solzner, un vieux aimable comme un coup de trique, qui est juste contre l'auberge. Près des bêtes, il avait demandé qu'on dispose un baquet d'eau très pure et un seau de picotin. Il était venu s'assurer qu'elles étaient bien installées, leur avait brossé les flancs avec un bouchon de foin, et avait glissé dans leur oreille des mots que personne n'avait entendus. Puis il avait posé trois pièces d'or dans la main du père Solzner, ce qui correspondait à plusieurs mois de pension pour les montures. Et quand il était sorti de l'écurie, il avait dit au revoir à ses bêtes et leur avait souhaité bonne nuit.

Entre-temps, l'auberge s'était remplie et beaucoup avaient rappliqué pour voir de leurs yeux le phénomène. Moi-même, qui ne suis pas d'un naturel curieux, je dois bien avouer que j'étais allé voir aussi. La nouvelle s'était répandue dans les rues et dans les maisons à la vitesse de l'éclair, et on s'est retrouvés une bonne trentaine dans l'auberge, alors que la nuit tiède au-dehors s'était posée sur les toits. Pour autant, ce soir-là, on en avait été pour nos frais, car une fois monté dans sa chambre, l'*Anderer* n'en était plus descendu. Les mots allaient bon train. Les verres aussi, et Schloss n'avait pas assez de ses deux bras pour contenter tous les buveurs. Il devait sans doute se dire que l'arrivée d'un voyageur avait finalement du bon. Cela faisait marcher son commerce comme un jour de foire ou d'enterrement. Menigue Wirfrau ne cessait de raconter l'arrivée de l'*Anderer*, son accoutrement, son cheval et son âne, et petit à petit, comme tous lui payaient un canon pour mieux lui délier la langue, il se mit à fleurir son récit en même temps qu'il butait sur chaque mot.

Mais de temps à autre, on entendait des pas à l'étage et toute la salle faisait silence, chacun retenant sa respiration. Les regards se posaient sur le plafond comme pour le traverser. On imaginait le visiteur. On lui donnait forme et chair. On

197

cherchait à entrer dans les méandres de sa tête sans même l'avoir encore vue.

À un moment, Schloss monta lui demander si tout allait bien. On essaya d'entendre leur conversation mais rien à faire : même ceux qui avaient glissé leurs grandes oreilles dans l'escalier en furent pour leurs frais. Quand Schloss redescendit, on l'entoura :

« Alors ?

– Alors quoi ?

– Ben qu'est-ce qu'il t'a dit ?

– Il a dit qu'il voulait une "collation".

– Une "collation" ? C'est quoi ça ?

– Un dîner léger, qu'il m'a dit.

– Qu'est-ce que tu vas lui faire ?

– Ce qu'il m'a demandé ! »

Chacun était curieux de voir à quoi pouvait bien ressembler une *collation*. La plupart suivirent Schloss dans sa cuisine et le regardèrent préparer un grand plateau sur lequel il disposa trois grosses tranches de lard, une saucisse, des cornichons marinés, un pot de crème, une livre de pain bis, du chou à l'aigre douce et un fromage de chèvre, ainsi qu'un pot de vin et une chope de bière. Quand il passa entre les clients, il tenait le plateau religieusement et chacun s'écarta en se taisant comme devant le passage d'une relique. Seule la voix de Wirfrau troublait le silence : il en était encore à raconter l'arrivée de l'*Anderer* devant l'auberge. Personne ne l'écoutait plus mais, vu son état, il ne pouvait plus s'en rendre compte. De même qu'un peu plus tard, il ne remarqua pas qu'il confondait son pétrin et son lit : il s'endormit dans le premier après avoir préparé la pâte dans le second. Le lendemain fut pour lui un jour de gueule de bois et pour nous tous un jour sans pain.

Quand je suis revenu à la maison, Fédorine m'attendait :

« Qu'est-ce qui se passe, Brodeck ? »

Je lui fis le récit de ce que j'avais appris. Elle m'écouta attentivement et secoua la tête.

« Pas bon tout ça, pas bon... »

C'était simplement quelques mots, mais ils m'agacèrent et je lui demandai sèchement pourquoi elle disait cela.

« Quand le troupeau a fini par se calmer, il ne faut pas lui donner des raisons de remuer de nouveau », répondit-elle.

Je haussais les épaules. J'avais l'humeur légère. J'étais, j'en prends seulement aujourd'hui conscience, peut-être le seul au village à qui plaisait l'arrivée d'un inconnu chez nous. J'avais l'impression que cela signait une renaissance, un retour à la vie. C'était pour moi comme si on avait soulevé une lourde plaque de fer, fermant depuis des années une cave, et que l'air de cette cave recevait subitement le vent et les rayons d'un grand soleil. Mais je ne pouvais pas imaginer que parfois les soleils deviennent des gêneurs, et que leurs rayons qui éclairent le monde et le font resplendir, malgré eux, dévoilent aussi ce qu'on cherche à enfouir.

La vieille Fédorine me connaît comme une poche dans laquelle elle aurait mis des milliers de fois la main. Elle s'est plantée face à moi, m'a regardé droit dans les yeux, et puis elle a passé sa main sur ma joue, sa main qui tremblait tout en me caressant.

«Je suis très vieille, mon petit Brodeck, si vieille... Bientôt, je ne serai plus là. Fais attention à toi, tu es déjà revenu une fois d'où on ne revient pas. Il n'y a jamais de seconde chance, jamais. Et tu as charge d'âmes désormais, pense à elles, elles deux...»

Je ne suis pas très grand, mais c'est à cet instant précis que j'ai mesuré combien Fédorine était petite. Elle ressemblait à une enfant, une enfant au visage de vieillard, une créature courbée, ratatinée, mince, fragile, à la peau fripée et couverte de rides, une créature qu'un souffle d'air un peu fort aurait pu balayer comme une poussière. Ses yeux, sous leur voile blanchâtre, brillaient, et ses lèvres bougeaient un peu. Je l'ai prise contre moi, je l'ai serrée dans mes bras, longuement, et j'ai songé aux oiseaux, aux oiseaux si petits et perdus, les passereaux faibles, malades ou désolés qui ne peuvent suivre leurs semblables dans les grandes migrations, et qui attendent avec résignation, vers la fin de l'automne, sur le rebord des toits, les branches basses des arbres, les plumes défaites et le cœur affolé, le froid qui les fera mourir. J'ai embrassé Fédorine plusieurs fois, sur ses cheveux tout d'abord, puis sur le front et sur les joues, comme je le faisais enfant, et j'ai retrouvé son odeur, une odeur de cire, de fourneau et de drap frais, l'odeur qui depuis le début de ma vie, ou presque, suffisait à me faire venir un sourire apaisé sur les lèvres, même pendant mon sommeil. Je l'ai tenue ainsi longuement contre moi, tandis que mon esprit, avec la vitesse de l'éclair, allait et venait dans les moments de ma vie, collant les unes contre les autres des heures disparates pour en faire une bizarre mosaïque qui n'avait pour seul effet que de me faire un peu plus sentir le temps enfui et les instants qui jamais ne reviendraient.

Fédorine était là, tout contre moi, et je pouvais lui parler. Je sentais son odeur, je sentais son cœur battre. C'était aussi comme si le mien battait en elle. J'ai repensé au camp. Seule la pensée de la mort occupait nos esprits. Nous vivions perpétuellement dans cette conscience de notre mort, et c'est sans doute cela qui faisait que certains devenaient fous. L'homme, même s'il sait qu'un jour il mourra, ne peut vivre durablement dans un univers qui ne lui renvoie que la conscience de sa propre mort, un univers saturé de mort, et qui n'a été pensé que pour cela.

« *Ich bin nichts* » disait le panneau autour du cou du pendu. Nous le savions si bien que nous n'étions rien. Nous le savions trop bien. Un rien. Un rien livré à la mort. Son esclave. Son jouet. Qui attend résigné. Curieusement, j'avais beau être une créature du néant, habitant le néant et étant habitée par lui, cela ne parvenait pas à m'effrayer. Je ne redoutais pas ma propre mort, ou si je la redoutais, c'était par une sorte de réflexe animal, fugace. Par contre, la pensée de la mort me devenait insupportable quand je l'associais à Emélia, et à Fédorine. C'est bien la mort des autres, des êtres aimés, pas la nôtre, qui nous ronge et peut nous détruire. C'est contre elle qu'il a fallu que je lutte, en brandissant devant sa lumière noire des visages et des figures.

XXII

Au début, notre village accueillit l'*Anderer* comme une sorte de monarque. Il y avait d'ailleurs comme de la magie dans tout cela. Les gens chez nous ne sont pas d'un naturel ouvert. Sans doute est-ce notre paysage de combes et de montagnes, de forêts et de vallons encaissés, notre climat de pluies, de brumes, de gels, de tourmentes de neige, de chaleurs horribles qui expliquent un peu cela. Et puis la guerre bien sûr, qui n'a rien arrangé. Elle a fermé les portes et les âmes un peu plus encore, les cadenassant avec soin, celant ce qu'elles contenaient bien à l'abri du jour.

Mais dans les premiers temps, passé la surprise incroyable de sa venue chez nous, l'*Anderer* sut s'entourer malgré lui d'un charme propre à amadouer les plus hostiles car tout le monde voulait le voir, enfants, femmes, vieillards, et lui se prêtait à ce jeu sans déplaisir, souriant aux uns et aux autres, soulevant son chapeau devant les dames et inclinant la tête devant les hommes, sans prononcer toutefois le moindre mot, au point que si certains ne l'avaient pas entendu parler le premier soir, on aurait pu le prendre pour un muet.

Il ne pouvait aller dans les rues sans être suivi par une petite bande rieuse de marmots inoccupés à qui il donnait de menus cadeaux qui leur paraissaient des trésors : rubans, billes de verre, ficelles dorées, papiers de couleur. Il sortait tout cela de ses poches, comme si elles en étaient continuellement pleines, à croire que tout son bagage en était rempli.

Lorsqu'il allait dans l'écurie du père Solzner visiter ses deux montures, les enfants l'observaient depuis la porte, n'osant pas entrer, et d'ailleurs il ne les invitait pas à le faire. Il saluait son cheval et son âne, les appelant toujours par leurs noms, et les vouvoyant, tout en les caressant et en glissant entre leurs lèvres grises des morceaux de sucre blond qu'il tirait d'un petit sac en velours grenat. Les gamins regardaient le spectacle, la bouche ouverte et les yeux ronds, se demandant quelle était la langue qu'il utilisait pour ciseler les mots qu'il murmurait dans l'oreille des bêtes.

À dire vrai, il parlait davantage à son cheval et à son âne qu'à nous autres. Schloss avait reçu comme consigne de frapper à sa porte à six heures chaque matin, de ne pas entrer, et de déposer sur le seuil le plateau sur lequel immuablement il disposait les mêmes choses : une brioche ronde

– payée d'avance par l'*Anderer* à Wirfrau –, un œuf cru, et un pot d'eau chaude ainsi qu'un grand bol.

« Il boit quand même pas de l'eau chaude sans rien ! » avait lancé un soir Rudolf Scheuling qui depuis l'âge de douze ans ne s'enfilait que du *schnick*. C'était du thé que prenait l'*Anderer*, un thé fort et qui laissait sur le bord des tasses de grandes marques brunes. Je l'avais goûté une fois, ce thé, lorsqu'il m'avait convié dans sa chambre pour bavarder un peu et me montrer certains livres. Il laissait dans la bouche un goût de cuir et de fumée, de salaison aussi. Je n'avais jamais rien bu de tel.

Pour le déjeuner, il descendait dans la grande salle. Il y avait alors toujours des curieux pour venir le regarder, et surtout regarder ses manières, des manières délicates, une façon distinguée de tenir sa fourchette et son couteau, de le glisser dans le blanc d'un poulet ou la chair d'une pomme de terre.

Au tout début, Schloss avait bien essayé de plonger dans sa mémoire pour retrouver des recettes dignes du visiteur, mais il avait vite abandonné, et cela sur la demande même de l'*Anderer*. Malgré son corps tout rond et son teint rouge aux pommettes, celui-ci ne mangeait presque rien. À la fin d'un repas, son assiette n'était jamais vide. Il y restait la moitié des choses. Par contre, il ne cessait de boire de grands verres d'eau, comme si une soif intense le dévorait constamment, ce qui avait fait dire à Marcus Graz, un échalas sec comme un tronc de chien, qu'heureusement qu'il ne pissait pas dans la Staubi parce que ça l'aurait à coup sûr fait déborder.

Les soirs, il ne prenait qu'une soupe, et encore, quelque chose de léger, davantage un bouillon qu'une soupe d'ailleurs, puis il montait dans sa chambre, après avoir salué d'un signe de tête ceux qui étaient dans l'auberge. La lumière brillait tard à sa fenêtre. Certains disaient même qu'il l'avait vue durant toute la nuit. En tout cas, on se demandait ce qu'il pouvait bien faire.

Au cours des après-midi des premiers temps de son séjour, il arpenta toutes nos rues, avec méthode, comme s'il effectuait un quadrillage ou un relevé. Personne ne s'en rendit compte vraiment, il aurait fallu pour cela le suivre en permanence, et seuls les gosses le faisaient.

Habillé comme pour prendre place dans une vieille fable pleine de poussière et de mots perdus, il marchait les pieds un peu en dehors, la main gauche posée sur une belle canne au pommeau d'ivoire, et la main droite occupée à tenir bien serré le petit carnet noir qui allait et venait sous ses doigts, comme un drôle d'animal apprivoisé.

Parfois, il faisait prendre l'air à une de ses bêtes, le cheval ou l'âne, jamais les deux en même temps, et il la menait par la bride, en lui flattant les flancs, vers les rives de la Staubi, un peu en amont du

Baptisterbrücke, pour qu'elle mange là l'herbe fraîche et grasse. Lui-même posait ses grosses fesses à même le sol, et il demeurait sans bouger, regardant le courant et les tourbillons clairs, comme s'il allait en sortir un miracle. Les enfants restaient en retrait, un peu plus haut sur le talus. Tous respectaient son silence et aucun alors ne jetait de caillou dans l'eau.

Deux semaines après l'arrivée de l'*Anderer* dans notre village eut lieu le premier événement. Je crois que c'est le Maire qui en eut l'idée, même si je ne peux le jurer. Je ne lui ai jamais posé la question car cela n'a guère d'importance. Ce qui est important en revanche, c'est ce qui s'est passé ce soir-là. Le soir du 10 juin.

Chacun avait compris à ce moment-là que l'*Anderer* ne faisait pas que passer par chez nous, mais qu'il prenait ses habitudes et qu'il s'apprêtait sans doute à séjourner longtemps dans nos murs. Durant la journée du 10 juin circula la nouvelle que le village, Maire en tête, allait recevoir comme il se devait le nouveau visiteur. Il y aurait un discours, de la musique, et même un *Schoppessenwass*, ce qui dans le dialecte désigne une sorte de grande table chargée de verres, de bouteilles et de victuailles que l'on dresse lors de certains événements populaires.

Depuis l'aube, le *Zungfrost* s'était affairé à bâtir une sorte de petite estrade, mais qui en vérité faisait plutôt songer à un échafaud, près des halles. On entendit les coups de marteau et le grincement de la scie avant même que le soleil n'ait rongé la noirceur du ciel, ce qui tira du lit plus d'un badaud. À huit heures, chacun savait la nouvelle. À dix heures, il y avait plus de monde dans les rues qu'un jour de marché. Dans l'après-midi, tandis que le *Zungfrost* finissait de peindre, sur une large banderole en papier tendue au-dessus de l'estrade, en grosses lettres tremblotantes la phrase de bienvenue « *Wi sund vroh wen neu kamme* », une phrase étrange qui était sortie de la tête de Diodème, deux colporteurs avertis on ne sait comment proposaient à ceux qui les entouraient des médailles bénites, des poudres contre les rats, des couteaux, du fil, des almanachs et des semences, des images et des chapeaux de feutre. Je les connaissais pour les croiser souvent sur les chemins des crêtes ou ceux de la forêt. Sales comme des teignes et les cheveux noirs comme l'encre, ils étaient père et fils. On ne savait même pas leurs noms. On les appelait *De Runhgäre*, « les Coureurs », car ils étaient capables de parcourir des distances considérables en très peu d'heures. Le père me salua.

« Qui vous a dit qu'il y avait une fête ?

– Le vent.

– Le vent ?

– Pour qui sait l'écouter, il dit plein de choses. »

Il me regarda d'un air malicieux tout en se roulant une cigarette.

« Tu es retourné à S. ?

– Pas le droit, la route est toujours interdite.

– Et comment te fournis-tu alors ? Le vent ?

– Non, pas le vent... La nuit. La nuit, quand on la connaît bien, c'est un manteau de fée, il suffit de s'en vêtir, et on va où on veut avec elle ! »

Il partit d'un grand rire qui faisait voir ses quatre dernières dents, plantées sur sa mâchoire comme des souvenirs d'arbres sur une colline désolée. Un peu plus loin, Diodème était occupé à surveiller le *Zungfrost* qui achevait de peindre les lettres. Il me fit un petit signe de la main, mais ce n'est que plus tard, alors que nous étions côte à côte et que la cérémonie était sur le point de commencer, que je lui ai posé la question qui me travaillait un peu :

« C'est toi qui as eu l'idée ?

– L'idée de quoi ?

– De la phrase.

– C'est Orschwir qui m'a dit.

– Qui t'a dit quoi ?

– De trouver quelque chose, des mots...

– Elle est bizarre ta phrase. Pourquoi tu l'as pas écrite en *Deeperschaft* ?

– Orschwir ne voulait pas.

– Pourquoi ?

– Je ne sais pas. »

Sur le coup, moi non plus je ne savais pas. Plus tard, j'ai eu le temps de réfléchir. L'*Anderer* était un mystère. On ignorait qui il était. On ignorait d'où il venait, pourquoi il était là. Et on ignorait aussi s'il nous comprenait quand on parlait le

209

dialecte. La phrase peinte, c'était peut-être une façon de répondre à cette dernière question. Une façon bien naïve d'ailleurs, et qui a manqué son but, car ce soir-là, lorsque l'*Anderer* est arrivé près de l'estrade et qu'il a vu l'inscription, il a marqué un temps d'arrêt et il a fait courir ses yeux sur les mots, puis il a continué son chemin vers les marches. Est-ce qu'il avait compris la phrase ? On n'en sait rien. Il n'a rien dit dessus.

C'était une drôle de phrase que Diodème avait trouvée, même s'il ne l'avait peut-être pas fait exprès. Elle veut dire, ou plutôt, elle peut dire différentes choses, car le dialecte est comme un tissu souple : on peut l'étendre en tous sens.

« *Wi sund vroh wen neu kamme* » peut signifier « Nous sommes heureux quand une personne nouvelle arrive ». Mais cela peut aussi dire « Nous sommes heureux quand il arrive du nouveau », ce qui n'est déjà plus la même chose. Le plus curieux, c'est que « *vroh* » a deux sens selon le contexte dans lequel on l'emploie, celui de « content », d'« heureux », mais aussi celui d'« attentif », de « vigilant », et alors, si on privilégie ce second sens, on se retrouve avec une phrase bizarre et inquiétante, que personne sur le coup n'a remarquée, mais qui n'a cessé de résonner ensuite dans ma tête, une sorte d'avertissement qui contient déjà dans son ventre un petit lot de menaces, comme un poing qu'on lève, une lame de couteau qu'on agite un peu et qui brille dans le soleil.

XXIII

Durant l'après-midi de ce jour, j'avais emmené Emélia et Poupchette avec moi. Nous étions montés jusqu'à la cabane du Lutz. C'est un ancien abri de berger, mais qui ne sert plus depuis deux décennies. Les pâtures qui l'entourent se sont peu à peu couvertes de joncs et de renoncules agrifaires. L'herbe a reculé devant l'avancée des mousses. Des mares sont apparues, d'abord simples flaques, puis elles ont transformé le lieu en une sorte de fantôme, de fantôme de pré, qui ne s'est pas encore tout à fait réincarné en marécage. J'ai écrit déjà trois rapports sur cette métamorphose, pour essayer de la comprendre, de l'expliquer et, chaque année, j'y retourne à la même époque pour mesurer l'étendue et la nature des changements. La cabane est à deux heures de marche du village, en allant vers l'ouest. Le sentier qui y conduit n'a plus sa rigueur passée, lorsque chaque année, des centaines de sabots lui donnaient profondeur et forme. Les sentiers sont comme les hommes, ils meurent aussi. Peu à peu ils s'encombrent, se comblent, se morcellent, se laissent manger par les herbes, puis disparaissent. Et il ne faut que peu d'années pour qu'on n'en distingue plus guère que l'échine et que la plupart des êtres finissent par les oublier.

Poupchette hissée sur mes épaules lançait son bavardage aux nuages. Elle leur parlait comme s'ils avaient pu la comprendre. Elle leur disait de se pousser, de rentrer leurs gros ventres, de laisser le soleil seul dans le grand ciel. L'air descendu des montagnes donnait à ses joues une roseur toute fraîche.

Je tenais la main d'Emélia. Elle marchait à bonne allure. Son regard se posait sur le sol parfois, et parfois il allait très au loin, vers la nervure de l'horizon échancré par les ressauts des Prinzhornï. Mais dans les deux cas, je voyais bien que ses yeux ne se posaient pas vraiment sur le paysage, proche ou lointain. Ses yeux semblaient être des papillons, des merveilles mobiles allant çà et là sans raison profonde, comme entraînés par le vent, l'air transparent, mais qui ne songeaient à rien de ce qu'ils faisaient, ni de ce qu'ils voyaient. Elle avançait en silence. Sans doute le rythme court de son souffle l'empêchait-il de fredonner sa chanson éternelle. Elle gardait ses lèvres un peu ouvertes. Je lui tenais la main. Je sentais sa chaleur mais elle ne s'apercevait de rien, et ne savait peut-être plus combien l'aimait celui qui la menait ainsi.

Parvenus près de la cabane, j'ai fait asseoir Emélia sur le banc de pierre qui est contre la porte. J'ai posé Poupchette à ses côtés en lui disant d'être bien sage tandis que je faisais mes relevés, que je n'en avais pas pour très longtemps et qu'ensuite nous mangerions ici le *Pressfrütekof* et le gâteau de pommes et de noix que la vieille Fédorine avait emballés pour nous dans un grand torchon blanc.

J'ai commencé mes mesures. J'ai retrouvé les repères sur lesquels je m'appuyais chaque année, de grandes pierres qui jadis délimitaient les enclos et les mitoyennetés. Par contre, j'ai eu plus de peine à retrouver l'auge de grès qui désignait presque parfaitement le centre de la pâture. Taillée dans un seul bloc de roche, elle m'avait fait songer, la première fois où je l'avais vue, j'étais enfant, à une sorte d'embarcation abandonnée en pleine terre, un navire fait pour les dieux et qui dorénavant encombrait les hommes qui n'étaient pas assez habiles pour s'en servir, ni assez forts pour le déplacer.

J'ai fini tout de même par retrouver l'auge, au centre d'une grande mare dont la surface avait curieusement triplé en l'espace d'une année. La masse de pierre disparaissait complètement sous sa surface. Elle ne faisait plus penser, derrière le prisme transparent de l'onde, à une embarcation, mais à un tombeau, un cercueil primitif et pesant, vide de tout occupant, ou peut-être, et cette pensée me donna des frissons, attendant celle ou celui qui devrait s'y coucher pour toujours.

J'ai détourné brusquement mes yeux et j'ai cherché au loin les silhouettes de Poupchette et d'Emélia. Mais je ne pouvais apercevoir que les pans écroulés des murs de la cabane. Elles étaient de l'autre côté, invisibles, disparues. J'ai abandonné mes instruments de mesure sur la berge de la mare, et j'ai couru comme un fou vers la cabane, en criant leurs noms, saisi d'une peur irrationnelle, violente et profonde. La cabane n'était pas très éloignée, mais j'avais l'impression que je ne pourrais jamais l'atteindre. Le sol glissait sous mes pas. J'enfonçais mes jambes dans des trous humides, des fondrières, et la vase paraissait vouloir m'aspirer en faisant des bruits qui ressemblaient à des plaintes mourantes. Quand j'ai fini par arriver à la cabane, je n'avais plus de souffle, j'étais épuisé. Mes mains, mon pantalon et mes souliers ferrés étaient couverts de boue noire qui sentait les feignes, les entrailles terreuses, l'herbe trempée. Je ne parvenais même plus à crier les prénoms de celles pour qui j'avais ainsi couru. Et puis, j'ai vu. J'ai vu une petite main passer l'angle du mur et prendre une renoncule, casser sa tige, la saisir, et la petite main est allée vers une autre fleur. Ma peur a disparu aussi vite qu'elle m'avait assailli. Le visage de Poupchette est apparu. Elle m'a regardé. J'ai lu dans ses petits yeux son étonnement. « Sale papa, tout sale mon papa ! » Elle a ri. Et moi aussi j'ai ri. J'ai ri très fort, très très fort, pour que tous et tout entendent mon rire, tous ceux qui dans le monde avaient voulu me réduire au silence des cendres, et tout ce qui dans le même monde conspirait à mon engloutissement.

Poupchette tenait fièrement le bouquet qu'elle avait cueilli pour sa mère, renoncules, pâquerettes, myosotis d'eau. Toutes ces fleurs tremblaient encore de vie, comme si elles ne pouvaient se rendre compte qu'elles venaient déjà de passer les portes de la mort.

Emélia s'était éloignée de la cabane. Elle avait marché vers le bord de la pâture et s'était arrêtée sur une sorte de promontoire, au-delà duquel la pente se casse et se déchiquette en rochers brisés. Son visage était tourné vers le grand paysage des plaines étrangères qui somnolaient indistinctes sous des lambeaux de brouillard. Elle tenait ses bras éloignés de son corps, un peu comme si elle s'apprêtait à prendre son envol et sa silhouette si légère se découpait sur les lointains aux pâleurs bleutées avec une grâce presque inhumaine. Poupchette courut vers elle et se blottit contre ses cuisses qu'elle tenta d'enserrer avec ses bras trop courts.

Emélia n'avait pas bougé. Le vent avait dénoué ses cheveux qui flottaient dans l'air comme des flammes brunes et froides. Je m'approchais d'elle à pas lents. Le vent amenait vers moi son parfum ainsi que des bribes de sa chanson qu'elle s'était remise à fredonner. Poupchette est parvenue en sautant à saisir un de ses bras. Elle a pris la main de sa mère, y a déposé le bouquet. Les fleurs se sont envolées une à une entre ses doigts ouverts, sans qu'elle fasse rien pour les retenir. Poupchette s'est précipitée à gauche et à droite pour les rattraper, tandis que j'avançais toujours très lentement vers Emélia, que son corps se découpait dans le ciel et qu'il y semblait comme suspendu.

Schöner Prinz so lieb / Beau doux prince
Zu weit fortgegangen / En allé bien trop loin
Schöner Prinz so lieb / Beau doux prince
Nacht um Nacht ohn' Eure Lippen / Que de
nuits sans vos lèvres
Schöner Prinz so lieb / Beau doux prince
Tag um Tag ohn' Euch zu erblicken / Que de
jours qui se lèvent
Schöner Prinz so lieb / Beau doux prince
Träumt Ihr was ich träume / Rêvez-vous
comme je rêve
Schöner Prinz so lieb / Beau doux prince
Ihr mit mir immerdar zusammen / Vous et
moi de nouveau un matin

Emélia dansait dans mes bras. Sous les arbres nus de janvier, nous étions ainsi des dizaines de couples, ivres de jeunesse, dans la lumière dorée et brumeuse des réverbères du Parc, glissant sur la musique du petit orchestre abrité sous le kiosque et dont les musiciens, emmitouflés dans des fourrures, ressemblaient à d'étranges animaux. C'était l'instant précédant le premier baiser. Les quelques minutes de vertige qui l'amènent. C'était dans un autre temps. C'était avant le chaos. Il y avait cette chanson, cette chanson du premier baiser, cette chanson de la vieille langue, qui avait passé les siècles comme un voyageur les frontières. Chanson d'amour fondue dans d'âpres mots, chanson de légende, chanson d'un soir et d'une vie, « *Schon ofza prinzer, Gehtes so muchte lan* » devenue effroyable refrain dans laquelle Emélia s'était enfermée comme dans une prison, et où elle vivait sans vraiment exister.

Je l'ai serrée contre moi. J'ai embrassé ses cheveux, sa nuque. J'ai dit à son oreille que je l'aimais et que je l'aimerais toujours, que j'étais là, pour elle, tout contre elle. J'ai pris son visage dans mes mains, je l'ai tourné vers moi et j'ai vu alors sur ses yeux comme le sourire d'une grande absente tandis que des larmes glissaient sur ses joues.

XXIV

En rentrant au village, j'ai retrouvé l'agitation de cette journée particulière du 10 juin. Les hommes et les femmes qui commençaient à se regrouper, à se frotter les uns aux autres, sur la place, à devenir une foule.

Depuis longtemps, je fuis les foules. Je les évite. Je sais que tout ou presque est venu d'elles. Je veux dire le mauvais, la guerre et tous les *Kazerskwirs* que celle-ci a ouverts dans les cerveaux de beaucoup d'hommes. Moi, je les ai vus les hommes à l'œuvre, lorsqu'ils savent qu'ils ne sont pas seuls, lorsqu'ils savent qu'ils peuvent se noyer, se dissoudre dans une masse qui les englobe et les dépasse, une masse faite de milliers de visages taillés à leur image. On peut toujours se dire que la faute incombe à celui qui les entraîne, les exhorte, les fait danser comme un orvet autour d'un bâton, et que les foules sont inconscientes de leurs gestes, de leur avenir, et de leur trajet. Cela est faux. La vérité, c'est que la

218

foule est elle-même un monstre. Elle s'enfante, corps énorme composé de milliers d'autres corps conscients. Et je sais aussi qu'il n'y a pas de foules heureuses. Il n'y a pas de foules paisibles. Et même derrière les rires, les sourires, les musiques, les refrains, il y a du sang qui s'échauffe, du sang qui s'agite, qui tourne sur lui-même et se rend fou d'être ainsi bousculé et brassé dans son propre tourbillon.

Il y a longtemps, il y avait eu des signes déjà. Lorsque j'étais à la Capitale, qu'on m'y avait envoyé pour les études. C'est Limmat qui avait eu l'idée. Il en avait parlé au Maire de l'époque, Sibelius Craspach, et puis aussi au curé Peiper. Tous les trois s'étaient dit que le village avait besoin qu'au moins un de ses jeunes gens pousse un peu plus que les autres son instruction, aille voir un peu le monde ailleurs avant de revenir ici, pour y devenir maître d'école, officier de santé, ou peut-être le successeur de maître Knopf qui commençait déjà à faiblir et dont les actes et les avis étonnaient parfois plus d'un de ses clients. Et ils m'avaient choisi.

En quelque sorte, on peut dire que c'est le village qui m'a envoyé à la Capitale. Si les trois que j'ai dit ont eu l'idée, c'est un peu tout le monde qui m'y a porté et soutenu. Chaque fin de mois, le *Zungfrost* passait de porte en porte et faisait la quête, en agitant une clochette et en répétant toujours la même phrase : «*Fu Brodeck's Erfosch ! Fu Brodeck's Erfosch !* – Pour

219

les études de Brodeck ! Pour les études de Brodeck !» Chacun donnait selon ses moyens et selon ses désirs. Ce pouvait être quelques pièces, mais aussi un paletot de laine, un bonnet, un mouchoir, un pot de confiture, un petit sac de lentilles, quelques provisions pour Fédorine, car tandis que j'étais là-bas, je ne pouvais pas l'aider en travaillant. Je recevais ainsi de petits mandats et de drôles de paquets que ma logeuse, Fra Haiternitz, épuisée d'avoir eu à monter les six étages, me tendait d'un air soupçonneux, tout en chiquant son tabac noir qui lui faisait des lèvres sombres et une haleine de gouffre.

Au début, la Capitale m'avait fracassé la tête. Je n'avais jamais entendu de ma vie autant de bruits. Les rues me paraissaient des torrents en furie, et ce qu'elles charriaient, gens, voitures, s'entremêlait dans un vacarme qui me donnait le tournis et qui me faisait souvent me plaquer sous des porches pour éviter d'être happé par ce flot ininterrompu. J'habitais dans une chambre dont la fenêtre rouillée ne pouvait s'ouvrir que d'un pouce. Il n'y avait guère de place sauf pour ma paillasse, que je pliais le jour et sur laquelle je posais une planche qui me servait de bureau. La ville, hormis durant certains jours lumineux du plein été ou du grand froid de l'hiver, était continuellement emprisonnée sous un brouillard de fumées de charbon qui sortaient des cheminées paresseusement et s'entortillaient les unes aux autres, pour ensuite somnoler pendant des jours et des jours dans le ciel, reléguant le soleil très au-delà de nous. Les premiers temps de cette vie me parurent insupportables. Je ne cessais de songer à notre village, à la combe enrésinée dans laquelle il semblait se blottir comme dans un giron. Je me souviens même qu'il m'est arrivé de pleurer dans mon lit.

L'Université était un grand bâtiment baroque, qui avait été trois siècles plus tôt le palais d'un prince magyar, avant d'être pillé et saccagé durant la période révolutionnaire, puis vendu à un important marchand de grain qui l'avait converti en entrepôt. En 1831, lorsque la grande épidémie de choléra courut dans tout le pays à la façon d'un chien lancé aux trousses d'un gibier affaibli, il fut réquisitionné et servit d'hôpital public. On y soigna un peu. On y mourut beaucoup. Ce n'est que bien plus tard, à la fin du siècle, que sur une décision de l'Empereur, le lieu se changea en université. On nettoya les salles communes, on y installa des bancs, des chaires. La morgue devint la bibliothèque, et la salle de dissection une sorte de boudoir où les professeurs et quelques étudiants issus de familles influentes pouvaient fumer leurs pipes, converser et lire les journaux, dans de grands fauteuils en cuir fauve.

La plupart des étudiants venaient des classes bourgeoises. Ils avaient les joues roses, les mains fines et les ongles propres. Depuis l'enfance ils avaient mangé à leur faim et porté de belles étoffes. Nous n'étions qu'un petit nombre à être sans le sou. On nous repérait vite, à nos joues frottées de grand air, à nos vêtements, à nos manières gauches, à notre crainte bien visible de ne pas être à notre place, de nous être continuellement trompés d'endroit. Nous venions de loin. Nous n'étions pas de la ville, ni même de sa campagne. Nous dormions dans des chambres mal chauffées, sous les toits. Nous ne rentrions jamais, ou très rarement, chez nous. Ceux qui avaient famille et argent nous regardaient peu. Pour autant, je crois qu'ils ne nous méprisaient pas. Simplement, ils ne pouvaient imaginer qui nous étions, d'où nous venions, quels étaient les paysages désolés et sublimes dans lesquels nous avions grandi, et quelle était notre existence quotidienne dans la grande ville. Souvent, ils passaient à côté de nous sans même nous voir.

Après quelques semaines, j'avais cessé d'être effrayé par la ville. J'ignorais son aspect monstrueux et hostile, et je ne retenais que sa laideur. Et cette laideur, il m'était assez facile de l'oublier durant des heures, tant j'avais de passion à me plonger dans l'étude et dans les livres. Au vrai, je ne quittais guère la bibliothèque, sinon pour me rendre dans les salles où les professeurs dispensaient leurs cours. J'avais trouvé un compagnon en la personne d'Ulli Rätte, qui avait mon âge, qui était pauvre comme moi, et qui lui aussi en quelque sorte avait été envoyé par son village, dans l'espérance qu'il revienne avec une instruction qui aurait été utile au plus grand nombre. Rätte venait des confins du pays, de la région des collines du Galinek, et parlait une langue râpeuse, pleine d'expressions que je ne connaissais pas et qui faisait de lui un original ou un sauvage, aux yeux de bien de nos condisciples. Lorsque nous n'étions pas à la bibliothèque de l'université, ou dans nos chambres, nous marchions longuement dans les rues, en projetant nos rêves et nos vies futures.

Ulli avait la passion des cafés, mais pas assez d'argent pour les fréquenter. Il m'entraînait souvent pour les contempler, et cette simple vision de ces lieux où brûlaient le gaz bleu et les chandelles de cire, où les rires des femmes montaient vers les plafonds tapissés par la fumée des cigares et des pipes, où les hommes portaient des habits élégants, des fourrures durant les mois d'hiver, des foulards de soie à la belle saison, où les garçons impeccablement sanglés dans des tabliers blancs semblaient les soldats d'une armée inoffensive, suffisait à le remplir d'une joie enfantine.

« On perd notre temps dans les livres, Brodeck, c'est là qu'est la vraie vie ! »

Contrairement à moi, Ulli était dans la ville comme un poisson dans l'eau. Il en connaissait toutes les rues et toutes les combines. Il en aimait la poussière, le bruit, la suie, la violence, l'immensité. Tout lui plaisait.

« Je ne crois pas que je retournerai au village... », me disait-il souvent. J'avais beau lui dire que c'était grâce à son village qu'il était là, et que son village comptait sur lui, il balayait cela d'un mot ou d'un revers de main.

« Un ramassis d'ivrognes et de brutes, voilà tout ce qu'il y a chez moi. Qu'est-ce que tu crois, qu'ils ont agi par charité en m'envoyant ici ? C'est l'intérêt qui les pousse, rien d'autre ! Ils veulent que je revienne plein de savoir, comme une bête qu'on aurait gavée, et après, ils me le feront payer toute ma vie. N'oublie pas que c'est l'ignorance qui triomphe toujours, Brodeck, pas le savoir. »

Même s'il rêvait davantage aux cafés qu'aux bancs de l'Université, Ulli Rätte était loin d'être un idiot. Il disait parfois des phrases qui auraient mérité d'être dans les livres, mais il les disait avec l'air de rien, comme se moquant immédiatement après d'elles et de lui-même, puis il partait d'un grand rire, un rire qui tenait tout à la fois du brame et de la vocalise, et qui faisait immanquablement se retourner les passants.

XXV

Cette histoire de savoir et d'ignorance, de solitude et de nombre, c'est elle qui m'a fait quitter la ville, avant la fin de mes études. Il y eut soudain pour agiter ce grand corps tentaculaire, des bruits, des rumeurs qui naissaient d'un rien, deux ou trois conversations, un article de quelques lignes, non signé, dans un quotidien, le boniment d'un bateleur sur un marché, une chanson venue de nulle part et dont le refrain féroce était repris en un clin d'œil par tous les chanteurs de rue.

De plus en plus, on assistait à des rassemblements. Quelques hommes s'arrêtaient près d'un réverbère, parlaient entre eux, bientôt imités par d'autres, et d'autres encore. En quelques minutes, il y avait ainsi une quarantaine de corps, agglutinés, les épaules un peu voûtées, bougeant légèrement de temps en temps, ou acquiesçant d'un mot bref aux propos tenus par celui qui parlait, on ne savait jamais lequel. Puis, comme soufflées par une bourrasque, toutes ces silhouettes se dispersaient en un clin d'œil, aux quatre vents, et le trottoir dénudé reprenait sa monotone attente.

De la frontière de l'Est parvenaient des nouvelles singulières et contradictoires. On disait que de l'autre côté, des garnisons entières se déplaçaient, de nuit, dans la plus grande discrétion, qu'on assistait à des mouvements de troupes d'une ampleur jamais connue. On disait aussi qu'on entendait des machines au travail, qui creusaient fossés, galeries, tranchées et ouvrages secrets. On disait enfin que des armes d'une puissance et d'une portée diaboliques venaient d'être mises au point et qu'elles s'apprêtaient à servir, et que la Capitale était pleine d'espions prêts à y mettre le feu quand l'heure serait venue. La faim tenaillait également les ventres et gouvernait les esprits. Les deux précédents étés avaient dans des chaleurs de four grillé sur pied la plus grande partie des récoltes des plaines entourant la ville. On voyait chaque jour affluer des bandes de paysans ruinés, amaigris, dont les yeux perdus se posaient sur chaque chose comme s'ils allaient les dérober. Des enfants s'accrochaient aux jupes des mères. C'étaient de petits êtres fades au teint jaune, qui tenaient à peine sur leurs jambes, et qui s'endormaient souvent debout, adossés contre un mur, ou sur les genoux de leurs mères qui, n'en pouvant plus, s'asseyaient à même le sol.

Au même moment, le Pr Nösel nous parlait de nos grands poètes qui, dans les temps obscurs, il y a de cela des siècles et des siècles, tandis que la

Capitale n'était encore qu'un gros bourg, que nos forêts étaient pleines d'ours et de meutes de loups, d'aurochs et de bisons, que des hordes venues des lointaines steppes répandaient la mort et la lave, avaient ciselé en des vers innombrables des épopées lyriques et fondatrices. Nösel déchiffrait le grec ancien, le latin, le cimbre, l'arabe, l'araméen, l'outchik, le kazakh et le russe, mais il était incapable de regarder par sa fenêtre, de lever son nez de son livre tandis qu'il marchait dans les rues pour regagner son appartement de la rue Jeckenweiss. Savant dans les livres, il était aveugle au monde.

Un jour, il y eut la première manifestation. Une centaine d'hommes, guère plus, des paysans ruinés et des ouvriers au chômage pour la plupart, partis du marché de l'Albergeplatz – là où d'ordinaire se rassemblaient ceux qui cherchaient un engagement à la journée – et qui n'ayant rien trouvé, se dirigeaient en marchant vite et en criant vers le Parlement. Là, ils se heurtaient aux soldats en faction devant les grilles, et ces derniers les dispersaient sans violence. Nous les avions vus passer Ulli et moi, tandis que nous allions vers l'Université. On aurait pu croire à un cortège un peu bruyant, rien de plus, comme parfois les étudiants savaient les mener pour fêter leurs diplômes, sinon que là, on voyait bien que les visages tendus et terreux, les yeux brillants d'un ressentiment sourd n'étaient pas ceux d'étudiants.

« Ça leur passera avant que ça ne me reprenne ! » avait lancé Rätte, goguenard, avant de me saisir par le bras et de m'entraîner vers un nouveau café qu'il avait découvert la veille et qu'il voulait me montrer. Nous nous étions éloignés, et moi, je me retournais de temps en temps pour apercevoir tous ces hommes disparaître dans les rues, comme la queue d'un gros serpent dont mon imagination grossissait plus encore la gueule invisible.

Le lendemain et les six jours qui suivirent le même phénomène se reproduisit, à la différence que chaque fois, les hommes étaient de plus en plus nombreux, les grondements de plus en plus forts. S'étaient mêlés aux ouvriers et aux paysans des femmes, peut-être leurs épouses, et aussi des êtres sortis de nulle part, qu'on n'avait jamais vus, mais qui faisaient songer à des gardiens de troupeaux, sinon qu'ils n'avaient pas de triques ni de piques pour conduire les bêtes, mais des cris et des mots. Il y eut alors quotidiennement un peu de sang versé quand les soldats devant le Parlement tapaient avec le plat de leurs sabres sur le crâne de quelques-uns. Les journaux titraient maintenant sur ces mouvements de foule, et le pouvoir curieusement restait muet. Le vendredi soir, un soldat fut sérieusement touché par le jet d'un pavé. Quelques heures après, dans toute la ville fut placardé un avis disant que tout rassemblement était interdit jusqu'à nouvel ordre et que toute manifestation serait réprimée avec la plus grande fermeté.

Ce qui mit le feu aux poudres, c'est que le jour suivant, à l'aube, on retrouva près de l'église des Ysertinguës le corps tuméfié de Wighert Ruppach, un typographe au chômage dont on disait qu'il avait été à l'origine des premières marches, car il était connu pour ses opinions révolutionnaires, et c'était vrai que beaucoup avaient pu apercevoir son grand visage en demi-lune, mangé de barbe, en tête de la meute, et entendre sa voix de baryton demander en hurlant du pain et du travail. La police établit très vite qu'il avait été tué à coups de gourdin et qu'il avait été vu pour la dernière fois sortant d'un des nombreux assommoirs du quartier des abattoirs qui servent des vins noirs et des alcools de contrebande, à moitié ivre, marchant avec peine. Dépouillé de ses papiers, de sa montre, sans le moindre sou en poche, Ruppach avait sans doute été victime d'un compagnon de beuverie, ou d'un truand qui avait croisé sa route. Mais à cette explication donnée par la police, la ville, qui commençait à avoir la fièvre, répondit en rassemblant dans son ventre des grondements et des menaces. En quelques heures, on fit de Ruppach un martyr, la victime d'un pouvoir sénile qui ne savait pas nourrir ses enfants, ni les protéger contre la menace étrangère qui se fortifiait à la frontière, en toute impunité. Dans la mort de Ruppach, on vit la main de l'étranger, la main du traître à son peuple. Peu importait alors la vérité. La plupart des hommes n'étaient pas disposés à l'entendre. Ils s'étaient mis dans le crâne, durant les quelques jours qui avaient précédé, beaucoup de poudre, ils avaient tressé une belle mèche, et ils tenaient désormais leur étincelle.

Ce fut le lundi que tout explosa, après un dimanche durant lequel la ville s'était vidée. On aurait pu la croire déserte, abandonnée, frappée d'une étrange et subite épidémie. La veille, nous nous étions promenés, Emélia et moi, en feignant de ne pas voir tout ce qui autour de nous montrait qu'un événement d'une espèce sans précédent s'annonçait.

Voilà cinq semaines que nous nous connaissions. J'entrais dans un autre monde. Soudain je m'apercevais que la terre et ma vie pouvaient battre sur un autre rythme que le mien, et que le bruit doux et régulier qui s'échappe de la poitrine de l'être aimé est le plus beau son qu'on puisse entendre. Nous nous promenions toujours dans les mêmes endroits, dans les mêmes rues. Nous avions en quelque sorte, et sans nous concerter, défini un pèlerinage, celui des premiers temps de notre amour. Nous passions devant le théâtre Stüpispiel, puis par l'avenue Under-de-Bogel, nous allions vers la promenade Elsi, le kiosque à musique, la patinoire. Emélia me demandait de lui parler de mes études, des livres que je lisais, du pays d'où je venais. «J'aimerais beaucoup le connaître», m'avait-elle dit.

Elle était arrivée dans la ville un an plus tôt, avec pour seul trésor ses deux mains qui savaient faire des broderies délicates, des points complexes, des dentelles fragiles comme des fils de givre. «Derrière moi, il n'y avait que du noir, rien que du noir», et ces mots qu'elle me dit un soir tandis que je l'interrogeais sur sa famille et sur le lieu d'où elle venait m'ont ramené vers mon propre passé, ma lointaine enfance de mort, de maisons détruites, de murs éboulés, de ruines fumantes, telle que je m'en souvenais un peu et telle que Fédorine me l'avait racontée. Alors, je me mis à aimer Emélia aussi comme une sœur, un être venu des mêmes profondeurs que les miennes, un être qui, comme moi, n'avait d'autre choix que de regarder devant elle.

Le lundi matin, nous écoutions Nösel dans la salle des Médailles. Je n'ai jamais su pourquoi on avait appelé ainsi cette salle basse de plafond, sans décoration aucune, aux murs passés à la cire et qui renvoyaient nos images en les brouillant un peu. Le cours portait sur la structure rythmique de la première partie du *Kant'z Theus*, le grand poème national porté de bouche à oreille depuis près de mille ans. Nösel parlait sans nous regarder. Je crois qu'en vérité il se parlait surtout à lui-même et entretenait la plupart du temps cette conversation étrange, à une seule voix, sans se soucier de notre présence et encore moins de notre opinion. Tout en dissertant avec passion sur les pentasyllabes et les hexamètres, il gominait ses cheveux et ses moustaches, bourrait sa pipe, grattait avec méthode les taches de nourriture qui constellaient les revers de son veston, se nettoyait les ongles avec un fin canif. Nous n'étions guère qu'une petite dizaine à lui prêter attention, la plupart des autres somnolaient ou détaillaient les fissures du plafond. C'est au moment où Nösel s'était levé pour écrire au tableau deux vers qui me restent encore en mémoire, car la vieille langue du poème, par bien des aspects, ressemblait à notre dialecte,

Stu pekart in dei mümerie gesachetet
Komm de Nebe un de Osterne vohin

Ils arriveront dans un murmure
Puis disparaîtront dans le brouillard et la terre

que la porte de la salle s'ouvrit avec violence, claqua contre le mur, et que se propagea une énorme rumeur. Nous nous retournâmes tous d'un même élan et nous vîmes des têtes aux yeux exorbités, des bras gesticulants, et des bouches qui hurlèrent à notre adresse : « Tous dehors ! Tous dehors ! Vengeance pour Ruppach ! Les traîtres vont payer ! » Dans l'embrasure, on ne pouvait distinguer guère plus que quatre ou cinq individus, des étudiants sans doute, dont les traits nous étaient vaguement familiers, mais on devinait derrière eux le grondement d'une foule considérable qui les poussait, les soutenait en première ligne. Puis ils disparurent, aussi subitement qu'ils nous étaient apparus, laissant la porte ouverte, comme le trou d'une pierre à eau, et par ce trou, entraînés par une force impérieuse et physique, furent aspirés presque tous ceux qui se trouvaient encore quelques instants plus tôt tout autour de moi. Ce fut un grand fracas de chaises et de bancs renversés, de hurlements, d'injures, de cris, et puis soudain, il n'y eut plus rien. La vague était partie très au loin, emportant la sauvagerie pour la propager et la répandre dans la ville.

Dans la salle des Médailles, nous n'étions plus que quatre étudiants : Fritz Schoeffel, un obèse aux bras très courts et qui ne pouvait monter trois marches d'escalier sans être au bord de l'étouffement, Julius Kakenegg, qui ne parlait jamais à qui que ce soit, et qui respirait toujours à travers un mouchoir imbibé de parfum, Barthéleo Mietza qui était sourd comme un pot, et moi. Et puis Nösel bien sûr, qui avait assisté à tout cela la craie levée, avait légèrement haussé les épaules, puis avait repris sa leçon, comme si de rien n'était.

XXVI

Toute cette curieuse journée, je l'ai passée entre les murs de l'Université. Je m'y sentais protégé. Je ne voulais pas en sortir. J'entendais au-dehors des bruits épouvantables, et puis de grands silences, qui s'étendaient, n'en finissaient pas, et qui faisaient naître des inquiétudes aussi puissantes que les fracas. Je n'ai pas quitté la bibliothèque de tout l'après-midi. Je savais Emélia à l'abri, chez elle, dans le meublé qu'elle partageait avec une autre brodeuse, une jeune fille rougeaude, aux cheveux comme la laine des moutons, qui s'appelait Gudrun Osterick. La veille, je leur avais fait promettre de ne pas sortir durant toute la journée.

Je me souviens très bien du livre que j'essayais de lire, en ces heures étranges, à la bibliothèque. C'était l'ouvrage d'un médecin, le Dr Klaus Reinhold Maria Messner, sur la propagation de la peste à travers les âges. Le livre comportait des tableaux, des graphiques, des chiffres, ainsi que des illustrations frappantes et qui contrastaient avec la froideur scientifique de l'enquête car elles l'éclairaient d'une sorte de romantisme macabre et précieux. Sur l'une d'elles, qui m'a particulièrement mis mal à l'aise, était représentée une rue pauvre et étroite d'une ville. Le sol de la chaussée était fait de pavés inégaux, et toutes les portes des maisons étaient ouvertes en grand. On voyait s'en échapper des dizaines de rats, gros et noirs, aux poils hirsutes, la gueule grimaçante tandis que trois hommes habillés de grandes robes qui leur battaient les pieds, la tête disparaissant sous des cagoules pointues, amassaient des cadavres raidis sur le plateau d'une charrette à bras. Au loin, des panaches de fumée striaient l'horizon tandis qu'au premier plan, comme voulant s'échapper de l'image, un enfant en haillons, le visage dans ses mains, était assis à même le sol. Curieusement, aucun des trois hommes ne prêtait attention à lui, l'apparentant déjà à un futur mort, un condamné. Seul un rat le contemplait. Dressé sur ses pattes de derrière, il paraissait interroger avec malice et ironie le visage enfoui de l'enfant. Je suis resté longtemps devant l'image en me demandant quel avait été le but véritable de celui qui l'avait gravée, ainsi que du docteur qui l'avait fait reproduire dans son ouvrage.

Vers les quatre heures, la lumière baissa d'un coup. Le ciel s'était chargé de nuages de neige, et celle-ci commença à tomber sur la ville. J'ouvris une fenêtre de la bibliothèque. De gros flocons aussitôt vinrent sur mes joues et y fondirent. Je voyais des silhouettes aller et venir dans les rues, d'un pas normal. La ville semblait avoir repris son visage ordinaire. J'attrapai ma veste, et quittai l'Université. Je ne savais pas encore à ce moment que je n'y reviendrais jamais plus.

Pour regagner ma chambre, je devais passer par la place Salzwach, l'avenue Sibelius-Vo-Recht, traverser le vieux quartier du Kolesh, la partie la plus ancienne de la ville, composé d'un lacis de ruelles étroites sur lesquelles s'ouvraient les devantures d'innombrables boutiques, et enfin longer le parc Wilhem et les bâtiments lugubres des Thermes. Je marchais vite, sans trop lever la tête. Je croisais beaucoup d'ombres qui faisaient de même, et puis quelques individus qui parlaient fort, qui semblaient un peu ivres, et qui riaient entre eux.

Sur la place Salzwach et dans l'avenue Sibelius-Vo-Recht, la neige s'accrochait déjà au sol et les passants, peu nombreux, y laissaient les marques noires de leur cheminement d'insectes. À voir ces lieux, on aurait pu croire que rien ne s'était passé, que la ville avait connu un lundi ordinaire, et que l'endormissement précoce des rues n'était dû qu'au mauvais temps et au froid, ainsi qu'à cette nuit un peu trop tôt tombée.

Mais il fallait entrer dans le labyrinthe du quartier du Kolesh pour se rendre compte qu'il n'en était rien. C'est un bruit qui m'en avertit. Un bruit de verre, de verre brisé sur lequel je marchais. Le pavé de la ruelle dans laquelle je m'étais engagé en était constellé, et aussi loin que le regard pouvait porter, on apercevait le scintillement de tous ces éclats que les flocons recouvraient par endroits. Je ne pus m'empêcher de songer qu'on avait dispersé ici à foison des pierres précieuses. Cela donnait à la ruelle une dimension scintillante, merveilleuse et féerique, et l'apparentait à un décor de conte dont il restait à trouver la trame et la princesse. Mais cette première vision aussitôt s'évaporait lorsque le regard accrochait les vitrines béantes comme des gueules d'animaux morts, les intérieurs saccagés des boutiques, les tonneaux éventrés d'où se répandaient des harengs marinés, des viandes séchées, des cornichons, du vin, les étals souillés, les marchandises éparpillées. Au bruit des pas sur le tapis de verre se mêlait celui des plaintes et des pleurs. On ne savait pas qui se lamentait ainsi car nulle part on ne voyait d'êtres vivants. Par contre, trois cadavres aux têtes démesurément gonflées et bleuies par les coups qu'elles avaient reçus étaient étendus devant l'échoppe d'un tailleur. Sur la porte qui ne tenait plus à l'huisserie que par un seul gond, les mots *Schmutz Fremdër* – « Sale étranger », mais le mot *Fremdër* est ambigu, il peut dire aussi « traître », voire dans un emploi populaire « ordure », « souillure » – avaient été barbouillés à la peinture rouge. Plusieurs lettres présentaient des coulures. On pouvait croire qu'elles avaient saigné. Des rouleaux de tissu avaient été jetés en vrac et on avait essayé d'y mettre le feu. Quelques éclats de verre tenaient encore aux montants de la vitrine et dessinaient une étoile aux branches incroyablement fines et fragiles.

Cette inscription, « *Schmutz Fremdër* », on la retrouvait en beaucoup d'endroits, accompagnée d'une autre, « *Rache für Ruppach* » – vengeance pour Ruppach. Mes yeux revenaient sans cesse aux trois cadavres. Je me sentais pris dans un vertige, et la vision de ces morts faisait revenir dans ma mémoire des souvenirs confus, d'autres morts, d'autres cadavres étendus comme des pantins, et qui n'avaient dans leurs traits plus rien d'humain. Je redevenais le petit garçon errant parmi les ruines, abandonné au milieu des gravats et des décombres, des feux allumés un peu partout, et qui ne savait plus très bien s'il était le jouet d'un cauchemar qui ne parvenait pas à disparaître ou celui d'une époque qui avait décidé de s'amuser avec lui, comme le chat le fait avec une souris. En même temps que surgissaient ces lambeaux anciens de ma vie, je revoyais aussi tous les détails de la gravure contemplée dans l'ouvrage du Dr Messner, les fumées, les rats innombrables, l'enfant, les hommes en noir, le monceau de cadavres, et c'était un peu comme si ce que j'avais devant les yeux, ce spectacle abominable de la ruelle, les souvenirs de ma jeune enfance, les détails de la gravure, se superposaient soudain pour conjuguer leurs horreurs. Je vacillai et je faillis me laisser choir à terre mais j'entendis qu'on m'appelait, qu'une voix m'appelait, une voix faible, brisée, une voix qui était à l'image des milliers d'éclats de verre.

C'était un vieillard, recroquevillé un peu plus loin dans l'encoignure d'une porte. Il était d'une grande maigreur et sa longue barbe blanche étirait sa figure en l'amincissant plus encore. Il tremblait et tendait le bras vers moi. Je fus vite auprès de lui, et tandis qu'il répétait toujours les mêmes paroles, « Fous, fous, fous, devenus fous... », dans l'antique langue qui était celle de Fédorine, j'essayai de le remettre sur ses jambes.

« Où habitez-vous ? Êtes-vous de cette rue ? »

Ses yeux accrochèrent les miens pendant quelques secondes, mais il ne semblait pas comprendre mes questions et reprenait sa litanie. Son vêtement était déchiré en maints endroits et sa main gauche, couverte de sang, paraissait comme morte. Je le pris par la taille afin de le soulever, mais à peine l'avais-je adossé au mur que des voix éclatèrent derrière nous.

« Et ils bougent encore ! Ils nous narguent ! Eux ils sont debout, et notre Ruppach est mort ! »

Trois individus s'approchaient. Chacun d'entre eux avait un long bâton, et autour du bras gauche, une sorte de brassard noir sur lequel on pouvait lire deux initiales entrelacées, « W. R. ». Ils parlaient fort, riaient. Le visage de l'un d'eux, autant que je pouvais l'apercevoir car la visière de leurs casquettes plongeait leurs traits dans l'ombre, me semblait familier mais je sentais la peur m'envahir et mes pensées devenaient confuses. On aurait pu les croire ivres mais ils ne sentaient pas l'alcool. La colère et la haine suffisent à bousculer les cerveaux. Ce sont les plus violentes des eaux-de-vie. J'ai pu hélas le constater plus tard, en maintes occasions, au camp.

Le vieillard continuait toujours à psalmodier. Je crois d'ailleurs qu'il ne s'était même pas aperçu de leur présence. L'un des trois lui appliqua son bâton contre la poitrine :

« Tu vas répéter après moi : Je suis une merde de *Fremdër* ! Vas-y, répète ! »

Mais le vieillard ne l'entendait pas, ne le voyait pas.

« Je crois qu'il ne vous comprend pas, il est blessé... »

Les mots étaient sortis tout seuls de ma bouche, et déjà je les regrettais. Le bâton vint sur ma poitrine.

« C'est toi qui as parlé ? C'est toi qui as osé parler ? Qui es-tu avec ta gueule de teigne ? Toi aussi tu pues le *Fremdër* ! » Et il me donna un coup dans les côtes qui me coupa le souffle. C'est à ce moment que son camarade, qui me rappelait quelqu'un, intervint :

« Non, je le connais, il s'appelle Brodeck. »

Il approcha son visage très près du mien, et à ce moment je le reconnus. C'était un étudiant de troisième année, qui fréquentait souvent la bibliothèque, comme moi. Je ne savais pas son nom. Je me souvenais juste de l'avoir vu plusieurs fois consulter des traités d'astronomie, et passer beaucoup de temps à contempler des cartes du ciel.

« Brodeck, Brodeck…, reprit celui qui paraissait être le chef, un vrai nom de *Fremdër*! Et regardez son nez à cette crevure! Leur nez, c'est ça qui les trahit! Et leurs gros yeux, leurs gros yeux qui leur sortent de la tête, pour tout voir, pour tout prendre!»

Il continuait en enfonçant son bâton dans mes côtes, comme on le fait à un animal rétif.

« Félix, laisse-le! Occupons-nous plutôt du vieux, lui c'est sûr que c'est une de ces crapules, sa boutique est là-bas, je la connais! Un vrai voleur qui s'engraisse en faisant crédit!»

Le troisième de la bande, qui n'avait pas encore parlé, intervint:

« Il est pour moi! C'est mon tour! Vous en avez déjà cogné deux chacun!»

Lui aussi s'approcha soudain, alors qu'il était resté dans l'ombre jusqu'alors, et c'est un enfant que je vis, un enfant de treize ans peut-être, guère plus, à la peau fragile et fraîche, dont les dents brillaient dans la nuit et qui souriait comme un dément.

« Voyez-vous ça, le petit Ullrich veut sa part à la fête! Mais tu es un peu tendre, mon frère, le lait goutte encore de tes oreilles!»

Le vieillard semblait s'être endormi. Ses yeux étaient clos. Il ne parlait plus. L'enfant poussa son frère rageusement, m'écarta avec la pointe de son bâton, et s'immobilisa devant la faible masse recroquevillée à terre. Il y eut un grand silence. La nuit était devenue épaisse comme de la boue. Un souffle de vent s'engouffra dans la ruelle et fit voltiger un peu de neige. Personne ne bougeait. Je me disais que j'étais en train de rêver, ou que j'étais sur la scène du petit théâtre Stüpispiel qui proposait souvent tant de spectacles grotesques, sans queue ni tête, parfois atroces, et qui se terminaient toujours en farces, mais soudain l'enfant s'anima de nouveau. Il leva son bâton bien au-dessus de sa tête et l'abattit en hurlant sur le vieil homme qui ne cria pas mais qui ouvrit les yeux et les écarquilla, et se mit à trembler comme si on l'avait précipité dans une rivière glacée. L'enfant lui donna un deuxième coup, sur le front, puis un troisième, sur l'épaule, puis un quatrième, puis un cinquième… Il ne s'arrêtait plus et riait. Ses camarades l'encourageaient en tapant dans leurs mains, et en scandant « *Oï! Oï! Oï! Oï!* » pour lui donner le rythme. Le crâne du vieillard éclata dans un bruit sec de noisette que l'on brise entre deux cailloux. L'enfant tapait comme un fou, avec de plus en plus de force, toujours hurlant, mais peu à peu, alors même qu'il ne cessait ses coups, qu'il regardait ce qui restait de sa victime toujours en riant, que ses deux camarades frappaient toujours dans leurs mains, son visage éclaboussé de sang changea. L'horreur de ce qu'il venait de commettre sembla pénétrer dans ses

242

veines, remonter dans chacun de ses membres, de ses muscles, de ses nerfs, envahir son cerveau, et le laver de toutes ses souillures. Ses coups se ralentirent, puis cessèrent. Il contempla horrifié son bâton couvert de sang et de bris d'os, et ses mains, comme si elles ne lui appartenaient pas. Puis ses yeux revinrent vers le vieillard, dont le visage ne ressemblait plus à rien, ses paupières fermées et atrocement gonflées ayant chacune désormais la grosseur d'une pomme.

L'enfant laissa brusquement tomber le bâton à ses pieds, comme s'il lui brûlait les paumes. Il fut pris d'un spasme violent et il vomit un liquide jaune, à deux reprises, puis il partit en courant, et la nuit l'absorba dans son ventre tandis que ses deux camarades se tordaient de rire, et que le chef, son frère, lui lançait :

« Joli travail petit Ullrich ! Le vieux a eu son compte ! Te voilà désormais un homme ! »

Il poussa du pied le corps du vieillard qui bascula dans la neige, et s'éloigna tranquillement en tenant son camarade par le bras, tout en sifflotant une petite romance à la mode.

Je n'avais pas bougé. C'était la première fois que j'assistais au meurtre d'un homme. Je me sentais vide. Vide de toute pensée. Ma bouche était pleine d'une bile amère. Je ne parvenais pas à détacher mes yeux du corps du vieillard. Du sang se mêlait à la neige. Dès qu'ils atteignaient le sol, les flocons se gorgeaient de sa rougeur et dessinaient les pétales échancrés d'une fleur inconnue.

De nouveaux bruits de pas me firent tressaillir. Quelqu'un s'approchait de nouveau de moi. Je crus qu'on revenait me tuer, moi aussi.

« Fous le camp, Brodeck ! »

C'était la voix de l'étudiant, celui qui passait des heures les yeux perdus dans les constellations et les galaxies reproduites dans de grands livres aux pages immenses. Je levai la tête vers lui. Il me regardait sans haine, mais avec une sorte de mépris. Il parlait calmement.

« Fous le camp ! Je ne serai pas toujours là pour te sauver. »

Puis il cracha par terre, se retourna et s'en alla.

XXVII

Le lendemain, la rumeur colportait qu'on avait ramassé soixante-sept cadavres dans les rues. On disait que la police n'avait empêché aucun crime quand elle avait été en mesure de le faire. Une nouvelle manifestation était prévue pour l'après-midi même. La ville était au bord des flammes.

Je m'étais levé à l'aube après une nuit sans sommeil durant laquelle j'avais revu sans cesse le visage de l'enfant meurtrier, celui de sa vieille victime, et entendu les hurlements de l'un, la psalmodie de l'autre, le choc sourd des coups et le claquement plus sec des os qui éclataient. Ma décision était prise. Je fis un baluchon de mes quelques affaires, je rendis les clés de la chambre à la logeuse, Fra Haiternitz, qui les prit sans rien dire, et qui ne répondit à mes quelques mots d'au revoir que par une sorte de sourire méprisant et carié. Elle était en train de faire revenir du lard et des oignons dans une poêle. Son réduit était plein d'une fumée grasse qui piquait les yeux.

Elle accrocha la clé à un clou, et fit comme si je n'existais plus.

Je marchais vite dans les rues. Il y avait peu de monde. Par endroits, on voyait encore les souillures de la veille. Des hommes, le visage craintif, discutaient entre eux, tout en se retournant avec vivacité dès qu'ils entendaient le moindre bruit. Les portes de certains immeubles étaient badigeonnées de l'inscription « *Schmutz Fremdër* », et sur bien des chaussées je retrouvais le parterre de verre qui crissait sous mes pas et me faisait frissonner.

J'avais préparé une lettre d'adieu pour Ulli Rätte, au cas où je ne le trouverais pas dans sa chambre. Je me trompais. Il y était bien, mais tellement ivre qu'il s'était endormi sur son lit sans même se déshabiller. Il tenait encore une bouteille à la main, à moitié pleine, et il empestait le tabac, la sueur et le mauvais alcool de grain. La manche droite de sa veste était déchirée et barrée d'une large tache. Du sang. Je crus mon ami blessé, mais ayant mis à nu son bras, je me rendis compte qu'il n'avait rien. Soudain j'eus très froid. Je ne voulais pas penser. Je me forçai à ne penser à rien. Ulli dormait la bouche ouverte. Il ronflait. Fort. Je sortis de sa chambre après avoir laissé ma lettre d'adieu dans la poche de sa chemise.

Je n'ai jamais revu Ulli Rätte.

Pourquoi est-ce que je viens d'écrire cette phrase, qui n'est pas complètement la vérité ? J'ai revu Ulli Rätte, ou plutôt j'ai bien cru le revoir, une fois. C'était au camp. De l'autre côté. Je veux dire que lui se trouvait du côté de ceux qui nous gardaient, pas du nôtre, nous qui n'étions que souffrance et soumission.

C'était un matin de gel. J'étais *Chien Brodeck*. Scheidegger, mon maître, me faisait faire la promenade. J'avais le collier et, attachée au collier, la laisse. Je devais marcher à quatre pattes. Je devais renifler comme un chien renifle, manger comme un chien mange, pisser comme un chien pisse. Scheidegger marchait à mes côtés, avec son petit air d'employé de bureau. Ce jour-là, il alla jusqu'au baraquement sanitaire. Avant d'y entrer, il attacha solidement la laisse à un anneau de fer scellé dans le mur. Je me blottis dans la poussière, la tête posée sur mes deux mains, essayant d'oublier le froid mordant.

C'est à ce moment que j'ai cru voir Ulli Rätte. Que j'ai vu Ulli Rätte. Que j'ai entendu son rire, son rire si particulier fait de grelots aigus et de crécelles joyeuses. Il me tournait le dos. Il était avec deux autres gardes, à quelques mètres de moi. Tous les trois essayaient de se réchauffer en se frappant dans les mains, et Ulli, ou le fantôme d'Ulli, parlait :

«Oui, je vous le dis, un vrai petit coin de paradis, et pourtant bien sur terre à une lieue de cette Scheizerplatz ! Un bon poêle qui ronronne et siffle, de la bière fraîche couronnée de mousse blanche apportée par une serveuse ronde comme un jambon, et pas farouche pour un sou ! On

247

peut y fumer sa pipe des heures, y rêver, et oublier tous ces pouilleux qui nous pourrissent la vie ! »

Il termina sa phrase par un grand rire qui fut repris par les autres, puis il fit le geste de se retourner et, moi, je plongeai mon visage dans mes mains. Ce n'est pas que j'avais peur qu'il me reconnaisse, non. C'est moi qui ne voulais pas le voir. Je ne voulais pas croiser ses yeux. Et ce que je voulais surtout, c'était conserver au plus profond de mon esprit l'illusion que cet homme grand et gras, heureux d'être un bourreau, qui était tout près de moi mais qui était désormais dans un autre monde que le mien, dans le monde des vivants, pouvait ne pas être Ulli Rätte, mon Ulli avec lequel j'avais passé jadis tant de moments, avec lequel j'avais partagé des croûtes de pain, des assiettes de pommes de terre, des heures heureuses, des rêves, d'infinies promenades bras dessus bras dessous. Je préférais le doute à la vérité, même le doute le plus mince, le plus fragile. Oui je préférais cela, car je crois que la vérité aurait pu me tuer.

C'est drôle la vie. Je veux dire les courants de la vie, ceux qui nous emportent plus qu'on ne les suit, et qui nous déposent après un curieux parcours soit sur la berge de droite, soit sur celle de gauche. Je ne sais pas comment l'étudiant Ulli Rätte était devenu un des gardes du camp, c'est-à-dire une des pièces parfaitement huilées et obéissantes de la grande machine de mort dans laquelle on nous enfournait. Je ne sais pas par quelles épreuves ou par quels glissements il en était arrivé là. Comment l'Ulli que j'avais connu, et qui n'aurait pas fait de mal à un chat, était devenu le serviteur d'un système qui broyait les hommes, qui les réduisait à un état à côté duquel celui de cloporte était enviable ?

Le camp avait le seul avantage d'être immense. Je n'ai jamais revu celui qui aurait pu être Ulli Rätte, ni n'ai entendu son rire. Peut-être la scène du matin glacé était-elle un des nombreux cauchemars qui venaient me visiter ? Tout de même, celui-là semblait tellement vrai. Au point que le jour où j'ai erré dans le camp ouvert aux grands vents, j'ai parcouru toutes les allées où s'entassaient maints cadavres, de prisonniers mais aussi de quelques gardes. Je les ai retournés un à un, pensant peut-être que j'allais retrouver celui d'Ulli, mais il n'en fut rien. Je n'ai retrouvé que la dépouille de la *Zeilenesseniss*, que j'ai contemplée un long moment, comme on contemple un abîme, ou le souvenir de souffrances infinies.

Le lendemain de ce qui fut plus tard appelé la *Pürische Nacht*, après avoir glissé ma lettre dans la poche d'Ulli, je me suis précipité chez Emélia. Elle était occupée à broder, calmement, contre la fenêtre de sa chambre. Sa camarade Gudrun Osterick en faisait de même. Toutes deux me regardèrent, étonnées. Voilà deux jours qu'elles n'étaient pas sorties, ainsi que je le leur avais demandé, travaillant sans relâche afin de terminer à temps une commande importante – c'était une grande nappe destinée au trousseau d'une mariée. Sur le lin blanc, Emélia et son amie avaient semé des centaines de petits lys mêlés à de grandes étoiles, et lorsque je les vis ces étoiles, je sentis mon corps s'engourdir. Elles avaient bien entendu les bruits de la foule, les hurlements, les cris, mais leur quartier était éloigné de celui du Kolesh où avaient eu lieu la plupart des saccages et des meurtres. Elles n'en avaient rien su.

Je pris Emélia dans mes bras. Je la serrai contre moi. Je lui dis que je partais, que je partais pour ne plus jamais revenir, et je lui dis surtout que j'étais venu la chercher, que je voulais l'emmener avec moi, chez moi, dans mon village, que là-bas, il y avait les montagnes, que c'était un autre monde, qu'on y serait protégés de tout, et que, dans ce décor de crêtes, de pâtures et de forêts qui composeront pour nous le plus sûr des remparts, je voulais qu'elle devienne ma femme.

Je l'ai sentie frissonner contre moi. Et c'était comme si je recueillais le tremblement d'un oiseau, et que ce tremblement me vienne au plus profond de mon corps, pour le rendre encore plus vivant. Elle tourna son beau visage vers moi, me sourit, m'embrassa longuement.

Une heure plus tard, nous quittions la ville. Nous marchions rapidement, en nous tenant par la main. Nous n'étions pas les seuls. Des hommes, des femmes, des familles entières, des enfants et des vieillards fuyaient ainsi, chargés de valises dont certaines, bourrées jusqu'à la gueule, ne fermaient pas et laissaient voir leur contenu de linge et de vaisselle entassés, poussant des charrettes chargées de malles, portant des ballots mal noués. Tous avaient un air grave et une peur qui rendaient leurs regards indécis. Aucun ne parlait. Chacun marchait en se hâtant, comme si l'urgence était de repousser très loin ce qui désormais était dans notre dos.

Qui nous chassait en vérité ? D'autres hommes, ou le cours des choses ? Je suis encore dans la force de l'âge. Je suis encore un homme jeune, et pourtant, quand je songe à ma vie, c'est comme une bouteille dans laquelle on aurait voulu faire entrer plus qu'elle ne peut contenir. Est-ce le cas pour toute vie humaine, ou suis-je né dans une époque qui repousse toute limite et qui bat les existences comme les cartes d'un grand jeu de hasard ?

Moi, je ne demandais pas grand-chose. J'aurais aimé ne jamais quitter le village. Les montagnes, les bois, nos rivières, tout cela m'aurait suffi. J'aurais aimé être tenu loin de la rumeur du monde, mais autour de moi bien des peuples se sont entretués. Bien des pays sont morts et ne sont plus que des noms dans les livres d'Histoire. Certains en ont dévoré d'autres, les ont éventrés, violés, souillés. Et ce qui est juste n'a pas toujours triomphé de ce qui est sale.

Pourquoi ai-je dû, comme des milliers d'autres

hommes, porter une croix que je n'avais pas choisie, endurer un calvaire qui n'était pas fait pour mes épaules et qui ne me concernait pas ? Qui a donc décidé de venir fouiller mon obscure existence, de déterrer ma maigre tranquillité, mon anonymat gris, pour me lancer comme une boule folle et minuscule dans un immense jeu de quilles ? Dieu ? Mais alors, s'Il existe, s'Il existe vraiment, qu'Il se cache. Qu'Il pose Ses deux mains sur Sa tête, et qu'Il la courbe. Peut-être, comme nous l'apprenait jadis Peiper, que beaucoup d'hommes ne sont pas dignes de Lui, mais aujourd'hui je sais aussi qu'Il n'est pas digne de la plupart d'entre nous, et que si la créature a pu engendrer l'horreur c'est uniquement parce que son Créateur lui en a soufflé la recette.

XXVIII

J'ai relu tantôt mon récit depuis le début. Je ne parle pas du *Rapport* officiel, je parle de toute cette confession. Cela manque d'ordre. Je pars dans tous les sens. Mais je n'ai pas à me justifier. Les mots viennent dans mon cerveau comme la limaille de fer sur l'aimant, et je les verse sur la page, sans plus me soucier de quoi que ce soit. Si mon récit ressemble à un corps monstrueux, c'est parce qu'il est à l'image de ma vie, que je n'ai pu contenir et qui va à vau-l'eau.

Le 10 juin, jour de la *Schoppessenwass* en l'honneur de l'*Anderer*, tout le village et plus encore s'était massé près des halles, et attendait devant la petite estrade construite par le *Zungfrost*. Depuis longtemps, comme je l'ai dit, je n'avais pas vu une telle concentration humaine sur aussi peu de place. Ce n'étaient que des visages gais, rieurs, paisibles, mais je ne pus m'empêcher de songer aux foules que j'avais connues dans les jours où la Capitale fut prise de folie, juste avant la *Pürische Nacht*, et je voyais ces visages tranquilles comme des masques qui cachaient des faces sanglantes, aux yeux déments et aux bouches continuellement ouvertes.

L'accordéon de Viktor Heidekirch jouait tous les refrains que nous connaissions, et dans l'air de cette fin d'après-midi chaude et douce, il y avait des parfums de fritures, de saucisses grillées, de beignets, de gaufres, de *Wärmspeck*, qui se mêlaient à ceux plus délicats des foins qui achevaient de sécher dans les prés autour du village. Poupchette respirait tout cela avec délice, et battait des mains sur toutes les rengaines qui sortaient des soufflets d'Heidekirch. Emélia était restée à la maison, avec Fédorine. Le soleil n'était pas très pressé de disparaître derrière les crêtes des Hörni. On aurait cru qu'il prenait son temps, faisant durer le jour, voulant lui aussi être de la fête.

Mais soudain, on devina que la cérémonie allait commencer. La foule fut parcourue par une sorte d'onde qui la fit bouger très doucement, comme des feuilles de frêne agitées par une brise. Viktor Heidekirch, à qui on avait peut-être fait signe, fit taire son instrument. On entendit encore quelques voix, quelques rires et quelques cris, mais qui s'atténuèrent jusqu'à s'évaporer dans un grand silence. Je sentis alors derrière moi une odeur de poulailler. Je me retournai. Göbbler se tenait à deux pas. Il souleva son curieux béret en paille tressée pour me saluer.

« On vient au spectacle, voisin ?

– Quel spectacle ? » lui demandai-je.

Göbbler esquissa un geste de la main pour désigner tout ce qui nous entourait. Il ricana. Je ne répondis rien. Poupchette me tira les cheveux – « Boucles noires mon papa ! Boucles noires ! » Sur ma droite, à une dizaine de mètres, il y eut tout à coup du mouvement, des bruits de chaussures frottées au sol, et de corps qui s'écartent. On vit la grande carcasse d'Orschwir fendre la foule et, derrière lui, on aperçut un chapeau qui avançait en le suivant, un chapeau que nous avions appris à reconnaître depuis deux semaines, une sorte de melon noir et brillant, hors des âges et hors du temps, des lieux et des hommes, car il semblait flotter seul, dans l'air, comme si en dessous de lui il n'y avait aucune tête. Le Maire arriva à l'estrade, y monta sans hésiter une seule seconde, puis, parvenu en haut, d'un geste cérémonieux, il invita celui dont on ne voyait que le chapeau à le rejoindre.

Avec beaucoup de précautions et en faisant craquer le bois vert, l'*Anderer* se hissa aux côtés d'Orschwir. L'estrade ne dominait le sol de la halle que de quelques mètres, moins de trois à dire vrai, et l'escalier que le *Zungfrost* avait cloué ne comportait que six marches mais, en voyant se hisser l'*Anderer*, on aurait pu croire qu'il escaladait la pointe la plus haute des Hörni,

255

tant il le fit avec lenteur et peine. Lorsqu'il arriva enfin aux côtés du Maire, la foule laissa échapper un murmure de surprise, car il faut dire que pour beaucoup qui se trouvaient là, c'était la première fois qu'ils voyaient celui dont on leur avait tant parlé en chair, en os et en habits. Le plateau de l'estrade n'était pas très grand, ni très profond. Le *Zungfrost* l'avait calculé au jugé, prenant sans doute les mesures en songeant à son propre corps qui est épais comme un couvre-joint. Mais Orschwir est une sorte de géant, haut et large, et l'*Anderer* était rond comme une miche.

Le Maire avait sa tenue des grands jours, celle qu'il revêt trois fois par an pour les grandes occasions – fête du village, foire de la Saint-Matthieu, Jour des morts. Elle n'est différente de celle qu'il porte au quotidien que par une veste passementée et verte, et qui se ferme par une rangée de dix brandebourgs. Chez nous, pour survivre, mieux vaut se fondre, ne rien laisser saillir, être aussi simple et brut que le bloc de granit émergeant du plat d'un chaume. Ça, Orschwir l'a compris depuis longtemps. Il ne donne pas dans l'apparat.

L'*Anderer*, c'était évidemment autre chose. Il tombait de la lune, ou de plus loin encore. Il ignorait nos usages et la complexion de nos cervelles. Peut-être qu'avec un peu moins de ruban, de parfum et de pommade, nous l'aurions trouvé moins dérangeant. Peut-être que vêtu de gros drap, de velours et d'un pardessus de vieille laine, il aurait pu finir par se confondre avec nos murs, et alors, peu à peu le village l'aurait non pas accepté, pour cela il faut au moins cinq générations, mais toléré, comme on tolère certains chats ou chiens sortis de nulle part, du ventre de la forêt sans doute, et qui égayent nos rues de leurs démarches silencieuses et de leurs cris mesurés.

Mais l'*Anderer*, et spécialement en ce jour, c'était tout le contraire : jabot blanc qui moussait entre deux revers de satin noir, chaînettes de montre, de clés, et de je ne sais quoi qui lui faisaient sur la bedaine une quincaillerie dorée, manchettes éclatantes et boutons assortis, redingote bleu nuit, ceinture tressée, gibrette impeccable, pantalon à soutaches, guêtres grenat, souliers vernis, sans oublier le fard aux joues, ses grosses joues pleines comme des pommes surmatures, et la moustache luisante, les favoris brossés, les lèvres roses.

Lui et le Maire, serrés l'un contre l'autre, sur la petite estrade, formaient un drôle de couple qu'on aurait mieux situé sous le chapiteau d'un cirque que sur la place d'un village. L'*Anderer* souriait. Il avait ôté son chapeau de son crâne et le tenait dans ses deux mains. Il souriait à rien, sans regarder personne. Autour de moi, les chuchotis reprenaient :

« *Teufläsgot* ! Qu'est-ce que c'en est pour un citoyen ?

– C'est un homme ou une baudruche ?

– Un gros singe oui !

– C'est peut-être la mode de là où il vient !

– C'est un *Dumkof*, oui, un dérangé !

– Vos gueules, le Maire va parler !

– Ben qu'il parle, ça nous empêche pas d'admirer le phénomène ! »

Avec beaucoup de peine, Orschwir avait tiré d'une de ses poches deux feuilles pliées en huit. Il les avait défroissées longuement, pour se donner une contenance, car on le sentait bien un peu impressionné, et pour tout dire pas très à son aise. Le discours qu'il a lu vaut son pesant d'or. Je vais le reproduire en entier. Ce n'est pas que je l'ai retenu à la lettre, c'est que, tout simplement, je l'ai demandé il y a quelques jours à Orschwir, je sais qu'il archive tout ce qui concerne sa fonction.

« Qu'est-ce que tu veux en faire ?

– C'est pour le *Rapport*.

– Pourquoi tu remontes si loin ? On ne t'en demande pas tant. »

Il m'avait fait la remarque d'un air méfiant, comme s'il suspectait un piège.

« Ce que je m'étais dit, c'est qu'il serait bon de montrer comment notre village l'a bien accueilli. »

Orschwir repoussa le livre de comptes qu'il avait devant lui, saisit la cruche et les deux verres que lui tendait la *Keinauge*, nous servit la bière, poussa jusqu'à moi un verre. Je voyais bien que ma demande l'ennuyait, qu'il hésitait, mais il finit par dire :

« Si tu crois que c'est bon pour nous, alors fais-le. »

Il prit un petit morceau de papier, y écrivit lentement quelques mots, puis me le tendit.

« Tu iras à la mairie et tu donneras ça à Hausorn, il te remettra le discours.

– C'était toi qui l'avais imaginé ce discours ? »

Orschwir reposa son verre de bière et me regarda, avec un air tout à la fois contrarié et compatissant. Puis il s'adressa à la *Keinauge*, d'une voix douce que je ne lui connaissais pas.

« Laisse-nous Lise, veux-tu ? »

La petite aveugle esquissa une révérence de la tête et se retira. Orschwir attendit qu'elle ait refermé la porte avant de reprendre :

« Tu vois cette enfant, Brodeck, eh bien ses yeux sont morts. Elle est née avec des yeux morts. De tout ce que tu peux contempler autour de toi, ce bahut, cette pendule, ce meuble que mon arrière-grand-père a fait de ses mains, et ce coin de la forêt du Tannäringen qu'on aperçoit par la fenêtre, elle ne voit rien. Elle sait sans doute que tout cela existe, car elle le sent, elle le respire, elle le touche, mais elle ne peut pas le voir. Et même si elle demandait à le voir, elle ne pourrait pas le voir. Alors elle ne le demande pas. Elle ne perd pas de temps avec cette demande parce qu'elle sait que personne ne peut la satisfaire. »

Il s'arrêta et but une longue gorgée de bière.

« Tu devrais t'efforcer de lui ressembler un peu, Brodeck. Tu devrais te contenter de demander ce que tu peux avoir, et ce qui peut t'être utile, pour le reste, ça ne sert à rien. Sinon à t'égarer, à te mettre je ne sais quelle idée en tête, à la faire cuire cette idée, bouillir dans ton cerveau, et tout cela pour rien ! Je vais te dire une chose. Le soir où tu as accepté de faire le *Rapport*, tu as dit que tu dirais *je*, mais que ce *je* voudrait dire nous tous. Tu t'en souviens n'est-ce pas ? Eh bien dis-toi que ce discours, c'est nous tous qui l'avons pensé et écrit. C'est moi qui l'ai lu peut-être, mais c'est nous tous qui l'avons imaginé. Contente-toi de cela. Un autre verre, Brodeck ? »

À la mairie, quand j'ai tendu le papier à Caspar Hausorn, il a fait la grimace. Il s'apprêtait à dire quelque chose, puis il s'est retenu au dernier moment. Il m'a tourné le dos et il a ouvert deux grands tiroirs. Il a soulevé plusieurs registres, puis a fini par saisir un cartonnage bistre dans lequel étaient serrées des dizaines de feuilles de tailles différentes. Il les a rapidement consultées et a fini par mettre la main sur celles du discours, qu'il m'a tendues sans un mot. Je les ai prises et je m'apprêtais à les glisser dans ma poche lorsqu'il m'a arrêté net :

« Le mot du Maire dit que tu as le droit de lire les feuilles et de les recopier, pas de les emporter ! »

D'un signe de tête, Hausorn m'indiqua un bout de table et une chaise. Puis il rajusta ses lunettes sur son nez, s'éloigna de moi, et reprit ses écritures à son pupitre. Je m'installai et commençai à recopier le discours, en veillant bien à prendre tous les mots. Hausorn levait la tête de temps à autre et m'observait. Les verres de ses lunettes étaient si épais qu'à travers eux, ses yeux prenaient une taille démesurée, pareille à celle d'œufs de pigeon, et lui qui avait pourtant un visage aux traits fins et joliment ouvragés que les femmes avaient toujours apprécié, il faisait songer ainsi à un énorme insecte, une sorte de grosse mouche qui aurait volé le corps d'un homme décapité pour y planter rageusement sa tête.

« Chères vous toutes et chers vous tous de notre village et des environs, et vous, cher Monsieur, c'est avec un grand plaisir que nous vous accueillons dans nos murs. »

Avant d'aller plus loin et de reproduire tout ce qu'Orschwir a lu ce jour-là, sur l'estrade, dans la douceur d'une fin de journée qui était à mille lieues du froid et du sentiment de terreur du soir de l'*Ereigniës*, il faut que je fasse état du trouble qui s'était emparé du Maire lorsque, à peine avait-il commencé son propos, ayant dit « cher Monsieur », il avait suspendu sa phrase, avait regardé l'*Anderer*, et attendu que celui-ci complète, en donnant son nom, ce nom que personne ne connaissait. Mais l'*Anderer* était resté muet, souriant, ne desserrant aucunement ses lèvres, si bien que le Maire, après avoir répété plusieurs fois, « Monsieur… Monsieur… ? » avec une légère intonation interrogative, fut bien obligé de continuer sans avoir rien obtenu.

261

« Vous êtes le premier, et pour l'instant le seul, à venir nous visiter depuis qu'en ces lieux, et durant de trop longs et douloureux mois, la guerre a laissé son atroce sillage. Jadis, et pendant des siècles, notre région fut traversée par des voyageurs qui venant des grandes plaines du sud gagnaient par la route des montagnes les lointaines côtes du septentrion et les villes portuaires. Ils ont toujours trouvé ici une halte agréable et propice, et les anciennes chroniques parlent de notre village en le désignant sous le vieux nom de *Wolhwollend Trast*, "la halte bienveillante". Nous ne savons pas si tel est votre but. Quoi qu'il en soit, vous nous honorez en faisant séjour au sein de notre modeste communauté. Vous êtes comme une sorte de printemps de l'humanité, qui reviendrait après un trop long hiver, et nous espérons qu'après vous d'autres viendront nous visiter et qu'ainsi, nous serons peu à peu de nouveau reliés à la communauté des hommes. S'il vous plaît, cher Monsieur... – et là encore, Orschwir s'arrêta, regarda l'*Anderer*, lui laissant le temps de dire son nom, mais ce nom ne vint pas et Orschwir, après s'être raclé la gorge une fois de plus, reprit son papier – ne nous jugez pas trop mal ni trop vite. Nous avons traversé bien des épreuves et notre isolement a fait de nous sans doute des êtres en marge de la civilisation. Néanmoins, pour qui nous connaît vraiment nous valons mieux que ce que nous paraissons. Nous avons connu la souffrance, la mort, et il nous faut

262

réapprendre à vivre. Il nous faut aussi apprendre non pas à oublier le passé, mais à le vaincre, en le reléguant pour toujours loin de nous, et en faisant en sorte qu'il ne déborde plus dans notre présent, et encore moins dans notre avenir. Au nom de toutes et de tous, au nom de notre beau village que j'ai l'honneur d'administrer, je vous souhaite donc la bienvenue, cher Monsieur – et cette fois, le Maire ne marqua aucune pause – et je vous laisse maintenant la parole. »

Orschwir regarda la foule, replia ses feuilles, et serra la main de l'*Anderer* tandis que les applaudissements montaient vers le ciel bleu et rose dans lequel des hirondelles, qui paraissaient ivres, rivalisaient de vitesse dans des courses incohérentes. Les applaudissements moururent peu à peu, et le silence revint s'installer, lourd. L'*Anderer* souriait, mais on ne pouvait savoir à qui s'adressait son sourire, aux paysans massés au premier rang, qui n'avaient pas compris grand-chose au discours et qui n'attendaient que le moment de boire du vin et de la bière, à Orschwir dont on sentait la fébrilité grandissante à mesure que le silence se prolongeait, au ciel, aux hirondelles peut-être. Il n'avait toujours pas prononcé une seule parole quand soudain il y eut un coup de vent brutal, un coup de vent très doux, chaud même, de celui qui rend les bêtes nerveuses dans les étables et les agace au point de les faire ruer sans raison contre les portes et les murs. Il s'engouffra dans la banderole de bienvenue et la

263

déchira en son milieu, puis il joua encore avec, s'enroulant dans ses lambeaux, les entortillant, finissant par en arracher la plus grande partie qui s'envola très vite vers les oiseaux, les nuages, le couchant. Le vent partit comme il était venu, en voleur. Ce qui restait de la banderole s'affaissa. Il n'y avait plus que deux mots « *Wi sund* » – « Nous sommes ». La suite de la phrase avait disparu dans les airs, évaporée, oubliée, détruite. Je sentis de nouveau une odeur de poule tout contre moi. C'était Göbbler qui s'était approché, très près de mon oreille :

« *Nous sommes* ! Brodeck, mais qu'est-ce que nous sommes… ? Je me le demande bien… »

Je ne lui répondis rien. Poupchette chantonnait sur mes épaules. Elle avait battu très fort des mains lors des applaudissements. L'incident de la banderole avait distrait la foule durant quelques secondes, mais elle s'était de nouveau apaisée, et elle attendait. Orschwir attendait aussi, et quand on le connaissait un peu, on se rendait compte qu'il n'en pouvait plus d'attendre. Peut-être que l'*Anderer* le comprit d'ailleurs car il bougea un peu, passa ses deux mains sur ses joues, en les étirant, puis les ramena devant lui, les joignit, comme s'il allait prier, dodelina de la tête, de gauche et de droite, sans perdre son sourire et dit « Merci ». Simplement « Merci ». Puis il s'inclina avec cérémonie, à trois reprises, comme s'il avait été sur le devant d'une scène, à la fin d'un spectacle. On se regarda. Certains ouvrirent si grand la bouche qu'on aurait pu y enfourner sans mal un pain rond. D'autres se poussèrent des coudes en s'interrogeant des yeux. D'autres encore haussèrent les épaules, ou se grattaient les cheveux. Puis il y en eut un qui commença à applaudir. C'était une façon comme une autre de sortir de la gêne. On l'imita. Poupchette fut de nouveau heureuse. « La fête mon papa, la fête ! »

Quant à l'*Anderer*, il remit son chapeau, descendit l'estrade aussi lentement qu'il l'avait montée, puis disparut dans la foule, sous les yeux du Maire, qui resta stupide et immobile, les bras le long du corps, tandis que le morceau survivant de banderole agaçait les poils de son bonnet et qu'à ses pieds les uns et les autres le fuyaient, allant d'un bon pas vers les tréteaux, les chopes, les verres, les pichets, les saucisses et les brioches.

XXIX

Quelqu'un est entré dans la resserre ! Quelqu'un est entré dans la resserre ! Je suis sûr que c'est Göbbler ! J'en mettrais ma main au feu ! Ce ne peut être que lui ! D'ailleurs, il y a des traces, des traces de pas dans la neige, de grosses traces boueuses, et qui vont dans la direction de sa maison ! Il ne s'est même pas caché ! Ils se sentent tellement forts qu'ils ne prennent même pas la peine de cacher le fait qu'ils m'espionnent tous, que je suis sous leurs regards, à chaque instant.

Il a suffi que je m'absente à peine une heure afin d'aller acheter de la laine pour Fédorine, trois pelotes dans la petite boutique de Frida Pertzer, qui vend un peu de tout, du galon, des aiguilles, du fil, des racontars, des boutons, du tissu au mètre, pour qu'il ait eu le temps d'entrer dans la resserre et de tout fouiller ! Tout est sens dessus dessous ! Tout a été renversé, ouvert, déplacé ! Il n'a même pas tenté de remettre en ordre ce qu'il a bousculé ! Et il a forcé le tiroir du bureau, le bureau de Diodème, il a cassé le tiroir, et il l'a laissé à terre ! Que cherchait-il ? Ce que je compose bien sûr. Il entend trop la machine. Il se doute que je compose autre chose que le *Rapport* ! Mais il n'a rien trouvé ! Il ne peut rien trouver ! Ma cachette est trop sûre.

Lorsque j'ai découvert cela tout à l'heure, j'étais furieux. Je n'ai pas réfléchi. J'ai vu les traces, j'ai foncé chez Göbbler et j'ai frappé à sa porte, de grands coups du plat de la main. Il faisait nuit déjà, et le village dormait, mais il y avait de la lumière chez Göbbler, et j'étais sûr que lui ne dormait pas. C'est sa femme qui est venue ouvrir. Elle était en chemise, et lorsqu'elle a vu que c'était moi, elle a souri. Dans le contre-jour, je devinais la forme de ses grosses hanches et de ses seins énormes. Elle avait les cheveux défaits.

« Bonsoir Brodeck, a-t-elle dit en passant sa langue sur ses lèvres à plusieurs reprises.

– Je veux voir ton mari !

– Tu ne te sens pas bien ? Tu es malade ? »

Je hurlais son nom à m'en briser la voix. Je n'arrêtais pas de le hurler. Il y eut du mouvement à l'étage, et bientôt, Göbbler fit son apparition, une chandelle à la main et un bonnet de nuit sur la tête.

« Mais que se passe-t-il Brodeck ?

– C'est à toi de me le dire ! Pourquoi as-tu fouillé ma resserre ? Pourquoi as-tu brisé le tiroir de la table ?

267

– Je te promets que je ne...

– Ne me prends pas pour un idiot ! Je sais que c'est toi ! Tu m'épies sans cesse ! Ce sont les autres qui t'ont dit de le faire ? Les pas mènent chez toi !

– Les pas ? Mais quels pas ? Brodeck... Veux-tu entrer prendre une tisane, je crois que tu...

– Si jamais tu recommences Göbbler, je te jure que je...

– Que tu quoi ? »

Il s'était approché de moi. Son visage était tout proche du mien. Il cherchait à me voir au travers du voile blanchâtre qui mange ses yeux chaque jour un peu plus.

« Sois raisonnable, c'est la nuit, je te conseille d'aller te coucher... Je te le conseille... »

Soudain les yeux de Göbbler me firent peur. Ils n'avaient plus rien d'humain. On aurait dit des yeux de glace, des yeux gelés, comme il m'en a été donné une fois de voir lorsque j'avais onze ans et qu'une caravane d'hommes du village était allée chercher le corps de deux forestiers du hameau de Froxkeim qui avaient été emportés par une coulée de neige sous les pentes des Schnikelkopf. Ils avaient redescendu les dépouilles dans de grands draps suspendus à des perches. Je les avais vus passer non loin de notre cabane, tandis que j'étais allé puiser de l'eau. Le bras d'un des deux hommes sortait du tissu et battait le rythme de la marche et je vis aussi la tête de l'autre homme, par le biais d'une déchirure. Je vis son regard, son regard fixe et blanc, d'une blancheur mate et pleine, comme si toute la neige qui l'avait tué s'était versée dans ses yeux. J'avais poussé un cri, lâché la cruche, et j'étais rentré en courant à la cabane pour me précipiter contre Fédorine.

« Ne me dis jamais plus ce que j'ai à faire, Göbbler. »

Je partis sans lui laisser le temps de me répondre.

Je viens de passer une heure à remettre tout en ordre dans la resserre. Rien n'a été volé, et pour cause, il n'y a rien à voler. Ce que j'écris là est trop bien caché, personne jamais ne pourra le trouver. Je tiens les feuilles dans mes mains. Elles sont encore tièdes, et lorsque je les approche de mon visage pour les respirer, je sens l'odeur du papier, celle de l'encre, et un autre parfum aussi, un parfum de peau. Non. Personne ne pourra jamais trouver ma cachette.

Diodème aussi avait une cachette, et je viens de la découvrir, tout à fait par hasard, en essayant de réajuster le tiroir du bureau. J'ai retourné le meuble, l'ai posé pieds en l'air sur le sol, et c'est là que j'ai vu une sorte de grande enveloppe, collée sous le panneau de bois, à l'emplacement exact du tiroir qui servait à la cacher. Le tiroir était vide, mais au-dessus de lui, collée, insoupçonnable, il y avait l'enveloppe.

Ce qu'elle contient est en vérité assez disparate. Je viens de faire le tri. Il y a tout d'abord une longue liste établie sur deux colonnes, l'une a pour titre *Romans écrits* et l'autre *Romans à écrire*. La première comporte cinq titres *La Jeune Fille du bord de l'eau*, *Le Capitaine amoureux*, *L'Hiver fleuri*, *Les Bouquets de Mirna* et *Les Cœurs en émoi*. Je connais non seulement ces titres, mais je connais aussi tout de ces romans, puisque Diodème me les lisait, dans son petit logement encombré de livres, de registres, de feuilles qui manquaient à tout instant de s'enflammer au contact des chandelles et je luttais à chaque fois contre l'endormissement, mais Diodème était tellement passionné par ses histoires et par ses mots qu'il ne se rendait même pas compte que je somnolais.

J'ai souri en lisant la liste, car ces titres m'ont rappelé tous ces moments passés en compagnie de Diodème, et j'ai revu son beau visage de médaille, qui s'animait dans la lecture. En parcourant l'autre liste, celle des *Romans à écrire*, je n'ai pu m'empêcher d'éclater de rire, en songeant à quoi j'avais échappé. Diodème avait aligné une soixantaine de titres de romans ! La plupart se ressemblaient, et remuaient l'imaginaire à l'eau de rose. Mais il y en avait deux qui tranchaient sur tout cela, et que Diodème avait soulignés de plusieurs traits de crayon : *La Trahison des justes* et *Le Remords*. Ce dernier d'ailleurs avait été recopié à quatre reprises, en caractères de plus en plus gros, comme si le crayon de Diodème avait bégayé.

Sur une autre feuille, il avait dressé une sorte

d'arbre généalogique de sa propre famille. Il y avait les noms de ses parents, de ses grands-parents, de ses arrière-grands-parents, leurs dates et leurs lieux de naissance. Il y avait aussi des oncles, des tantes, des cousins, de lointains aïeuls. Mais il y avait également de grands vides, des trous, des lignes qui s'arrêtaient brusquement sur un espace blanc ou un point d'interrogation. L'arbre possédait ainsi des branches pleines, sur-abondantes, croulant presque sous les noms, et d'autres dénudées, réduites à un simple trait qui mourait sans ornements. J'ai pensé alors aux étranges forêts de symboles et de vies mortes que pourraient composer tous nos arbres si on les alignait côte à côte. Le mien disparaîtrait sous les ramures étouffantes de bien des familles qui gardent depuis des siècles leur mémoire comme le plus précieux des héritages. Le mien d'ailleurs ne serait pas un arbre, tout juste un maigre tronc. Au-dessus de mon nom, il y aurait simplement deux tiges, très vite coupées, nues, dépouillées, résolument muettes. Mais peut-être tout de même parviendrais-je à trouver une place pour Fédorine, comme parfois on peut enter sur une plante chétive un plus solide greffon, afin de lui donner sa force et sa sève ?

Dans l'enveloppe, il y avait aussi deux lettres, qui avaient été lues et relues, car le papier en était réduit à une pelure légère et les pliures mena-çaient à plusieurs endroits de se rompre. Elles étaient signées Magdalena et avaient été adressées à Diodème il y a fort longtemps, bien avant qu'il ne vienne s'installer au village. C'étaient deux lettres d'amour, mais la seconde disait la fin de l'amour. Elle le disait en des termes simples, sans grandes phrases, sans effets ni tournures larmoyantes. Elle le disait comme une vérité de l'existence, un événement qu'on ne peut combattre et qui force les hommes à ployer la nuque et accepter leur sort.

Je ne veux pas ici transcrire tout ou partie de ces deux lettres. Elles ne m'appartiennent pas. Elles ne sont pas de mon histoire. En les lisant je me suis dit que c'était peut-être à cause d'elles que Diodème était arrivé chez nous, qu'il avait mis tant de distance entre son ancienne existence et le quotidien qu'il s'était peu à peu construit au village. Je ne sais pas s'il est parvenu à refermer cette plaie. Je ne sais pas non plus s'il l'avait vraiment voulu. Parfois, on aime ses propres cicatrices.

J'avais entre les mains des fragments de la vie de Diodème, de petits morceaux essentiels qui, assemblés, éclairaient un esprit disparu. Et en songeant à sa vie, à la mienne, à celle d'Emélia, de Fédorine, à celle aussi de l'*Anderer*, dont je ne savais à vrai dire presque rien, que j'imaginais seulement, le village m'est alors apparu sous un jour nouveau : je le vis soudain comme le lieu ultime, rejoint par ceux qui laissent derrière eux la nuit et le vide, le lieu non pas où l'on peut recommencer quelque chose, mais simplement la place où peut-être tout finit, où tout se doit de finir.

Mais il y avait encore autre chose dans la grande enveloppe brune.

Il y avait une autre lettre.

Une lettre qui m'était destinée, que j'ai saisie avec beaucoup de curiosité car il est étrange d'entendre un mort vous parler. La lettre de Diodème commençait par ces mots « *Pardonne-moi Brodeck, pardonne-moi je t'en prie…* », et se terminait par eux.

Je viens de lire cette longue lettre.
Oui, je viens de la lire.

Je ne sais pas si je saurai donner une idée de ce que j'ai ressenti en la lisant. Je ne suis pas certain d'avoir ressenti quelque chose d'ailleurs. En tout cas, je puis le jurer, il n'y eut aucune souffrance : je n'ai pas souffert en lisant la lettre de Diodème, qui est en vérité une longue confession, car il me manque les organes essentiels pour éprouver de la souffrance. Je ne les possède plus. On me les a retirés, un à un, au camp. Et depuis, hélas, ils n'ont jamais repoussé en moi.

XXX

Je suis sûr que Diodème pensait qu'après avoir lu ce qu'il m'avait écrit, j'en viendrais à le détester résolument. Diodème me croyait encore dans l'ordre de l'humain, mais il se trompait.

Hier soir, après avoir rangé la resserre, après avoir trouvé fortuitement la cachette, parcouru tout ce que l'enveloppe brune contenait, j'ai rejoint Emélia dans le lit. Il était tard. Elle dormait. Je me suis blotti contre elle. J'ai épousé sa chaleur et la forme de son corps, et je me suis très vite endormi. Je n'ai même pas songé à ce que je venais de lire. Mon âme était curieusement légère et mon corps très lourd de fatigue et de liens dénoués. J'ai chuté avec bonheur dans le sommeil, comme on le fait chaque soir durant l'enfance. Et j'ai fait des rêves, non pas les rêves qui d'ordinaire me torturent, le puits noir du *Kazerskwir* autour duquel je tourne, je tourne sans cesse, non, j'ai fait des rêves paisibles.

J'ai retrouvé l'étudiant Kelmar. Il était bien

vivant et portait sa belle chemise blanche en lin, brodée de torsades. Elle était immaculée et soulignait le hâle de sa peau et son cou si fin. Nous n'étions pas sur le chemin du camp. Nous n'étions pas non plus dans le wagon où nous avions passé des jours et des nuits, entassés avec d'autres. Nous étions dans un lieu qui ne me rappelait rien de connu, et dont je ne pourrais même pas dire s'il se trouvait dans une maison ou bien au-dehors. Kelmar était comme je ne l'avais jamais connu. Il ne portait trace d'aucun coup. Ses joues étaient fraîches et rasées. Ses vêtements sentaient bon. Il souriait. Il me parlait. Il m'a parlé longuement, et moi, je l'écoutais sans l'interrompre. Puis à un moment, il s'est levé et j'ai compris sans qu'il ait eu besoin de me le dire qu'il lui fallait partir. Il m'a regardé, m'a souri, et j'ai le souvenir très net des derniers mots que nous avons alors échangés :

« Après ce que nous avions fait dans le wagon, Kelmar, j'aurais dû m'arrêter, comme toi, ne plus courir, m'arrêter sur le chemin.

— Tu as fait ce que tu as cru bon de faire, Brodeck.

— Non, c'est toi qui as eu raison. C'est ce que nous méritions. J'ai été un lâche.

— Je ne sais pas si j'ai eu raison. La mort d'un homme, Brodeck, ne rachète jamais le sacrifice d'un autre homme. Ce serait trop simple. Et puis ce n'est pas à toi de te juger. Ce n'est pas à moi non plus de le faire. Ce n'est pas aux hommes de se juger les uns les autres. Ils ne sont pas faits pour cela.

– Kelmar, crois-tu qu'il est temps pour moi de te rejoindre maintenant ?

– Reste de l'autre côté, Brodeck. Ta place est encore là-bas. »

Ce sont les derniers mots de lui dont je me souvienne. Puis j'ai voulu m'approcher, j'ai voulu le prendre contre moi et le serrer dans mes bras, mais je n'ai alors étreint que du vent.

Je ne crois pas que les rêves annoncent quoi que ce soit, comme certains le prétendent. Je pense simplement qu'ils adviennent au moment où il faut, et qu'ils nous disent, dans le creux de la nuit, ce que nous n'osons peut-être pas nous avouer en plein jour.

Je ne vais pas reproduire toute la lettre de Diodème. D'ailleurs, je ne l'ai plus. Je mesure combien il a dû lui en coûter de l'écrire.

Je ne suis pas parti de moi-même pour le camp. On m'a arrêté et on m'y a emmené. Les *Fratergekeime* venaient d'entrer dans notre village depuis à peine une semaine. La guerre avait commencé trois mois plus tôt. Nous étions coupés du monde et nous ne savions pas grand-chose. Les montagnes nous protègent souvent du tapage mais elles nous isolent en même temps d'une partie de la vie.

Nous les vîmes arriver un matin, une longue colonne étirée et poussiéreuse qui marchait vite sur la route de la frontière. Personne ne chercha à ralentir leur progression et, de toute façon, cela aurait été inutile, et puis je crois que chacun avait en tête la mort des deux fils Orschwir, et c'est bien ce que tout le monde voulait éviter, qu'il y ait d'autres morts.

Par ailleurs, le plus important et qui permet de comprendre, c'était que ceux qui arrivaient chez nous casqués, armés, forts de leurs victoires fracassantes sur toutes les troupes qu'ils avaient croisées étaient bien plus proches des habitants de notre région que ne l'est la plus grande partie de la population de notre propre nation. La nation, pour les hommes de par ici, elle n'existait guère. C'était un peu comme une femme qui se rappelait de temps à autre à eux, par un mot doux, une demande, mais dont ils ne voyaient jamais vraiment ni les yeux ni les lèvres. Ces soldats qui venaient en vainqueurs partageaient nos coutumes, parlaient une langue tellement proche de la nôtre qu'il suffisait de peu d'efforts pour la comprendre et la manier. L'histoire séculaire de notre contrée se confondait avec celle de leur pays. Nous avions en commun des légendes, des chansons, des poètes, des ritournelles, une façon d'accommoder les viandes et de préparer les soupes, une même mélancolie et une semblable propension à tomber dans l'ivresse. En définitive, les frontières ne sont que des coups de crayon sur des cartes. Elles tranchent des mondes mais ne les séparent pas. On peut parfois les oublier aussi vite qu'elles furent tracées.

L'escouade qui pénétra dans le village se composait d'une centaine d'hommes placés sous le commandement d'un capitaine qui se nommait Adolf Buller. Je ne l'ai que très peu connu. Je me souviens de lui comme d'un homme de petite taille, très maigre, affligé d'un tic qui lui faisait donner un coup de menton sec sur sa gauche toutes les vingt secondes environ. Il montait un cheval au poil crasseux et couvert de boue, et ne se séparait jamais de sa cravache, une cravache courte, à la pointe tressée. Orschwir et le curé Peiper s'étaient postés à l'entrée du village pour accueillir les vainqueurs et les supplier d'épargner les habitants et les maisons, tandis que partout les portes et les volets s'étaient fermés à double tour et que chacun retenait son souffle.

Le capitaine Buller, sans descendre de sa monture, écouta bredouiller Orschwir. À ses côtés, il y avait un porte-drapeau qui tenait une lance sur laquelle était fiché un étendard rouge et noir. Dès le lendemain, il remplaça le drapeau au faîte de la mairie. On pouvait y lire le nom du régiment auquel appartenait l'escouade, *Der unverwundbar Anlauf* – L'élan invulnérable – ainsi que sa devise *Hinter uns, niemand* – Après nous, personne.

Buller ne répondit rien à Orschwir, il donna quelques coups de menton, écarta doucement le Maire avec sa cravache, et avança, suivi de ses soldats.

On aurait pu croire qu'il allait exiger que ses

hommes soient logés bien au chaud, dans des lits, derrière les gros murs des maisons. Il n'en fut rien. La troupe s'installa sur la place des halles, déballa de larges tentes, les monta en un clin d'œil. Puis des soldats frappèrent à toutes les portes afin de collecter et de confisquer les armes, des fusils de chasse la plupart du temps. Ils le firent sans la moindre brutalité, avec la plus grande des politesses. Par contre, lorsque Aloïs Cathor, un raccommodeur de faïence qui voulait toujours faire le malin, leur dit qu'il n'avait aucune arme chez lui, ils le mirent en joue, fouillèrent de fond en comble la cage à lapin dans laquelle il vivait, et finirent par découvrir une vieille pétoire. Ils la lui mirent sous le nez, et les emmenèrent, lui et le fusil, devant le capitaine Buller qui buvait une eau-de-vie devant sa tente, tandis que son ordonnance se tenait derrière lui avec le flacon, prêt à le resservir. Les soldats expliquèrent l'affaire. Cathor affichait un air goguenard. Buller le jaugea des pieds à la tête, but cul sec son verre de prune, eut son petit tic nerveux, se fit resservir, appela, en pointant vers lui sa cravache, un lieutenant à la peau groseille et aux cheveux de foin, lui chuchota quelques mots à l'oreille. L'autre opina, claqua des talons, salua et partit, entraînant avec lui les deux soldats et leur prisonnier.

Quelques heures plus tard, un tambour passa dans les rues en criant une annonce : toute la population sans exception devait se rendre à sept heures devant l'église pour assister à un événement de la plus haute importance. La présence de tous était obligatoire sous peine de sanctions. Peu avant l'heure dite, chacun sortit de sa maison. En silence. Les rues furent bientôt pleines de cette étrange procession qui ne disait mot et dont les visages n'osaient se relever, regarder autour d'eux, rencontrer d'autres yeux. Nous marchions Emélia et moi en nous tenant la main, avec force. Nous avions peur. Tout le monde avait peur. Le capitaine Buller nous attendait sur le parvis, sa cravache à la main, entouré de ses deux lieutenants, celui que j'ai dit et un autre, courtaud et noir de poil. Lorsque la petite place de l'église fut pleine, que chacun fut immobile, et qu'il n'y eut plus aucun bruit, il parla :

« Habitantes, habitants, nous ne venons pas ici pour détruire et salir. On ne détruit ni ne salit ce qui nous appartient, ce qui est nôtre, sauf si on est atteint de folie. Et nous ne sommes pas atteints de folie. Votre village a la chance suprême de faire partie désormais du Grand Territoire. Vous êtes ici chez vous, et ce chez-vous est notre chez-nous. Nous sommes désormais unis pour un avenir millénaire. Notre race est la race première, immémoriale et immaculée, ce sera la vôtre aussi si vous consentez à vous débarrasser des éléments impurs qui sont encore parmi vous. Aussi faut-il que nous vivions dans une parfaite entente et une totale franchise. Il n'est pas bon de tenter de nous mentir. Il n'est pas bon de tenter de se jouer de nous. Un homme a essayé de le faire aujourd'hui. Nous espérons que son exemple ne sera pas suivi. »

Buller avait une voix délicate, presque féminine, et ce qui était curieux, c'était que lorsqu'il parlait, il n'avait plus ce mouvement incontrôlé du menton qui le faisait ressembler à un automate détraqué. À peine eut-il terminé son discours, qu'avec un protocole impeccable, comme si tout avait été répété de multiples fois, on fit venir sur la place, devant lui, Aloïs Cathor, accompagné par les deux soldats qui en avaient la charge. Derrière eux, à un mètre, un autre soldat portait quelque chose de lourd, qu'on distinguait mal. Lorsqu'il le posa à terre, on vit qu'il s'agissait d'un morceau de bois, une section d'un mètre de haut environ coupée dans le fût d'un sapin. Alors tout alla très vite : les soldats empoignèrent Cathor, le firent s'agenouiller, lui posèrent la tête sur le tronc, se reculèrent. Arriva un quatrième soldat, qu'on n'avait encore pas vu. Il avait la poitrine et les jambes sanglées dans un grand tablier de cuir sombre. Dans ses mains, il tenait une grande hache. Il s'arrêta très près de Cathor, souleva sa hache, et avant même que quiconque ait le temps de dire « ouf », il l'abattit avec force sur la nuque du raccommodeur. La tête tranchée net roula au bas du billot. Un gros flot de sang jaillit du corps qui, comme celui d'une oie à qui on coupe le cou, fut agité de mouvements saccadés durant plusieurs secondes, avant de s'immobiliser, inerte. Au sol, la tête de Cathor nous regardait. Il avait la bouche et les yeux grands ouverts, comme s'il venait de nous poser une question à laquelle nous n'avions pas répondu.

Tout était allé si vite. La scène épouvantable nous avait tous figés. C'est la voix du capitaine qui nous tira de notre stupeur pour nous plonger dans une autre, plus grande encore :

« Voilà ce qui arrive à ceux qui veulent jouer. Songez-y, habitantes, habitants, songez-y ! Et pour que vous puissiez bien y réfléchir, le corps et la tête de ce *Fremdër* resteront ici ! Interdiction de l'ensevelir sous peine de connaître le même sort ! Un conseil encore, purifiez votre village ! N'attendez pas que nous le fassions nous-mêmes. Purifiez-le tant qu'il est temps ! Et maintenant rentrez chez vous, dispersez-vous ! Je vous souhaite le bonsoir ! »

Son menton donna un petit coup sur la gauche, comme pour chasser une mouche, il claqua sa cravache contre la couture de son pantalon, fit demi-tour, et s'en alla suivi de ses lieutenants. Emélia tremblait contre moi et sanglotait. Je la serrais contre ma poitrine du mieux que je pouvais. Elle ne cessait de répéter d'une voix très basse : « C'est un cauchemar, Brodeck, c'est un cauchemar n'est-ce pas ? » Ses yeux ne quittaient pas le corps sans tête de Cathor, affalé sur le billot.

« Viens », lui dis-je en posant ma main sur son regard.

Plus tard, alors que nous étions déjà couchés, on frappa à notre porte. Je sentis Emélia tressaillir. Je savais bien qu'elle ne dormait pas. Je l'embrassai dans la nuque et descendis. Fédorine avait déjà fait entrer le visiteur. C'était Diodème. Elle l'aimait beaucoup. Elle l'appelait dans sa vieille langue le *Klübeigge*, le savant. Nous nous assîmes tous les deux autour de la table. Fédorine nous apporta deux tasses, et y versa une tisane qu'elle venait de se préparer avec du serpolet, de la menthe, de la mélisse et des bourgeons de sapin.

« Qu'est-ce que tu comptes faire ? me demanda Diodème.

– Comment ça, qu'est-ce que je compte faire ?

– Je ne sais pas moi, tu étais là comme moi, tu as vu ce qu'ils ont fait à Cathor !

– Je l'ai vu.

– Et tu as entendu ce qu'a dit l'officier.

– Qu'il était interdit de toucher le corps ? Ça m'a rappelé une histoire grecque, que Nösel nous racontait à l'université, celle d'une princesse qui...

– Laisse dormir les princesses grecques ! Ce n'est pas de ça que je voulais parler, me coupa Diodème qui ne cessait de se tordre les mains. Quand il a dit qu'il fallait "purifier le village", qu'est-ce que tu as compris ?

– Ces gens-là sont fous. Je les ai vus à l'œuvre, quand j'étais dans la Capitale. Pourquoi crois-tu qu'à l'époque je sois revenu au village ?

– Ils sont peut-être fous, mais n'empêche qu'aujourd'hui, ce sont eux les maîtres depuis qu'ils ont chassé leur Empereur et enfoncé nos frontières.

– Ils partiront, Diodème. Ils finiront par partir. Pourquoi voudrais-tu qu'ils restent chez nous ? Il n'y a rien ici. C'est le bout du monde. Ils voulaient nous montrer que désormais ils sont les seigneurs. Ils l'ont fait. Ils ont voulu nous terroriser. Ils ont réussi. Ils vont rester quelques jours, et puis ils iront ailleurs, plus loin.

– Mais le capitaine nous a menacés. Il a dit que c'était à nous de "purifier le village".

– Et alors, que proposes-tu de faire ? Nettoyer les rues avec un seau d'eau et un balai ?

– Ne plaisante pas Brodeck ! Crois-tu que eux plaisantent ? Sa phrase n'était pas innocente, il a choisi tous les mots, il ne les a pas dits au hasard ! C'est comme ce mot de *Fremdër* pour désigner le pauvre Cathor...

– C'est le mot qu'ils utilisent pour parler de tous ceux qui ne leur plaisent pas, les *Fremdër*, les "pourritures", je l'ai vu peint ce mot sur bien des portes durant la *Pürische Nacht*.

– Tu sais bien que ça veut dire "Étranger" aussi !

– Cathor n'était pas un étranger ! Sa famille est aussi vieille que le village ! »

Diodème desserra le col de sa chemise qui semblait l'étouffer. Il épongea d'un revers de main son front couvert de sueur, me lança un

284

regard craintif, tourna les yeux vers sa tasse, en but une lampée, me regarda de nouveau furtivement, baissa une fois de plus les yeux, puis dit, presque dans un murmure :

« Mais toi, Brodeck... Toi ? »

XXXI

Je sais comment la peur peut transformer un homme.

Je ne le savais pas, mais je l'ai appris. Au camp. J'ai vu des hommes hurler, se frapper la tête contre des murs en pierre, se lancer sur des fils de fer tranchants comme des rasoirs. J'en ai vu faire dans leur pantalon, se vider entièrement, vomir, sortir d'eux-mêmes tout ce qu'ils avaient de liquide, d'humeurs, de gaz. J'en ai vu certains prier et j'en ai vu d'autres renier le nom de Dieu, le couvrir de sanies et d'injures. J'ai même vu un homme en mourir. Mourir de peur, alors qu'un matin il venait d'être désigné au petit jeu des gardes comme le prochain à être pendu. Et lorsque le garde s'est arrêté devant lui et lui a dit en riant: «*Du!*», l'homme est resté immobile. Son visage n'a trahi aucune émotion, aucun trouble, aucune pensée. Et comme le garde commençait à perdre son sourire et à lever son bâton, l'homme est tombé, d'un coup, mort, avant même que l'autre ne le touche.

Le camp m'a appris ce paradoxe : l'homme est grand, mais nous ne sommes jamais à la hauteur de nous-même. Cette impossibilité est inhérente à notre nature. En faisant ce voyage vertigineux, en descendant un à un les barreaux de la sordide échelle qui me faisait aller toujours plus profond dans le *Kazerskwir*, j'allais non seulement vers la négation de ma propre personne, mais aussi, dans le même temps, vers la conscience pleine des motivations de mes bourreaux, et de ceux qui m'avaient livré à eux. Et donc, en quelque sorte, vers l'ébauche d'un pardon.

C'est bien la peur éprouvée par d'autres, beaucoup plus que la haine ou je ne sais quel autre sentiment, qui m'avait transformé en victime. C'est parce que la peur avait saisi quelques-uns à la gorge, que j'avais été livré aux bourreaux, et ces mêmes bourreaux, ces hommes qui jadis avaient été comme moi, c'est aussi la peur qui les avait changés en monstres, et qui avait fait proliférer les germes du mal qu'ils portaient en eux, comme nous les portons tous en nous.

J'avais sans doute mal mesuré les conséquences de l'exécution d'Aloïs Cathor. J'en avais saisi l'horreur, l'odieuse cruauté, mais je n'avais pas compris combien elle allait faire son chemin dans les esprits, ni combien les paroles prononcées par le capitaine Buller, passées au crible par des dizaines et des dizaines de cervelles allaient les bouleverser et les amener à prendre une décision dont je serais la victime. Et puis bien sûr, il y avait la dépouille de Cathor, sa tête sur le sol, à quelques mètres du corps, et le soleil par-dessus cela, et tous les insectes éphémères qui en ce début d'automne naissaient le matin, mouraient le soir, mais qui durant leur brève existence passaient des heures à bourdonner autour du cadavre, s'invitant au festin, tournoyant, zigzaguant, vrombissant, rendus fous par toute cette masse de chair que la chaleur corrompait.

Tout le village était plein de cette odeur écœurante. On aurait cru le vent complice de Buller. Il venait sur la place de l'église, s'imprégnait en bourrasques des miasmes du cadavre, et puis allait dans chaque rue, en tourbillons, danser la gigue, s'insinuant sous les portes, au travers des fenêtres mal fermées, entre les tuiles disjointes, pour porter jusqu'à nous l'empreinte fétide de la mort de Cathor.

Pendant ce temps, les soldats se comportaient avec la plus parfaite des corrections, comme si de rien n'était. Aucun vol, aucun pillage, aucune exaction, aucune exigence. Ils payaient ce qu'ils prenaient dans les boutiques. Ils soulevaient leurs calots quand ils rencontraient des femmes ou des jeunes filles. Ils fendaient du bois pour les vieilles veuves. Ils lançaient des plaisanteries aux enfants, mais ceux-ci effrayés partaient en courant. Ils saluaient le Maire, le curé et Diodème.

Le capitaine Buller, toujours flanqué de son tic et de ses deux lieutenants, faisait chaque matin et chaque soir une promenade dans les rues, porté par ses courtes et maigres jambes. Il marchait vite, comme si on l'attendait quelque part, ne prêtant pas attention à celles et ceux qu'il croisait sur son chemin. Avec sa cravache, parfois il fouettait l'air ou éloignait des abeilles.

Tous les habitants étaient comme hébétés. Très peu se parlaient. On allait à l'essentiel. On courbait la tête. On se nourrissait de stupeur.

Je n'avais pas revu Diodème depuis le soir de l'exécution. Et tout ce que je vais écrire désormais, je l'ai appris dans la longue lettre qu'il m'a laissée.

Un soir, le troisième soir de la présence des *Fratergekeime* dans le village, Buller fit convoquer Orschwir et Diodème. Orschwir, cela se comprend, puisqu'il était le Maire, mais Diodème, c'était plus surprenant. Buller devança une question que de toute façon Diodème n'aurait jamais osé poser en lui disant qu'il devait être moins idiot que les autres puisqu'il était l'instituteur, et qu'il serait donc à même de le comprendre.

Il les reçut tous deux sous sa tente. Il y avait à l'intérieur un lit de camp, un bureau, une chaise, une sorte de malle-cantine, et une penderie en toile qui avait la forme d'une housse et dans laquelle on devinait quelques vêtements. Sur le bureau, du papier frappé du nom du régiment, de l'encre, des plumes, du buvard, et une photographie encadrée sur laquelle on voyait une femme épaisse flanquée de six enfants dont le plus petit pouvait avoir dans les deux ans et l'aîné environ quinze.

Buller était assis, occupé à rédiger une lettre. Il leur tournait le dos. Il prit tout son temps pour la terminer, la relire, la glisser dans une enveloppe, coller cette enveloppe, la poser sur le bureau, et enfin se retourner vers eux qui étaient bien entendu debout et n'avaient pas bougé d'un pouce. Buller les regarda en silence, longuement, cherchant sans doute à savoir à qui il avait affaire. Diodème sentait son cœur battre à tout rompre, tandis que ses paumes étaient trempées. Il se demandait ce qu'il faisait là et combien de temps allait durer ce supplice. Le tic de Buller faisait basculer son menton, à intervalles réguliers. Il saisit sa cravache qui était tout près de lui, sur le lit, et il la caressa très lentement et très doucement, comme si ç'avait été un animal de compagnie.

« Alors ? » finit-il par dire.

Orschwir ouvrit grand la bouche, ne sut quoi répondre, regarda Diodème qui ne parvenait même plus à déglutir.

« Alors ? » reprit Buller, sans marquer de réelle impatience.

Rassemblant tout son courage, Orschwir parvint à lui demander, d'une voix étranglée : « Alors quoi, capitaine… ? » ce qui eut pour effet d'arracher un sourire à Buller :

290

« Cette purification, monsieur le Maire ! De quoi donc voulez-vous que je parle ? Où en êtes-vous de cette purification ? »

Une fois encore Orschwir regarda Diodème qui chercha à éviter ses yeux et baissa la tête, puis, lui d'ordinaire si sûr, dont les paroles claquent souvent comme des coups de fouet, que rien n'impressionne, qui a le naturel de l'homme riche et puissant, là il se mit à bafouiller, à perdre tous ses moyens devant cette créature en uniforme, qui faisait presque la moitié de sa taille à lui, cet homme minuscule affublé d'un tic grotesque, et qui caressait sa cravache avec des manières de femme.

« C'est que… capitaine… Nous… Nous n'avons pas très bien… compris. Oui… Nous n'avons pas compris… ce que vous… que vous vouliez dire. »

Orschwir se tassa, ses épaules s'affaissèrent, comme après un effort trop violent. Buller laissa échapper un petit rire, et il se leva, commença à marcher dans sa tente, de long en large, comme s'il réfléchissait, puis il se planta devant eux.

« Avez-vous déjà observé des papillons, monsieur le Maire, et vous, monsieur l'instituteur, oui, des papillons, n'importe quel groupe de papillons ? Non ? Jamais ? Dommage… Très dommage ! Moi, j'ai consacré ma vie aux papillons. Certains se préoccupent de chimie, de médecine, de minéralogie, de philosophie, d'histoire, moi, j'ai voué mon existence entière aux papillons. Ils le méritent amplement, mais peu de gens sont capables de s'en rendre compte. C'est bien triste, car si on se souciait davantage de ces somptueuses et fragiles créatures, on en tirerait des leçons extraordinaires pour l'espèce humaine. Figurez-vous, par exemple, qu'au sein d'une variété de ces lépidoptères, connue sous le nom de *Rex flammae*, on a pu observer un comportement qui, au premier abord, paraissait sans fondement, mais qui après de multiples constats se révéla parfaitement logique, et pourrait-on dire si ce mot avait un sens lorsqu'on parle de papillons, d'une intelligence remarquable. Les *Rex flammae* vivent en groupes d'une vingtaine d'individus. On pense qu'il existe chez eux une sorte de solidarité qui les pousse à se rassembler lorsque l'un d'entre eux trouve de la nourriture en quantité suffisante afin que tous puissent en profiter. Ils tolèrent assez souvent au sein du groupe des papillons d'autres espèces que la leur mais, dès lors qu'un prédateur survient, les *Rex flammae* paraissent se prévenir les uns les autres, grâce à on ne sait quel langage, et se mettent à couvert. Les papillons qui un instant plus tôt étaient intégrés à leur groupe ne semblent pas avoir l'information, et ce sont eux qui se font manger par l'oiseau. En livrant au prédateur une proie, les *Rex flammae* garantissent leur survie. Lorsque tout va bien pour eux, la présence d'un ou de plusieurs individus étrangers à leur groupe ne les dérange pas, peut-être même en profitent-ils d'ailleurs, d'une façon ou d'une autre, mais dès lors qu'un danger se présente, qu'il y va de l'intégrité de leur groupe et de sa survie, ils n'hésitent pas à sacrifier celui qui n'est pas des leurs. »

Buller s'arrêta de parler, puis il se remit à marcher tout en continuant à regarder Orschwir et Diodème qui suaient à grosses gouttes.

« Peut-être certains esprits bornés trouveraient-ils que le comportement de ces papillons manque de morale, mais qu'est-ce que la morale, et à quoi sert-elle ? L'unique morale qui prévaut, c'est la vie. Seuls les morts ont toujours tort. »

Le capitaine se rassit à son bureau et ne prêta plus attention au Maire ni à Diodème qui sortirent sans bruit de la tente.

Quelques heures plus tard, mon sort était scellé.

L'*Erweckens'Bruderschaf* – cette « confrérie de l'Éveil » dont j'ai déjà parlé – se réunit dans sa petite pièce réservée au fond de l'auberge de Schloss. Diodème y était aussi. Dans sa lettre, il me jure qu'il ne faisait pas partie de la compagnie, que c'était la première fois qu'on l'invitait. Quelle importance ? Première fois, dernière fois, qu'est-ce que cela change ? Diodème ne donne pas les noms de ceux qui étaient présents. Il en donne simplement le nombre. Ils étaient six en plus de lui. Il ne le dit pas mais je suppose qu'Orschwir était l'un de ceux-là, forcément, et que c'est lui qui rapporta le monologue d'Adolf

Buller sur les papillons. Ils soupesèrent les mots du capitaine. Ils comprirent ce qu'il y avait à comprendre, ou plutôt, ils comprirent ce qu'ils voulurent bien comprendre. Ils se persuadèrent qu'eux étaient ces *Rex flammae*, ces fameux papillons dont avait parlé le capitaine, et qu'il leur fallait pour survivre écarter de leur communauté ceux qui n'étaient pas de leur espèce. Chacun prit un petit morceau de papier pour y inscrire les noms des mauvais papillons. Je suppose que c'est le Maire qui ramassa les papiers et qui les lut.

Tous les petits papiers comportaient deux noms, celui de Simon Frippman et le mien. Diodème me jure que lui n'avait pas mis mon nom, mais je ne le crois pas. Et même si cela était vrai, les autres ont dû ensuite le convaincre aisément de la nécessité de le mettre.

Frippman et moi avions en commun de ne pas être nés au village, de ne pas ressembler à ceux d'ici, yeux trop sombres, cheveux trop noirs, peau trop bistre, de venir de loin, d'être d'un passé obscur et d'une histoire douloureuse, errante, et séculaire. J'ai dit comment moi-même j'étais arrivé au village, sur la charrette de Fédorine, après avoir cheminé dans des ruines, parmi des morts déjà, orphelin de mes parents et orphelin de ma mémoire. Frippman quant à lui était arrivé dix ans plus tôt, baragouinant quelques mots du dialecte cousus avec la vieille langue que m'avait transmise Fédorine. Comme

294

beaucoup ne l'avaient pas compris, on m'avait demandé de servir d'interprète. On aurait cru que Frippman avait reçu un grand coup sur la tête. Il ne cessait de répéter son nom et son prénom, mais en dehors de cela, il ne savait pas grand-chose de lui. Comme il paraissait doux, les gens ne le repoussèrent pas. On lui trouva un lit dans une grange qui dépendait de la ferme de Vurtenhau. Il était plein de courage. Il venait aider à la journée untel ou untel, fenaison, labourage, traite, bûcheronnage, sans jamais paraître se fatiguer. On le payait en nourriture. Il ne se plaignait pas, sifflait des airs qui nous étaient inconnus. On l'adopta. Il se laissa apprivoiser sans mal.

Simon Frippman et moi, nous étions donc des *Fremdër* – « pourritures » et « étrangers » –, les papillons que l'on tolère un temps, quand tout va bien, et qu'on offre en victimes expiatoires, quand tout va mal. Ce qui est étrange, c'est que ceux qui décidèrent de nous livrer à Buller – c'est-à-dire de nous envoyer vers la mort, ils ne pouvaient l'ignorer ! – se mirent d'accord pour épargner Fédorine et Emélia qui pourtant elles aussi étaient de mauvais papillons. Je ne sais pas s'il faut parler de courage dans cet oubli, dans ce désir qu'elles soient épargnées. Je pense plutôt que ce geste est de l'ordre du rachat. Ceux qui nous ont dénoncés avaient besoin de garder dans leur conscience une zone pure, inentamée, une parcelle vierge de tout mal, qui leur permettrait d'oublier ce qu'ils avaient commis, ou tout du moins, de pouvoir vivre avec, malgré tout.

Les soldats défoncèrent la porte de notre maison peu avant minuit. Quelques instants auparavant, ceux qui s'étaient réunis étaient allés voir le capitaine Buller, et lui avaient donné les deux noms. Diodème y était aussi. Il pleurait, disait-il dans sa lettre. Il pleurait mais il y était.

Avant même que j'aie eu le temps de me rendre compte de ce qui se passait, les soldats entraient déjà dans notre chambre. Ils m'attrapèrent par les bras, me traînèrent au-dehors tandis qu'Emélia hurlait, s'accrochait à moi, tentait de les battre avec ses faibles poings. Ils ne prêtaient pas même attention à elle. Des larmes coulaient sur les vieilles joues de Fédorine. J'eus le sentiment de redevenir le petit garçon perdu, et je savais que Fédorine pensait la même chose. Déjà nous étions dans la rue. Je vis Simon Frippman, les mains liées dans le dos, qui attendait entre deux soldats. Il me sourit, me souhaita le bonsoir, comme si de rien n'était, me dit qu'il ne faisait pas très chaud. Emélia essaya de m'enlacer, on la poussa, elle tomba à terre.

« Tu reviendras Brodeck ! Tu reviendras ! » hurla-t-elle, et ces mots firent éclater de rire les soldats.

XXXII

Je n'ai aucune haine à l'encontre de Diodème. Je ne lui en veux pas. En lisant sa lettre, j'ai davantage imaginé ses souffrances que je ne me suis souvenu des miennes. Et j'ai compris aussi. J'ai compris pourquoi il avait montré tant de chaleur à s'occuper de Fédorine et d'Emélia, en mon absence, les visitant chaque jour, les aidant sans cesse, les aidant plus encore après qu'Emélia était entrée dans le grand silence. Et j'ai compris aussi pourquoi, passé le premier moment de stupeur, lorsqu'il m'a revu à mon retour du camp, il a laissé éclater son bonheur, il m'a serré dans ses bras, m'a fait valser, m'a fait tournoyer, en riant, tournoyer encore et encore, au point que je me suis évanoui. Je revenais, mais c'est lui qui pouvait enfin revivre.

« Brodeck, j'ai essayé toute ma vie d'être un homme, mais je n'y suis pas toujours parvenu. Ce n'est pas le pardon de Dieu que je veux, c'est

le tien. Tu trouveras cette lettre. Je sais que si je quitte ce monde, tu garderas de moi ce bureau où je la cache. Je le sais car tu m'en parles tellement de ce bureau, un bureau où il doit faire bon écrire, dis-tu, puisque je n'arrête pas de le faire. Tu trouveras donc la lettre, tôt ou tard. Et tu sauras tout. Tout. Tu sauras aussi pour Emélia, Brodeck. J'ai tout retrouvé. Je te le devais. Je sais désormais qui a fait cela. Il n'y avait pas que les soldats, il y avait aussi des Dörfermesch – *des hommes du village. Leurs noms sont derrière cette feuille. Il n'y a pas d'erreur possible. Fais-en ce que tu veux, Brodeck. Et pardonne-moi Brodeck, pardonne moi je t'en supplie... »*

J'ai lu plusieurs fois la fin de la lettre, butant sur les derniers mots, ne pouvant faire ce que Diodème me demandait, tourner la feuille et découvrir des noms. Des noms d'hommes que je connaissais forcément, notre village est si petit. À quelques dizaines de mètres de moi, je savais Emélia et Poupchette endormies. Mon Emélia, et mon adorable Poupchette.

Je songe soudain à l'*Anderer*. À lui j'avais raconté l'histoire.

C'était deux semaines après que je l'avais rencontré assis sur la roche de la Lingen à contempler le paysage et à en dresser un croquis. Je revenais d'une longue marche au cours de laquelle j'étais allé vérifier l'état des chemins qui relient les pâtures entre elles, sur les hauts chaumes. Parti à l'aube, j'avais beaucoup marché. J'étais heureux de retrouver le village car j'avais soif et faim. Je l'ai croisé au moment où il sortait de l'écurie de Solzner. Il était allé y visiter son âne et son cheval. Nous nous saluâmes. Je l'avais déjà dépassé lorsque je l'entendis me dire :

« Accepteriez-vous maintenant l'invitation que je vous ai faite tantôt ? »

Je faillis lui répondre que j'étais bien fatigué, et que j'avais hâte de rentrer afin de retrouver ma femme et ma fille, mais il avait suffi que je le regarde, lui qui attendait, un sourire large sur sa face ronde, pour que je m'entende dire le contraire. Il en parut heureux et m'invita à le suivre.

Quand nous entrâmes dans l'auberge, Schloss lavait le sol à grande eau. Il n'y avait aucun client. L'aubergiste s'apprêtait à me demander ce que je voulais, mais il se ravisa lorsqu'il se rendit compte que je suivais l'*Anderer* et que je montais l'escalier à sa suite. Il s'appuya sur son balai, me regarda d'un drôle d'air, puis saisissant l'anse de son seau comme s'il était en colère, il lança rageusement ce qui restait d'eau sur le sol en bois.

Dans la chambre de l'*Anderer* flottait une suf focante odeur d'encens et d'eau de rose. Dans un angle, il avait disposé ses malles ouvertes dans lesquelles on apercevait quantité de livres aux reliures incrustées d'or mêlés à des tissus, des étoffes, soies, velours, brocarts, gazes, dont certaines d'ailleurs avaient été tendues sur les murs, faisant ainsi disparaître le plâtre terne et fissuré, et donnant au lieu une allure orientale de campement nomade. Juste à côté, deux grands cartons à dessin devaient contenir un nombre de feuilles imposant car ils étaient très renflés mais leurs attaches soigneusement nouées en flots empêchaient de voir quoi que ce soit. Sur la petite table qui lui servait de bureau, des cartes étaient étalées, anciennes et colorées, des cartes qui n'avaient rien à voir avec notre contrée et qui présentaient des reliefs et des tracés de rivières totalement inconnus. Près d'elles, il y avait aussi une grosse boussole en cuivre, une longue-vue, un compas, et un autre instrument de mesure qui ressemblait à un théodolite, mais d'une taille minuscule, ainsi que son petit carnet noir, fermé.

L'*Anderer* me fit asseoir dans le seul fauteuil de la pièce, après qu'il eut enlevé de celui-ci trois tomes de ce qui semblait être une encyclopédie. Dans un coffret d'ébène, il prit deux tasses, d'une extrême finesse, décorées de motifs de guerriers armés d'arcs et de flèches, et de princesses agenouillées, qui devaient être chinois ou hindous, les posa sur deux soucoupes de même nature. Sur le chevet du lit se trouvait un grand samovar en métal argenté, dont le col rappelait celui d'un cygne. L'*Anderer* le saisit, versa l'eau bouillante dans les tasses, puis y jeta des feuilles sèches, ratatinées, d'un brun presque noir, qui se déplièrent en forme d'étoile, avant de flotter un instant à la surface de l'eau, puis de couler lentement au fond de la tasse. Je me rendis compte que j'avais regardé le phénomène comme si ç'avait été un tour de magie, et je me rendis compte aussi que mon hôte m'avait observé d'un œil amusé.

« Beaucoup d'effet pour peu de choses... On peut berner des peuples avec moins que cela », me dit-il en me tendant une des tasses, puis il s'assit face à moi, sur la chaise du bureau qui était si petite que ses grosses fesses débordaient de part et d'autre. Il porta la tasse à ses lèvres, souffla dessus pour refroidir le breuvage et le but par petites gorgées, avec un apparent délice. Puis il posa sa tasse, se leva, fouilla dans la plus grosse malle, celle qui contenait les plus grands livres, et revint avec un in-folio dont les couvertures fatiguées attestaient qu'il avait été souvent manipulé. De tous ceux dans la malle qui jetaient leurs ors et leurs brillances, c'était d'ailleurs le plus terne. L'*Anderer* me le tendit.

« Regardez-le, je suis certain qu'il va vous intéresser. »

J'ouvris, et je n'en crus pas mes yeux. Ce livre, c'était le *Liber florae montanarum* du frère Abigaël Sturens, imprimé en 1702 à Müns, illustré de centaines de gravures rehaussées de couleurs qui étaient rassemblées en fin de volume. Je l'avais cherché dans toutes les bibliothèques de la Capitale sans jamais le trouver. Il n'en existait, disait-on, que quatre exemplaires. Sa valeur marchande était immense : beaucoup de riches lettrés auraient donné une fortune pour le posséder. Quant à sa valeur scientifique, elle était inestimable car il répertoriait toute la flore de montagne, jusqu'aux plus rares et plus curieuses espèces aujourd'hui disparues.

Sans doute l'*Anderer* s'aperçut-il de mon trouble, que d'ailleurs je ne cherchais nullement à masquer.

« Je vous en prie, vous pouvez le consulter, faites, faites… »

Alors, comme un enfant devant lequel on vient de poser un merveilleux jouet, je me saisis du livre, l'ouvris, et commençai à tourner les pages.

J'eus le sentiment de plonger dans un trésor. Le recensement qu'avait fait le frère Sturens était d'une extrême précision et les notes qui accompagnaient chaque fleur, chaque plante, en plus de récapituler tout le savoir connu, ajoutaient bien des détails que je n'avais jamais jusqu'alors lus nulle part.

Mais le plus extraordinaire dans l'ouvrage, et ce qui en avait fait sa réputation, c'était la finesse et la beauté des planches qui accompagnaient les commentaires. Les herbiers de la mère Pitz étaient pour moi une source précieuse, qui m'aidaient souvent à compléter mes rapports, à revoir certaines erreurs que j'avais pu faire, ou à orienter parfois mes comptes rendus. Pour autant, ce que j'y trouvais avait perdu toute vie, toute couleur, toute grâce. Il fallait l'imagination et la mémoire pour que de nouveau tout ce monde endormi et sec redevienne ce qu'il avait été, plein de sève, de souplesse, de couleurs. Tandis que là, dans le *Liber florae*, on avait l'impression qu'une intelligence jointe à un talent diabolique avaient réussi à capturer la vérité des fleurs. La troublante précision des traits et des teintes faisait qu'elles semblaient avoir été juste posées sur la page, quelques secondes plus tôt, par une main qui les aurait fraîchement cueillies. Nivéole, sabot-de-Vénus, gentiane parédiante, aconit des chats, tussilage, lys ambré, campanule ridescente, euphorbe des pâtres, genépi, alchémille des neiges, fritillaire, potentille, dryade, orpin, ellébore noir, androsace, soldanelle argentée, la ronde était interminable et me faisait tourner la tête.

J'avais oublié l'*Anderer*. J'avais oublié le lieu où je me trouvais. Mais soudain, mon vertige cessa net. Je venais de tourner une page, et c'est alors qu'était apparue sous mes yeux, fragile comme des fils de la Vierge, d'une taille si minuscule qu'elle semblait presque irréelle, avec des pétales bleus frangés d'un liséré pâle et rose qui, à la façon de petites mains attentionnées, entouraient pour les protéger et les servir les étamines d'or disposées en couronne, la *pervenche des ravines*.

Sans doute ai-je poussé un cri. Il y avait la peinture de cette fleur, là, devant moi, attestant de sa réalité, dans cet antique et somptueux livre posé sur mes genoux, et il y avait aussi le visage de l'étudiant Kelmar, qui s'invitait par-dessus mon épaule, lui qui m'avait tant parlé d'elle, et qui m'avait fait promettre de la trouver.

« Intéressant, n'est-ce pas ? »

La voix de l'*Anderer* me tira de ma contemplation.

« Je cherche cette fleur depuis tellement de temps... », me suis-je entendu répondre, d'une voix que je ne reconnus pas pour mienne.

L'*Anderer* me regardait, avec son fin sourire, un sourire que je lui ai toujours connu et qui ne paraissait pas de ce monde. Il termina sa tasse de thé, la posa, puis me dit, d'un ton presque léger :

« Ce qui est dans les livres n'existe pas toujours. Parfois les livres mentent, vous ne pensez pas ?

– Je n'en lis plus guère. »

Il y eut un silence entre nous, qu'aucun des deux ne chercha à rompre. J'avais refermé le livre et le tenais encore contre moi. Je pensai à Kelmar. Je nous revoyais sortant du wagon. J'entendais les cris, ceux de nos compagnons de misère, ceux des gardes et de leurs chiens. Et puis vint le visage d'Emélia, son beau visage sans paroles, ses lèvres chantonnant son sempiternel refrain. Je sentais le regard bienveillant de l'*Anderer* posé sur moi. Alors c'est venu tout seul. J'ai commencé à lui parler d'Emélia. Pourquoi lui ai-je donc parlé d'elle ? Pourquoi lui ai-je dit, à lui que je ne connaissais pas le moins du monde, des choses que je n'avais jamais confiées à personne ? J'avais sans doute besoin, plus que je ne pouvais me l'avouer, de sortir de mon cœur tout ce qui l'alourdissait. Si le curé Peiper était resté le même, s'il n'était pas devenu depuis la fin de la guerre cet épouvantail imbibé d'eau-de-vie, peut-être aurait-ce été à lui que je me serais confié ? Et encore, je n'en suis pas si sûr.

J'ai dit que l'*Anderer* avait un sourire qui ne semblait pas appartenir à notre monde. Mais c'est tout simplement parce que lui-même n'était pas de notre monde. Il n'était pas de notre histoire. Il n'était pas dans l'Histoire. Il arrivait de nulle part et aujourd'hui qu'il n'y a plus trace de lui, c'est comme s'il n'avait jamais existé. À qui donc, mieux qu'à lui, pouvais-je raconter ? Il n'était d'aucun côté.

Je lui ai dit mon départ, entre les deux soldats, et dans mon dos Emélia à terre qui pleurait et hurlait. Je lui ai dit aussi la bonne humeur de Frippman, son inconscience à mesurer ce qui nous arrivait et ce qui immanquablement allait être notre sort.

On nous fit partir du village le soir même, à pied, attachés ensemble par les mains au moyen d'une longe, sous la surveillance de deux soldats à cheval. Ce voyage dura quatre jours, durant lesquels nos gardes ne nous donnèrent que de l'eau et les restes de leurs repas. Frippman n'était nullement désespéré. Il me parlait toujours des mêmes choses, tout en marchant, des conseils concernant les semailles, de la forme de la lune, et des chats qui, affirmait-il, le poursuivaient souvent dans les rues. Il disait cela dans son baragouin, mélange d'un peu de dialecte et de vieille langue. Ce n'est que durant ces quelques jours passés avec lui que je me rendis compte qu'il était un simple d'esprit, alors qu'auparavant je l'avais cru seulement un peu fantasque. Tout l'émerveillait, les mouvements des chevaux de nos gardes, leurs bottes cirées, les boutons de leurs uniformes qui étincelaient au soleil, le paysage, le chant des oiseaux. Les deux soldats ne nous maltraitèrent pas. Ils nous tiraient comme des paquets. Jamais ils ne nous adressèrent la parole, mais jamais non plus ils ne nous battirent.

Parvenus à S. qui était sens dessus dessous, à demi éventrée, ses rues encombrées de gravats et de ruines calcinées, on nous parqua dans la gare pendant une semaine. Il y avait de tout, des hommes, des femmes, des familles entières, certaines pauvres, et d'autres qui portaient encore sur elles les symboles de leur richesse passée, et regardaient les premières de haut. Nous étions des centaines. Nous étions tous des *Fremdër*. Ce nom d'ailleurs était devenu notre nom. Les soldats ne nous appelaient que comme cela, indistinctement. Peu à peu, nous n'existions déjà plus comme individus. Nous portions tous le même nom, et nous devions obéir à ce nom qui n'en était pas un. Nous ne savions pas ce qui nous attendait. Frippman restait toujours contre moi. Il ne me quittait pas. Il tenait parfois mon bras, durant de longues minutes, serré entre ses deux mains comme l'aurait fait un enfant craintif. Je le laissais faire. C'est toujours mieux d'être à deux face à l'inconnu. Un matin, un tri fut effectué.

Frippman fut placé dans la colonne de gauche, et moi dans celle de droite.

« *Schussa Brodeck ! Au baldiegeï en Dörfe !* – Au revoir Brodeck, à bientôt au village ! » me lança Frippman, le visage radieux, tandis que sa colonne avançait. Je ne pus lui répondre. Je lui fis simplement un signe de la main, un petit signe pour qu'il ne se doute de rien, de ce grand rien que je pressentais et vers lequel, lui d'abord, moi plus tard, on nous promenait à coups de trique. Il se retourna et avança d'un bon pas, en sifflotant.

Je n'ai jamais revu Frippman. Il n'est pas rentré au village. Baerensbourg le cantonnier a inscrit son nom sur le monument. Contrairement au mien, il n'a pas eu à l'effacer.

Emélia et Fédorine sont restées seules dans la maison. Le village les évitait. Comme si soudain elles avaient eu une sorte de peste. Diodème fut le seul à se préoccuper d'elles, par amitié et par honte, comme je l'ai dit. Toujours est-il qu'il s'en est occupé.

On ne commandait presque plus à Emélia de trousseaux, de napperons, de rideaux, de mouchoirs. N'ayant plus de broderies à effectuer, elle n'en est pas pour autant restée sans rien faire. Il fallait bien se nourrir, se chauffer. Je lui avais montré tout ce que les bois et tout ce que les chaumes pouvaient apporter aux hommes, branches, souches, baies, champignons, herbes, salades sauvages. Fédorine lui apprit les façons de piéger les oiseaux à la glu et au fil, de prendre au collet les lapins, d'attirer les écureuils au bas des grands sapins et de les assommer d'un jet de pierre. Elles ne mouraient pas de faim.

Chaque jour, Emélia notait dans un petit cahier que j'ai retrouvé quelques phrases, qui m'étaient destinées. C'étaient toujours des phrases simples et douces, qui parlaient de moi, qui parlaient d'elle, qui parlaient de nous comme si j'allais revenir l'instant suivant. Elle racontait sa journée en commençant toujours par les mêmes mots « Mon petit Brodeck... » Il n'y avait aucune aigreur dans ses propos. Elle ne parlait pas des *Fratergekeime*. Je suis certain qu'elle le faisait exprès. C'était une belle façon de nier leur existence. Ce cahier, je l'ai toujours bien sûr. J'en relis souvent des passages. C'est un long et émouvant déroulé des jours de l'absence. C'est notre histoire, à Emélia et à moi. Ce sont des mots de lumière qui font contrepoint à tous mes pans de ténèbres. Je veux les garder pour moi, pour moi seul, comme la dernière trace de la voix d'Emélia avant son entrée dans la nuit.

Orschwir ne se déplaça pas pour les visiter. Il leur fit livrer un jour un demi-cochon, qu'elles trouvèrent un matin devant la porte. Peiper vint les voir deux ou trois fois, mais Fédorine le supportait mal car il restait des heures près du poêle, à vider la bouteille de prune qu'elle sortait pour lui, tout en tenant des propos de plus en plus confus. Elle finit même un soir par le chasser à coups de balai.

Adolf Buller et sa troupe occupaient toujours le village. Une semaine après notre arrestation à Frippman et à moi, il avait donné enfin l'autorisation d'enterrer Cathor. Celui-ci n'avait aucune famille à part Beckenfür, qui avait marié sa sœur. C'est lui qui se chargea de la besogne. « Une saloperie, Brodeck… Pas beau, vraiment pas beau… Sa tête était grosse de deux fois sa taille, un drôle de ballon, avec la peau noire et éclatée, et puis le reste, mon Dieu, n'en parlons plus… »

À part cette exécution et notre arrestation, les *Fratergekeime* se comportaient le plus civilement du monde avec la population, si bien que les deux événements furent vite oubliés, ou plutôt, les gens firent tout pour les oublier. C'est dans ces moments que Göbbler revint au village, avec sa grosse femme. Il occupa de nouveau sa maison, qu'il avait quittée quinze ans plus tôt, et fut accueilli à bras ouverts par tout le village, et en particulier par Orschwir, les deux étant conscrits.

C'est sur les conseils de Göbbler, je serais prêt à le jurer, que le village peu à peu bascula. Il fit remarquer à tous combien il était avantageux d'être ainsi occupé par la troupe, que celle-ci n'avait rien d'hostile, que bien au contraire elle garantissait la paix et la sécurité, et faisait du village et de sa région une zone épargnée par les massacres. Par ailleurs, il lui fut facile de convaincre qu'il y allait de l'intérêt de tous que Buller et ses hommes restent le plus longtemps possible au village. Une centaine d'hommes, ça mange, ça boit, ça fume, ça fait laver son linge, ça le fait raccommoder, ça rapporte en fait une quantité d'argent considérable.

Göbbler devint une sorte de Maire en second, avec l'assentiment de tout le village et la bénédiction d'Orschwir. On le voyait souvent dans la tente de Buller, qui au départ le considéra avec suspicion, puis comprenant tout le profit qu'il pouvait tirer de cet homme veule et du rapprochement qu'il favorisait, se mit à le traiter presque en camarade. Quant à Boulla, ses cuisses s'ouvrirent largement à toute la troupe, et elle distribua ses faveurs autant aux gradés qu'aux simples hommes de rang.

« Qu'est-ce que tu veux, on s'était habitués. » C'est Schloss qui me dit cela le jour où il était venu tout pleureur s'asseoir à ma table et me parler. « C'était devenu comme naturel qu'ils soient là. Après tout, c'étaient des hommes comme nous, taillés dans la même viande. On parlait des mêmes choses, dans la même langue ou peu s'en faut. À force on les connaissait presque tous par leurs prénoms. Beaucoup rendaient service aux vieux, d'autres jouaient avec les gosses. Chaque matin dix d'entre eux nettoyaient les rues. D'autres s'occupaient des chemins, coupaient du bois, déblayaient les tas de fumier. Le village n'a jamais été aussi propre ! Qu'est-ce que tu veux que je te dise ! Quand ils venaient ici, je remplissais les verres, j'allais pas leur cracher à la gueule ! Et puis tu crois qu'il y en avait beaucoup qui avaient envie de finir comme Cathor, ou de s'évaporer comme toi et Frippman ? »

Les *Fratergekeime* restèrent près de dix mois dans le village. Il n'y eut aucun incident notable. Mais le climat changea durant les dernières semaines. On sut plus tard pourquoi. La guerre muait, et de place, et d'esprit. Comme un feu de printemps dont la fumée âcre agitée par le vent s'affole et change de direction brutalement, les victoires quittaient un camp pour l'autre. Aucune nouvelle ne parvenait au village, pour ceux d'ici s'entend. Maintenus dans l'ignorance, ils ne pouvaient devenir dangereux. Mais Buller quant à lui savait tout. Et je me plais à songer à son visage ravagé par son tic, de plus en plus fréquemment, à mesure que les missives lui apprenaient la déroute, le désastre, l'effondrement de ce Grand Territoire qui devait étendre sur le monde son emprise et durer des milliers d'années.

La troupe, comme un chien, sentit le désarroi de son chef, et devint de plus en plus nerveuse. Les masques tombèrent de nouveau. Les vieux réflexes revinrent. Brochiert le boucher fut rossé sous les yeux de Diodème parce qu'il avait plaisanté un caporal à propos de son goût pour les tripes. Limmat, qui n'avait pas pris la peine de saluer deux soldats qu'il croisait, fut bousculé et ne dut qu'à l'intervention de Göbbler, qui passait à ce moment, de ne pas recevoir de coups de bâton. Une dizaine d'incidents de ce type firent comprendre à tous que les monstres ne les avaient

311

jamais quittés, mais qu'ils s'étaient tout simplement endormis un instant, et que désormais leur sommeil ne durerait plus. Alors la peur revint. Et avec elle le désir de la conjurer.

Une après-midi, qui devait être en fait celle de la veille du départ de la troupe, des *Dörfermesch* – des « hommes du village » – qui étaient partis schlitter du bois dans la forêt du Borensfall découvrirent, près de la clairière du Lichmal sous une sorte d'amas de branches de sapin, disposées pour former une hutte, trois jeunes filles, affolées, qui se serrèrent les unes contre les autres quand elles les virent arriver. Elles portaient des vêtements qui n'étaient pas de ceux qu'utilisent les paysannes. Leurs chaussures n'avaient rien à voir elles non plus avec des sabots ou des brodequins. Elles avaient avec elles une petite valise. Elles venaient de loin, de très loin. Elles avaient fui sans doute depuis des semaines, et elles étaient parvenues, Dieu sait comment, dans cette forêt, au milieu de cet univers étrange dans lequel elles étaient complètement perdues.

Les *Dörfermesch* leur donnèrent à manger et à boire. Elles se jetèrent sur la nourriture comme si elles n'avaient rien avalé depuis des jours. Puis elles les suivirent jusqu'au village, confiantes. Diodème pense que les hommes ne savaient pas encore, durant le trajet, ce qu'ils allaient faire de ces jeunes filles. Je veux le croire. Toujours est-il qu'ils se sont rendu compte qu'elles étaient des *Fremdër* et que chaque pas, chaque mètre fait sur le sentier et qui les rapprochait du village, signait leur sort. Göbbler, je l'ai dit, était devenu un homme important, et le seul véritablement qui avait été accepté par le capitaine Buller. C'est chez lui que les hommes emmenèrent les jeunes filles. C'est lui qui les convainquit de les livrer aux *Fratergekeime*, afin de se concilier leurs bonnes grâces, de les calmer, de les apprivoiser, tandis qu'elles attendaient devant sa maison, sous une pluie drue qui s'était mise subitement à tomber.

Le ciel se joue de nous. Je me suis souvent dit que sans cette pluie qui s'était mise à cogner fort sur les tuiles, Emélia n'aurait peut-être jamais regardé par la fenêtre. Elle n'aurait alors pas vu les trois jeunes filles trempées, tremblantes, maigres, harassées. Elle ne serait pas sortie pour leur proposer de venir près du feu. Elle ne se serait donc pas trouvée avec elles lorsque les deux soldats, avertis par un des *hommes du village*, vinrent s'en saisir. Elle n'aurait pas alors protesté. Elle n'aurait pas alors crié comme elle l'a fait, j'en suis sûr, à la face de Göbbler, que ce qu'il faisait était inhumain, elle ne l'aurait pas giflé. Les soldats ne se seraient pas emparés d'elle. Ils ne l'auraient pas emmenée avec les trois jeunes filles. Elle n'aurait pas alors fait son premier pas dans le gouffre.

De la pluie. Simplement de la pluie, de la pluie frappant des tuiles et des vitres.

L'*Anderer* m'écoutait. De temps à autre, il versait de l'eau chaude dans sa tasse et quelques feuilles de thé. Tout en parlant, je serrais dans mes bras le vieux *Liber florae montanarum*, comme s'il s'était agi d'une personne. Le silence bienveillant de l'*Anderer* et son sourire m'encourageaient à poursuivre. Cela m'apaisait de parler de tout cela, pour la première fois, de le dire à cet inconnu, avec sa drôle de tête, avec sa drôle de mise, dans cet endroit qui ressemblait si peu à une chambre.

La suite, je la lui ai racontée en peu de mots. Il n'y avait plus rien à dire. Buller et ses hommes levaient le camp. Il régnait sur la place des halles une fébrilité de troupeau sous l'orage. Des ordres, des cris, des bouteilles que l'on buvait cul sec et que l'on fracassait contre le sol, des dizaines d'hommes ivres qui riaient, titubaient, s'insultaient, tout cela sous l'œil de Buller, figé comme un piquet sous l'auvent de sa tente, la tête agitée par son tic dont la fréquence ne cessait d'augmenter. En cet instant paradoxal, les *Fratergekeime* étaient encore les maîtres tout en se sachant déjà des perdants. C'étaient des dieux tombés, des seigneurs pressentant qu'ils seraient bientôt dépouillés de leurs armes et de leurs cuirasses. Les pieds encore dans leur rêve, ils se savaient pendus tête en bas.

C'est dans ce tableau qu'arriva le petit cortège des trois jeunes filles et d'Emélia, mené par les *Dörfermesch* et les deux soldats. Très vite, comme on fond sur des proies, elles furent toutes les quatre entourées, bousculées, touchées, palpées. Elles disparurent dans de grands éclats de rire au centre d'un cercle qui se referma sur elles, un cercle d'hommes avinés et violents qui, sous des mots d'ordure et des plaisanteries, les poussèrent jusqu'à la grange d'Otto Mischenbaum, un vieux paysan qui frôlait les cent ans, n'avait pas engendré de descendance – « *Hab nie Zei gehab, nieman Zei gehab* » – J'ai jamais eu le temps, jamais eu le temps ! – et restait dorénavant cloîtré dans sa cuisine.

Elles y disparurent.

Elles y furent englouties.

Et puis, plus rien.

Le lendemain, la place était déserte, seulement jonchée d'innombrables morceaux de verre. Les *Fratergekeime* étaient partis. Il ne restait d'eux qu'une odeur aigre de vin, d'eau-de-vie vomie, de bière épaisse répandue en flaques. Toutes les portes des maisons étaient closes, après cette nuit de nausée durant laquelle des soldats et quelques *hommes du village*, avec la bénédiction muette de Buller, avaient meurtri des âmes et des chairs. Personne n'osait encore sortir. Et à toutes ces portes, Fédorine frappait, frappait, frappait. Jusqu'au moment où elle parvint à la grange.

« J'y suis entrée, Brodeck. » C'est la vieille Fédorine qui me raconte tout en me donnant à manger avec une cuillère. Mes mains sont couvertes de plaies. Mes lèvres me font si mal. Mes dents cassées me font si mal, comme si leurs éclats entaillaient encore mes gencives. Moi, je viens à peine de revenir, après presque deux années hors du monde. Je suis sorti du camp. J'ai marché sur les routes et les chemins. Je suis de nouveau là. Mais je suis encore à demi mort. Je suis si faible. J'ai poussé quelques jours plus tôt la porte de ma maison. J'ai retrouvé Fédorine, qui en me voyant a laissé tomber le grand plat en faïence qu'elle était en train d'essuyer, et dont les motifs de fleurs rouges se sont dispersés aux quatre coins de la pièce. J'ai retrouvé Emélia, plus belle encore, oui plus belle encore que dans tous mes souvenirs, et ce ne sont pas de vains mots, Emélia assise près du poêle et qui, malgré le bruit du plat se brisant, malgré ma voix l'appelant, malgré ma main sur son épaule, n'a pas levé les yeux sur moi, a continué à fredonner une chanson qui m'a soulevé le cœur, « *Schöner Prinz so liet, Zu weit fortgegangen* », cette chanson de notre amour naissant. Et comme je disais son nom, que je le redisais avec la joie immense de la retrouver, que ma main se posait sur son épaule, caressait sa joue, ses cheveux, j'ai vu que ses yeux ne me voyaient pas, j'ai compris qu'elle ne m'entendait pas, j'ai compris qu'il y avait devant moi le corps et le visage merveilleux d'Emélia, mais que son âme errait quelque part, je ne savais où, dans un lieu inconnu mais où je me suis juré d'aller pour l'y reprendre, et c'est à ce moment précis, à ce moment où je faisais ce serment, que j'ai entendu pour la première fois une petite voix que je ne connaissais pas, une petite voix d'enfant qui venait de notre chambre, et qui frottait des syllabes les unes contre les autres, comme on frotte des silex pour en faire jaillir le feu, et cela donnait une mélodie de cascade joyeuse, libre, échevelée, un babil folâtre dont je sais désormais qu'il doit être au plus près de la langue des anges.

« Je suis entrée dans la grange, Brodeck. J'y suis entrée. Il y avait un grand silence, il faisait sombre. J'ai vu des formes allongées, de petites formes les unes contre les autres, immobiles. Je me suis agenouillée près d'elles. Je connais trop la mort pour ne pas la reconnaître. Il y avait les trois petites, si jeunes, elles n'avaient pas vingt ans, et toutes les trois avaient les yeux grands ouverts. J'ai fermé leurs paupières. Et il y avait Emélia. C'était la seule à respirer encore, faiblement. Ils l'avaient laissée pour morte, mais elle n'avait pas voulu mourir, Brodeck, elle n'avait pas voulu, car elle savait qu'un jour tu allais revenir, elle le savait Brodeck... Lorsque je suis parvenue près d'elle, que j'ai pris son visage contre mon ventre, elle a commencé à chantonner, la chanson qui depuis ne la quitte plus... Je l'ai bercée, et je l'ai bercée, je l'ai bercée longtemps... »

Il ne restait plus d'eau dans le samovar. J'ai posé le *Liber florae* à côté de moi, délicatement. Audehors il faisait presque nuit. L'*Anderer* venait d'ouvrir un peu la fenêtre. Un parfum de résine chaude et d'humus bien sec s'engouffra dans la pièce. J'avais parlé longtemps, pendant des heures

317

sans doute, mais il ne m'avait pas interrompu. J'étais sur le point de m'excuser pour avoir ainsi, sans honte et sans permission, ouvert devant lui au plus profond mon cœur lorsqu'un carillon retentit juste dans mon dos. Je me suis retourné brusquement, comme si on avait tiré un coup de feu. C'était une drôle d'horloge, comme on en faisait jadis, de la taille d'une grosse montre, et qu'on suspendait dans les temps passés à l'intérieur des carrosses. Je ne l'avais pas remarquée auparavant. Avec ses fines aiguilles d'or, elle marquait huit heures. Le boîtier était d'ébène et d'or mêlés, et les chiffres des heures, d'émail bleu sur fond d'ivoire. En dessous de l'axe des aiguilles, l'horloger, dont le nom, Benedik Fürstenfelder, était gravé au bas du cadre, avait inscrit une devise, en belles lettres penchées qui s'enlaçaient les unes aux autres : « *Alle vermunden, eine tödtet* » – Toutes blessent, une tue.

Tout en me levant, je prononçai la devise à haute voix. L'*Anderer* s'était levé également. J'avais beaucoup parlé. Trop peut-être. Il était temps que je rentre chez moi. J'étais confus, il ne fallait pas qu'il croie que... Il m'interrompit en levant vivement sa courte main, potelée comme celle d'une femme un peu grasse :

« Ne vous excusez pas, dit-il d'une voix aussi imperceptible qu'un souffle, je sais que raconter est un remède sûr. »

XXXIII

Je ne sais pas si l'*Anderer* avait raison.

Je ne sais pas si l'on peut guérir de certaines choses. Au fond, raconter n'est peut-être pas un remède si sûr que cela. Peut-être qu'au contraire raconter ne sert qu'à entretenir les plaies, comme on entretient les braises d'un feu afin qu'à notre guise, quand nous le souhaiterons, il puisse repartir de plus belle.

J'ai brûlé la lettre de Diodème. Bien sûr que je l'ai brûlée. Écrire ne l'avait guéri de rien, lui. Et découvrir les noms des *Dörfermesch* qu'il avait inscrits au dos de la dernière feuille ne m'aurait à moi servi à rien. À rien du tout. Je n'ai pas l'esprit de vengeance. Je resterai toujours quelque part *Chien Brodeck*, un être qui préfère la poussière à la morsure, et c'est peut-être mieux comme cela.

Ce soir-là, je ne suis pas rentré directement chez moi. J'ai fait un long détour. La nuit était douce. Dans le ciel qui s'évanouissait les étoiles frottaient leurs clous d'argent au noir de la nuit. Il y a des heures sur terre où tout est d'une insupportable beauté, une beauté qui semble si étendue et douce uniquement pour souligner la laideur de notre condition. Je suis allé marcher jusqu'à la berge de la Staubi, en amont du Baptisterbrücke, jusqu'à un bouquet de saules têtards que Baerensbourg torture chaque janvier, en leur coupant toutes les branches. C'est là que sont enterrées les trois jeunes filles. Je le sais. C'est Diodème qui me l'a dit. Il m'a montré l'endroit exact. Il n'y a pas de tombe. Il n'y a pas de croix. Il n'y a rien. Mais je sais qu'au-dessous de l'herbe il y a les jeunes filles, Marisa, Therne et Judith. C'est important les noms. Ce sont leurs noms. Les noms que je leur ai donnés. Car en plus de les avoir tuées, les *Dörfermesch* ont fait tout disparaître d'elles, si bien que nul ne sait comment elles se nommaient, ni d'où elles venaient, ni qui elles étaient vraiment.

La Staubi est si belle en cet endroit. Elle roule ses eaux claires sur un lit de galets gris. Elle murmure et elle bruit. On dirait presque une voix humaine. C'est une musique délicate qu'elle offre à ceux qui veulent bien tendre l'oreille, et s'asseoir un moment, sur l'herbe.

L'*Anderer* est souvent venu à cet endroit, s'asseoir lui aussi sur l'herbe, prendre des notes dans son petit carnet, dessiner. Je pense que certains qui l'ont vu là, précisément là, se sont persuadés qu'il ne s'attardait pas à cette place par hasard, tout près des tombes muettes des jeunes filles. Et c'est sans doute au cours de ces stations que l'*Anderer*, sans le savoir, a commencé à être condamné, que sa mort peu à peu a été décidée par les *Dörfermesch*. Il ne faut pas, même sans le faire exprès, même sans jamais le vouloir, exhumer l'horreur, sinon elle reprend vie et se répand. Elle vrille les têtes, elle grandit, elle accouche à nouveau d'elle-même.

Diodème lui aussi a trouvé la mort non loin de là. C'est une drôle d'expression, quand on y réfléchit, *trouver la mort*, mais je pense que pour Diodème, elle convient : pour trouver quelque chose, il faut le chercher. Et je crois bien que Diodème cherchait sa mort.

Je ne crois plus comme je l'ai cru au début, et surtout depuis que j'ai lu sa lettre, que les autres l'ont tué, comme ils ont tué l'*Anderer*. Non. Je suis persuadé maintenant que la vérité n'est pas là.

Je sais que Diodème est sorti de son logis. Je sais qu'il est sorti du village. Je sais qu'il a marché sur la berge de la Staubi, et que, remontant à contre-courant les flots, il a remonté le cours de sa vie. Il a songé à nos longues promenades, il a songé à toutes nos paroles, il a songé à notre amitié. Il venait d'achever sa lettre et il a marché le long des flots en songeant à cela. Il est passé près des saules têtards, il a songé aux jeunes filles, il a marché, il a continué à marcher, il a tenté de chasser les fantômes, il a tenté une dernière fois de me parler, j'en suis sûr, oui je suis certain qu'il a prononcé mon nom, il est monté sur les rochers des Tizenthal, et cette très courte ascension lui a fait du bien, car plus il montait, plus il s'est senti léger. Arrivé au sommet, il a regardé les toits du village, il a regardé la lune se refléter dans les ourlets de la rivière, il a regardé une dernière fois sa vie, il a senti le vent de la nuit caresser sa barbe et ses cheveux. Il a fermé les yeux, il s'est laissé tomber. Sa chute a duré. Peut-être d'ailleurs que là où il se trouve désormais, il ne cesse de tomber encore.

Le soir de l'*Ereigniës*, Diodème n'était pas à l'auberge. Il avait quitté le village en compagnie du receveur Alfred Wurtzwiller et de son bec-de-lièvre, pour se rendre à S., où Orschwir l'avait envoyé porter des papiers importants. Je pense que le Maire avait fait exprès de l'éloigner. Quand il est rentré trois jours plus tard, j'ai voulu tout lui dire, mais il m'a interrompu très vite :

« Je ne veux rien entendre Brodeck, garde tout cela pour toi, d'ailleurs, tu n'es sûr de rien, peut-être qu'il est parti sans rien dire à personne, peut-être qu'il a tiré son chapeau et fait sa révérence, et qu'il est parti comme il est arrivé, tu n'as rien vu, tu l'as dit toi-même ! A-t-il même seulement existé ton *Anderer* ? »

J'en avais le souffle coupé.

« Mais enfin Diodème, tu ne peux pas quand même te...

– Tais-toi Brodeck, ne me dis pas ce que je dois ou ne dois pas faire. Laisse-moi tranquille ! Il y a eu assez de malheur dans ce village ! »

Puis il est parti précipitamment, me laissant tout seul au coin de la ruelle Silke. Je pense que c'est sans doute ce soir-là que Diodème a commencé à m'écrire sa lettre. La mort de l'*Anderer* remuait trop de choses, plus qu'il ne pouvait en supporter.

J'ai réparé le tiroir et le bureau. J'ai fait du beau travail, je crois. Je l'ai ensuite frotté avec de la cire d'abeille. Il sent bon. Il brille sous la chandelle. Et je suis là de nouveau à écrire. Il fait froid dans la resserre, mais les feuilles gardent longtemps la chaleur du ventre d'Emélia. Car c'est tout contre son ventre que je cache tous ces mots. Chaque matin, c'est moi qui lave et habille Emélia, et chaque soir, je la déshabille. Chaque matin, après avoir écrit durant presque toute la nuit, j'enveloppe les feuilles dans une pochette de lin finement tissé que je noue autour de son ventre, sous sa chemise. Chaque soir, lorsque je la couche, je prends la pochette qui est chaude et sent son parfum.

Je me dis que Poupchette a grandi dans le ventre d'Emélia, et que l'histoire que j'écris, elle aussi en quelque sorte vient de son ventre. Ce parallèle me plaît et me donne du courage.

J'ai presque terminé le *Rapport* qu'Orschwir et les autres attendent. En vérité, il me reste peu de chose à dire pour le finir. Mais je ne veux pas le leur donner avant d'avoir achevé mon histoire. Il me faut encore aller dans certains sentiers. Il me faut encore assembler quelques pièces. Il me faut encore ouvrir quelques portes. Mais pas maintenant, pas tout de suite encore.

Car il faut avant cela que je reprenne l'enchaînement des jours qui a mené à l'*Ereigniës*. Qu'on imagine la corde d'un arc se tendre, chaque heure un peu plus. Qu'on imagine cela pour avoir une idée des semaines qui ont précédé l'*Ereigniës* parce que dans ces moments c'est tout le village qui se tendait à la façon d'un arc, sans savoir quelle flèche il décocherait ni quelle serait sa cible véritable.

L'été nous cuisait comme dans une chaleur de four. Les anciens disaient ne pas se souvenir d'une pareille canicule. Même au cœur de la forêt, entre les roches d'où l'on sent d'ordinaire, au milieu du mois d'août, remonter des profondeurs les haleines des glaciers enfouis, on ne trouvait que des brises brûlantes. Les insectes tournaient comme des fous en frottant leurs élytres au-dessus des mousses sèches et cet agacement de violon désaccordé emplissait les crânes des hommes occupés à bûcheronner, au point qu'ils en devenaient constamment irritables. Les sources se tarissaient. Les puits étaient au plus bas. Même la Staubi ressemblait à un maigre ruisseau asphyxié dans lequel les truites, les saumons de fontaine et les ombles mouraient par dizaines. Les bêtes haletaient. Leurs mamelles flétries ne

324

donnaient qu'un lait âcre et clair, peu abondant. On les avait rentrées dans les étables, ne les sortant qu'à la tombée de la nuit. Couchées sur le flanc, elles baissaient leurs grosses paupières sur leurs yeux brillants et tiraient des langues blanches comme du plâtre. Il fallait monter haut sur les chaumes pour trouver un peu de fraîcheur, et les plus heureux étaient certes les troupeaux de chèvres et de moutons, leurs pâtres et leurs chevriers qui sur les hauteurs buvaient le vent frais à pleine gorge. En bas, dans les rues, dans les maisons, toutes les conversations tournaient autour du grand soleil qu'on voyait désespérément se lever chaque matin et monter vite au plus haut, dans un ciel absolument vide et bleu, et qui le restait tout le jour. On bougeait peu. On ruminait. Le moindre verre de vin montait à la tête des hommes, qui n'avaient pas besoin de prétexte pour prendre la mouche. Il n'y a pas de coupable à la sécheresse. On ne peut se retourner contre personne. Il faut bien alors vider sa colère contre quelque chose, ou contre quelqu'un.

Que l'on ne se trompe pas. Je ne dis pas que l'*Ereigniës* s'est produit parce que nous eûmes un temps de lave dans les semaines qui le précédèrent et que les esprits bouillirent comme l'eau des marmites sur un grand feu. Je pense qu'il aurait eu lieu même au sortir d'un long été de pluie. Cela aurait pris plus de temps, certes. Il n'y aurait sans doute pas eu cette précipitation, cet arc qui se

325

bande comme je viens de l'écrire. Cela serait arrivé différemment, mais cela serait arrivé.

On craint celui qui se tait. Celui qui ne dit rien. Celui qui regarde et qui ne dit rien. Comment savoir ce que pense celui qui demeure muet ? Le fait que l'*Anderer* n'ait répondu que d'un mot, un seul, au discours du Maire, n'avait guère plu. Le lendemain, passé la joie de la fête, le vin gratuit et la danse, on reparla de son attitude, de son sourire, de ses frusques, de sa pommade rose sur les joues, de son âne, de son cheval, des noms qu'il leur donnait, du pourquoi il était arrivé chez nous, du pourquoi il y restait.

Et dans les jours suivants, on ne peut pas dire que l'*Anderer* s'est rattrapé. Je pense que je suis sans nul doute celui à qui il a le plus parlé – à part le curé Peiper mais, de ce côté, je n'ai rien réussi à savoir, de qui avait le plus parlé à l'autre, ni de quoi – et qu'on en juge, tout ce qu'il m'a dit, je l'ai déjà rapporté dans ces pages. Ça tient en dix lignes ou à peine davantage. Il croisait quelqu'un, il ne l'ignorait pas. Il levait son chapeau, inclinait sa grosse tête sur laquelle il n'y avait plus que quelques rares cheveux, très longs et frisottants, souriait, mais n'ouvrait pas ses lèvres.

Et puis, bien sûr, il y avait son carnet noir, toutes les notes qu'on le voyait prendre, les croquis, les dessins. La conversation que j'avais entendue, un jour à la fin du marché, entre Dorcha, Pfimling, Vogel et Hausorn, je ne l'avais tout de même pas inventée ! Il n'y avait pas que ces quatre-là que ça agaçait ! Dans quel but il gribouillait tout ça ? Pour quoi faire ? Où ça allait le mener ?

Nous avons fini par l'apprendre.

C'était le 24 août.

Et là, ce fut vraiment le début de sa fin.

XXXIV

Ce jour-là, au matin, chacun trouva sous sa porte un petit carton qui embaumait l'essence de rose. Il y était écrit, à l'encre violette et très élégamment, la phrase suivante :

Ce soir, sept heures,
à l'Auberge Schloss,
portraits et paysages

Plus d'un l'examina dans tous les sens, ce carton, le tourna, le retourna, le respira, lut et relut les quelques mots. À sept heures du matin, l'auberge était déjà noire de monde. Des hommes. Que des hommes évidemment, mais dont certains étaient envoyés aux nouvelles par leur femme. Schloss avait du mal à servir tant il y avait de bras tendus et de verres vides.

« Dis donc, Schloss, qu'est-ce que c'est ce mardi gras ? »

Au coude à coude, chacun sifflait du vin, du

schorick, de la bière. Dehors le soleil tapait déjà fort. On se pressait les uns contre les autres et on tendait l'oreille.

« L'est tombé sur le crâne ton pensionnaire ?

– Qu'est-ce qu'il manigance ?

– C'est du *Scheitekliche* ou quoi ?

– Ben raconte Schloss ! Dis-nous !

– Y va traîner encore longtemps ici l'olibrius ?

– Il se croit où avec son carton qui cocotte ?

– Nous prend pour des éphèbes ?

– C'est quoi des éphèbes ?

– Ben je sais pas moi, c'est pas moi qui ai dit ça !

– Mais bon sang, Schloss, réponds ! Dis-nous quelque chose ! »

C'était pire qu'un mitraillage les questions. Et Schloss, il les recevait comme des balles inoffensives. Elles lui amenaient juste un petit sourire plein de malice sur sa face épaisse. Il ne disait rien. Il laissait monter la tension. C'était bon pour son commerce tout ça. Parler ça donne soif.

« Mais tu vas tout de même pas nous laisser dans le silence jusqu'au soir, bordel !

– Il est là-haut ?

– Poussez-vous !

– Alors Schloss !

– Ça y est, ça y est, vos gueules, Schloss va parler ! »

Chacun retint son souffle. Les deux ou trois qui ne s'étaient rendu compte de rien et continuaient leurs apartés furent vite rappelés à l'ordre. Tous les regards, dont certains commençaient à être bien troubles, convergèrent vers l'aubergiste qui prenait son temps et faisait un peu son théâtre.

« Puisque vous insistez, je vais vous dire... »

Une grande rumeur heureuse et soulagée ponctua ces premières paroles.

« Je vais vous dire tout ce que je sais », continua Schloss.

Les cous se dévissèrent et se tendirent le plus possible vers lui. Il claqua son torchon sur son comptoir, posa ses deux mains à plat dessus, puis regarda dans le plus grand silence longuement vers le plafond. Tout le monde l'imita et si quelqu'un était entré à ce moment-là dans l'auberge, il se serait sans doute demandé ce que faisaient une quarantaine d'hommes, muets, la tête tournée vers un plafond aux poutres noires, crasseuses et enfumées, le regard les fixant fiévreusement comme pour leur poser une grande question.

« Ce que je sais, reprit Schloss sur le ton de la confidence, d'une voix très basse, et chacun buvait ses paroles comme la plus précieuse des eaux-de-vie, c'est que, ma foi, je ne sais pas grand-chose ! »

De nouveau une grande rumeur, mais cette fois pleine de déception et aussi d'un peu de colère, et aussi des poings abattus sur le comptoir, des noms d'oiseaux, et tout le reste. Schloss leva les bras pour essayer de calmer tout le monde, mais il dut forcer la voix pour qu'on l'entende :

« Il m'a juste demandé la permission d'avoir toute la salle, à partir de six heures, pour préparer.

– Préparer quoi ?

– Je ne sais pas moi ! En tout cas, ce que je peux vous dire, c'est qu'il paie à boire à tout le monde ! »

Les rires reprirent. La perspective de se rincer la gorge à moindres frais avait suffi à balayer toutes les interrogations. Peu à peu l'auberge se vida, et moi aussi j'allais sortir lorsque je sentis une main sur mon épaule. C'était Schloss.

« Tu n'as rien dit, Brodeck ?

– J'ai laissé parler les autres…

– Tu n'avais pas de questions à poser, toi ? Si tu n'avais pas de questions, c'est peut-être parce que tu avais les réponses, c'est peut-être parce que tu es dans le secret…

– Et pourquoi j'y serais ?

– Je t'ai vu l'autre jour monter dans sa chambre, y rester des heures, il a bien fallu que vous vous en racontiez des choses pour occuper tout ce temps ? »

Schloss avait son visage tout près du mien. Il faisait déjà si chaud à cette heure que sa peau suintait de toutes parts comme un morceau de lard posé sur une poêle brûlante.

« Laisse-moi tranquille, Schloss, j'ai à faire.

– Tu ne devrais pas me parler comme ça, Brodeck, tu ne devrais pas ! »

331

À cette époque, j'avais pris la phrase comme une menace. Mais depuis l'autre jour où tout larmoyant il est venu s'attabler face à moi pour me parler de son petit mort, je ne sais plus. Les hommes sont parfois si maladroits qu'on les prend pour le contraire de ce qu'ils sont vraiment.

En allant à l'auberge, je n'avais pas appris grand-chose sinon que l'*Anderer* avait réussi, grâce à ces petits cartons parfumés, à braquer un peu plus toutes les attentions sur lui. Il n'était pas encore sept heures, et déjà, il n'y avait plus un souffle d'air. Dans le ciel, les hirondelles semblaient épuisées et leur vol se faisait lent. Un nuage, très petit, et presque transparent, qui prenait la forme d'une feuille de houx, flânait seul et très haut. On n'entendait même pas les bêtes. Les coqs n'avaient pas chanté. Les poules se tenaient coites et immobiles, à la recherche d'un peu de frais, lovées dans des trous poussiéreux creusés dans la terre des basses-cours. Les chats somnolaient dans l'ombre des portes cochères, couchés sur le flanc, les pattes étirées et la langue pointée entre leurs gueules entrouvertes.

Quand je suis passé près de la forge de Gott, j'ai entendu un grand remue-ménage à l'intérieur. Cela faisait un bruit de tous les diables. C'était Gott qui faisait un peu d'ordre. Il m'aperçut, me fit signe de m'arrêter et vint vers moi. La forge était au repos. Aucun feu n'y brûlait, et Gott était lavé, rasé, peigné. Il n'avait pas son éternel tablier de cuir et ses épaules nues, mais une chemise propre, un pantalon haut et des bretelles.

« Qu'est-ce que tu dis de tout ça, Brodeck ? »

J'ai sans trop de risques haussé les épaules car je ne savais pas vraiment de quoi il voulait parler, de la chaleur, de l'*Anderer*, du petit carton à l'eau de rose ou d'autre chose encore.

« Moi je dis que ça va exploser, d'un coup, et ce sera violent, tu peux me croire ! »

Gott avait parlé en serrant les poings et les mâchoires. Sa lèvre fendue bougeait comme un muscle, et sa barbe rousse faisait songer à un buisson ardent. Il me dépassait de trois têtes et dut se pencher pour me parler à l'oreille.

« Ça ne peut plus durer, et je ne suis pas le seul à le penser ! Toi qui es allé étudier, tu en sais plus que nous, comment ça va finir ?

— Je ne sais pas, Gott, il faut attendre ce soir, on verra bien.

— Pourquoi ce soir ?

— Tu as eu le carton comme nous tous, à sept heures on sera fixés. »

Gott se recula et m'examina sous toutes les coutures comme si j'étais devenu fou.

« Pourquoi tu me parles de carton quand je te parle de ce foutu soleil ? Ça fait trois semaines qu'il nous grille le crâne ! Je ne peux même plus travailler tellement j'étouffe, et toi tu me sors une histoire de carton ! »

Une plainte venue du fond de la forge nous fit

tourner la tête. C'était l'*Ohnmeist*, plus maigre qu'un clou, qui s'étirait et bâillait.

« C'est encore lui le plus heureux, dis-je à Gott.

– Je ne sais pas si c'est le plus heureux mais, en tout cas, c'est sûr que c'est le plus fainéant ! »

Et comme pour donner raison au forgeron chez qui il avait élu pour l'instant domicile, le chien posa sa tête sur ses deux pattes avant et se rendormit tranquillement.

Ce fut une journée de plus dans cet été qui nous cuisait à grand feu. Mais une journée particulière qui fut comme évidée de l'intérieur, un peu comme si son centre et ses heures n'avaient aucune importance et que seule la soirée valait la peine qu'on y pense, qu'on l'attende, qu'on se tende vers elle. Je me souviens que ce jour-là, revenu de l'auberge, je ne suis plus sorti de la maison. J'ai travaillé à mettre de l'ordre dans toutes les notes que j'avais prises depuis des mois au sujet de l'exploitation de nos forêts, du cubage de toutes les parcelles, des coupes faites et à faire, des renouvellements, des semis, des futaies qu'il conviendrait de nettoyer l'an prochain, de la répartition des affouages, du retournement des dus. Je m'étais installé dans la cave, pour y trouver un peu de frais, mais même là, dans ce lieu où d'ordinaire, des murs suinte une sueur glacée, je n'avais trouvé qu'un air poisseux et lourd, à peine un peu plus tiède que dans les autres pièces. J'entendais par moments, au-

dessus de ma tête, les éclats de rire de Poupchette, que Fédorine avait placée toute nue dans
une grande cuve en bois pleine d'eau fraîche.
Elle joua ainsi au petit poisson pendant des
heures, sans se lasser, tandis que près d'elle, les
mains posées à plat sur ses genoux, assise près
de la fenêtre à travers laquelle elle ne regardait
rien, Emélia psalmodiait son refrain mélancolique.

Lorsque je suis remonté de la cave, Poupchette,
séchée, frottée, toute rose, mangeait une grande
assiettée de soupe claire, un bouillon de carottes
et de cerfeuil.

« Partir mon papa ? Partir ? » me lança Poupchette comme je m'apprêtais à sortir. Elle se
laissa tomber de sa chaise et courut pour se jeter
dans mes bras. « Je reviens vite, lui dis-je, je te
ferai un baiser dans ton lit, sois sage ! – Sage !
sage ! sage ! » répéta-t-elle en riant et en tournant
sur elle-même, comme si elle valsait.

Ô petite Poupchette... certains te diront que
tu es l'enfant du rien, que tu es l'enfant de la
salissure, que tu es l'enfant engendrée de la haine
et de l'horreur. Certains te diront que tu es
l'enfant abominable conçue de l'abominable, que
tu es l'enfant de la souillure, enfant souillée déjà
bien avant de naître. Ne les écoute pas, je t'en
supplie, ma petite, ne les écoute pas. Moi je te
dis que tu es mon enfant, et que je t'aime. Je te
dis que de l'horreur naît parfois la beauté, la
pureté et la grâce. Je te dis que je suis ton père à

jamais. Je te dis que les plus belles roses viennent parfois dans une terre de sanie. Je te dis que tu es l'aube, le lendemain, tous les lendemains, et que seul compte cela qui fait de toi une promesse. Je te dis que tu es ma chance et mon pardon. Je te dis ma Poupchette, que tu es toute ma vie.

Je refermai la porte en même temps que Göbbler refermait la sienne. Et tous deux nous fûmes tellement étonnés que nous regardâmes en même temps le ciel. Nos maisons sont naturellement sombres. Elles sont taillées pour l'hiver, et même lorsqu'il y a grand soleil, on est souvent obligé d'y brûler une ou deux bougies pour voir. Je m'attendais, quittant notre obscurité, sitôt passé le seuil, à retrouver ce grand soleil qui depuis des semaines composait notre immuable quotidien. Mais c'était comme si on avait jeté sur tout le ciel une immense et terne couverture d'un gris beige strié de traînées noirâtres. À l'horizon, vers l'est, les crêtes des Hörni disparaissaient dans cet épais magma métallique, bosselé de phlegmons cotonneux, qui donnait l'impression suffocante de s'abaisser peu à peu, et qui tôt ou tard, finirait par écraser les forêts et le toit des maisons. Par endroits, des marbrures vives striaient la masse pâteuse et l'éclairaient fugacement d'une fausse lumière jaunâtre, mais de ces éclairs avortés ou retenus ne naissait aucun fracas. La chaleur était devenue grasse et saisissait la gorge, comme le fait la main du criminel, pour la broyer avec une rigoureuse sûreté.

Une fois encore, en même temps, passé cette première stupeur, Göbbler et moi nous nous mîmes en marche. Comme des automates, d'un même pas, et nous nous retrouvâmes, côte à côte, à cheminer ensemble sur la chaussée pulvérulente qui, dans cette étrange lumière, ressemblait à de la cendre de bouleau. L'odeur des crottes de poules et de leurs plumes flottait autour de moi, écœurante, corrompue comme celle des tiges pourries de vieilles fleurs oubliées des jours durant dans des vases.

Je n'avais aucune envie de parler à Göbbler, et ce silence ne me dérangeait pas. Je m'attendais à tout moment à ce qu'il entame la conversation, mais rien ne vint. Nous allions ainsi, muets, dans les rues, un peu comme lorsqu'on se dirige vers une église où un enterrement va être célébré, et que l'on sait que face à la mort, tous les mots sont bien inutiles.

Au fur et à mesure que nous approchions de l'auberge, des rues, des ruelles, des venelles, des porches, sortaient des silhouettes qui nous rejoignaient, marchaient à nos côtés, elles aussi silencieuses. Peut-être d'ailleurs ce grand silence n'était-il pas dû à la perspective de découvrir ce qui allait nous être montré à l'auberge, mais à ce subit changement de temps, à cette chape de métal gras dorénavant posée sur le ciel et qui avait ensemencé cette fin d'après-midi d'une noirceur hivernale.

Il n'y avait aucune femme dans cette rivière de

337

corps qui grossissait de pas en pas. Nous n'étions que des hommes, des hommes entre nous. Au village, il y en a pourtant des femmes, comme partout ailleurs, des jeunes, des vieilles, des jolies, des très laides, et qui savent, et qui pensent. Ces femmes qui nous ont mis au monde et qui nous regardent le détruire, qui nous donnent la vie, et qui, ensuite, ont tant de fois l'occasion de le regretter. Je ne sais pas pourquoi, à ce moment, tandis que je marchais sans rien dire au milieu de tous ces hommes qui marchaient eux aussi sans rien dire, j'ai songé à cela, et j'ai surtout songé à ma mère. Elle qui n'existe pas alors que j'existe. Qui n'a pas de visage alors que j'en ai un.

Parfois, je me regarde dans le petit miroir qui est au-dessus de la pierre à eau, dans notre maison. J'observe mon nez, la forme et la couleur de mes yeux, celle de mes cheveux, le dessin de mes lèvres, celui de mes oreilles, l'ombre de ma peau. Je cherche avec tout cela à composer le portrait de l'absente, celle qui un jour a vu le petit corps sortir d'entre ses cuisses, qui l'a pris contre son sein, qui l'a caressé, qui lui a donné sa chaleur et son lait, qui lui a parlé, qui lui a donné un nom, qui a souri sans doute, souri de bonheur. Je sais que ce que je fais est vain. Je ne parviendrai jamais à peindre ses traits, à les tirer de la nuit dans laquelle elle est entrée depuis si longtemps.

À l'intérieur de l'auberge de Schloss, tout avait été chamboulé. On ne reconnaissait pas le lieu.

C'est comme s'il avait fait peau neuve. Nous entrâmes sur la pointe des pieds, presque sans trop oser. Même ceux qui d'ordinaire ont une grande gueule la tenaient bien coite. Beaucoup se tournaient vers Orschwir, croyant sans doute que le Maire était différent d'eux, et qu'il leur montrerait ce qu'il faut faire, comment se comporter, quoi dire ou ne pas dire. Mais Orschwir était comme tout le monde. Pas plus malin et pas plus savant.

Les tables avaient été poussées contre un mur et recouvertes de nappes propres sur lesquelles des dizaines de verres et de bouteilles étaient alignés comme des soldats avant la bataille. Il y avait aussi de grandes assiettes remplies de saucisses tranchées, de morceaux de fromage, de jambon, de lard maigre, de pain et de brioche, de quoi nourrir un régiment. Tous les yeux avaient été d'emblée attirés par cette disposition de nourriture et de boisson qu'on ne rencontre guère chez nous que dans certains mariages, quand des paysans fortunés unissent leurs enfants et veulent un peu épater la galerie. Aussi n'est-ce qu'ensuite qu'on remarqua sur les murs une vingtaine de torchons posés sur ce qui devait être des cadres. Les uns et les autres se les montrèrent d'un geste du menton, mais on n'eut pas le temps d'en faire ni d'en dire plus car les marches de l'escalier se mirent à craquer et l'*Anderer* apparut.

Il n'était pas dans ses vêtements farfelus auxquels on avait fini tout de même par s'habituer, chemise à jabot, redingote, pantalon en tuyau. Il portait simplement une sorte de grande robe ample, blanche, qui lui enveloppait tout le corps et tombait bas, en lui dégageant à ras son gros cou comme si un bourreau avait déjà au ciseau coupé tout le col.

L'*Anderer* descendit quelques marches et cela fit une drôle d'impression car la robe était tellement longue qu'on ne voyait même pas ses pieds : il semblait glisser à quelques pouces du sol, comme l'aurait fait un fantôme. Personne ne dit mot en le voyant, et il précéda toute réaction en prenant la parole, de sa voix discrète, un peu flûtée :

« J'ai cherché longtemps comment vous remercier de votre accueil et de votre hospitalité. J'en ai conclu que je devais faire ce que je sais faire : regarder, écouter, saisir l'âme des choses et celle des êtres. J'ai beaucoup voyagé de par le monde. Peut-être est-ce pour cela que mon œil voit davantage et que mon oreille entend mieux. Je crois sans présomption avoir compris une grande part de vous-mêmes et de ces paysages dans lesquels vous habitez. Prenez mes petits travaux comme des hommages. N'y voyez pas autre chose. Monsieur Schloss je vous prie ! »

L'aubergiste qui était comme au garde-à-vous n'attendait que ce signal pour passer à l'action. En deux temps trois mouvements, il parcourut tout le périmètre de la salle de son auberge afin d'enlever les torchons qui masquaient les cadres, et comme si la scène n'était pas encore suffisamment étrange, ce fut le moment où retentit un premier coup de tonnerre, sec et cassant, pareil à un coup de fouet claqué sur la croupe d'une carne.

Le carton parfumé disait la vérité : il y avait des *portraits* et il y avait des *paysages*. Ce n'étaient pas à proprement parler des peintures mais des dessins faits à l'encre, parfois composés de grands coups de pinceau, parfois de traits d'une extrême finesse qui se côtoyaient, se recouvraient, se croisaient. Comme en procession, étrange chemin de croix, nous passâmes devant tous, pour les voir de près. Certains comme Göbbler et maître Knopf, qui avaient des yeux de taupe, s'y écrasèrent presque le nez ; d'autres, au contraire, se reculaient à tomber en arrière pour en prendre la pleine mesure. Il y eut les premiers cris de surprise et les premiers rires nerveux quand certains se reconnurent dans les portraits ou en reconnurent d'autres. L'*Anderer* avait fait son choix. Comment ? Mystère. Il y avait Orschwir, Hausorn, le curé Peiper, Göbbler, Dorcha, Vurtenhau, Röppel, Ulrich Yackob le bedeau, Schloss et moi. Pour les paysages : la place de l'église et son pourtour de maisons basses, la Lingen, la ferme d'Orschwir, les rochers des Tizenthal, le Baptisterbrücke avec en arrière-plan le bouquet de saules têtards, la clairière du Lichmal, la grande salle de l'auberge de Schloss.

341

Ce qui était vraiment curieux, c'est qu'on reconnaissait les visages et les lieux mais, pour autant, on ne pouvait pas dire que les dessins étaient parfaitement ressemblants. C'était un peu comme s'ils mettaient en évidence des échos familiers, des impressions, des résonances qui venaient dans l'esprit pour y compléter le portrait qui était devant nous juste suggéré.

Une fois que tout le monde eut fait sa petite ronde, les choses sérieuses commencèrent. On tourna le dos aux dessins, comme s'ils n'avaient jamais existé. Il y eut un grand mouvement vers les tables chargées de nourriture. On aurait cru que la plupart n'avaient ni mangé ni bu depuis des lustres. Des sauvages. En un rien de temps tout disparut de ce qui avait été préparé, mais Schloss avait dû recevoir des ordres, pour qu'il y ait toujours des bouteilles et des assiettes pleines car le buffet ne semblait pas se dégarnir. Les joues se colorèrent, les fronts se mirent à suer, les paroles devinrent plus fortes et les premiers jurons tapèrent les murs. Beaucoup sans doute avaient déjà oublié pourquoi ils étaient venus, et plus personne ne regardait les cadres. Seul comptait ce qu'ils pouvaient se mettre dans le ventre. L'*Anderer*, lui, avait disparu. C'est Diodème qui me le fit remarquer.

« Juste après son petit discours, il est remonté dans sa chambre. Qu'est-ce que tu en dis ?

— De quoi ?

— De tout ça… »

Diodème de la main désigna l'exposition aux murs. Je crois bien que j'ai haussé les épaules.

« C'est drôle ton portrait, ça ne te ressemble pas trop et pourtant, c'est tout à fait toi, je ne sais pas trop comment le dire, viens voir... »

Je ne voulais pas être désagréable avec Diodème, et je l'ai donc suivi. On s'est faufilés entre les corps des uns et des autres, entre leurs souffles, leurs odeurs, leurs sueurs, leurs haleines alourdies par le vin et la bière. Les voix s'échauffaient, les esprits aussi, beaucoup parlaient fort. Orschwir avait ôté de son crâne son bonnet en taupe. Maître Knopf sifflotait. Le *Zungfrost*, qui d'ordinaire ne buvait que de l'eau, grisé par les trois verres qu'on lui avait refilés de force, commençait à danser. Trois hommes retenaient en riant Lulla Carpak, un chemineau aux cheveux jaunes et au teint de rave qui, dès qu'il était ivre, voulait absolument casser la gueule à quelqu'un.

« Regarde bien... », me dit Diodème. Nous étions parvenus tout près du dessin. Je fis ce qu'il me demandait. Longuement. Au début sans trop fixer mon attention sur les lignes que l'*Anderer* avait entremêlées, et puis, peu à peu, sans que je comprenne pourquoi ni comment, j'entrai de plus en plus dans le dessin.

La première fois où je l'avais vu, quelques minutes plus tôt, je n'avais rien remarqué. Il y avait mon nom dessous, et peut-être m'étais-je senti un peu gêné d'être représenté, ce qui fait que j'avais rapidement détourné la tête et que j'étais passé bien vite au suivant. Mais là, en le revoyant, en m'arrêtant devant lui et en le considérant, c'est un peu comme s'il m'avait aspiré, comme s'il s'était animé, et ce ne furent plus des traits que je vis, des courbes, des points, de petites taches, mais des pans entiers de ma vie. Le portrait que l'*Anderer* avait composé était pour ainsi dire vivant. Il était ma vie. Il me confrontait à moi-même, à mes douleurs, à mes vertiges, à mes peurs, à mes désirs. J'y voyais mon enfance éteinte, mes longs mois dans le camp. J'y voyais mon retour. J'y voyais Emélia muette. J'y voyais tout. Il était un miroir opaque qui me jetait au visage tout ce que j'avais été, tout ce que j'étais. C'est Diodème qui une fois de plus me fit revenir dans le réel.

« Alors… ?

– C'est drôle, lui dis-je.

– Et si tu regardes bien, si tu regardes vraiment, c'est comme ça pour tous : pas vraiment fidèle, mais très vrai. »

C'était peut-être sa manie des romans qui faisait que Diodème regardait toujours dans la doublure des mots et que son imagination courait dix fois plus vite que lui. Mais ce jour-là, ce qu'il m'avait dit n'était pas idiot. Je refis lentement le tour de tous les dessins que l'*Anderer* avait accrochés aux murs de l'auberge. Les paysages qui m'avaient paru quelconques se mirent à s'animer et les visages racontèrent les secrets et les tourments, les laideurs, les fautes, les troubles, les bassesses. Je n'avais touché ni au vin ni à la bière et pourtant je chancelais, ma tête tournait. Pour le portrait de Göbbler par exemple, il y avait une malice dans l'exécution qui faisait que si on le regardait un peu de gauche on y voyait le visage d'un homme souriant, aux yeux lointains, aux traits paisibles, tandis que si on le prenait un peu de droite, les mêmes lignes fixaient les expressions de la bouche, du regard, du front dans un rictus fielleux, une sorte d'horrible grimace, hautaine et cruelle. Celui d'Orschwir parlait de lâcheté, de compromission, de veulerie, de salissure. Celui de Dorcha de violences, d'actions sanglantes, de gestes irréparables. Celui de Vurtenhau disait la petitesse, la bêtise, l'envie, la rage. Celui de Peiper suggérait le renoncement, la honte, la faiblesse. Pour tous les visages, il en était de même. Les portraits qu'en avait faits l'*Anderer* agissaient comme des révélateurs merveilleux qui amenaient à la lumière les vérités profondes des êtres. On aurait cru une galerie d'écorchés.

Et puis il y avait les paysages ! Ça n'a l'air de rien pourtant un paysage. Ça ne dit rien. Au mieux, ça nous renvoie à nous, pas davantage. Mais là, croqués par l'*Anderer*, les paysages devenaient parlants. Ils racontaient leur histoire. Ils portaient les traces de ce qu'ils avaient connu. Ils témoignaient des scènes qui s'étaient déroulées là. Sur la place de l'église, au sol, une tache d'encre, placée à l'endroit même de l'exécution, évoquait tout le sang qui s'était écoulé du corps d'Aloïs Cathor lorsqu'il avait été décapité, et sur ce même dessin, lorsqu'on regardait les maisons qui bordaient la place, toutes avaient portes closes. Une seule porte était ouverte, très nettement, celle de la grange d'Otto Mischenbaum... Je n'invente rien, je le jure ! Par exemple, dans le dessin qui figurait le Baptisterbrücke, si on inclinait un peu la tête pour le regarder en biais, on s'apercevait alors que les racines des saules esquissaient la forme de trois visages, de trois visages de jeunes filles. De même que celui qui représentait la clairière du Lichmal, on pouvait retrouver aussi la forme de ces visages dans les branches des chênes pour peu qu'on fronce un peu les paupières. Et si je n'ai pas pu sur le moment découvrir dans certains autres dessins de l'*Anderer* ce qu'il fallait y voir, c'est tout simplement que les événements qu'ils suggéraient ne s'étaient pas encore déroulés. C'est le cas pour les rochers des Tizenthal, qui à cette époque étaient de bêtes rochers, ni beaux ni laids, sans histoire ni légende, mais c'est précisément devant ce dessin-là que j'ai retrouvé Diodème. Il était planté devant, comme une borne dans un champ. Pétrifié. Il a fallu que je dise trois fois son nom pour qu'il se détourne un peu et me regarde.

« Qu'est-ce que tu vois dans celui-ci ? lui demandai-je.

– Des choses, des choses... », répondit-il songeur.

Il n'ajouta rien de plus. Plus tard, après sa mort, j'ai eu le temps de réfléchir, évidemment. J'ai repensé au dessin.

On pourrait me dire que j'ai la tête qui chauffe et le cerveau défait. Que cette histoire de dessins, ça n'a ni queue ni tête. Qu'il faut avoir l'esprit et les sens bien dérangés pour voir dans de simples gribouillis tout ce que j'y ai vu. Et que c'est bien facile d'avancer tout cela alors qu'il n'y a aucune preuve, qu'il n'y a plus de dessins, qu'ils ont tous été détruits ! Oui, justement, ils ont tous été détruits ! Et le soir même en plus ! Si ça ce n'est pas une preuve, qu'est-ce que c'est alors ? Ils ont été déchirés en mille morceaux, éparpillés, réduits en cendres parce que, à leur façon, ils disaient des choses qui n'auraient jamais dû être dites, ils révélaient des vérités qu'on avait étouffées.

Moi j'avais mon compte.

Je suis parti de l'auberge où ça buvait de plus en plus et où ça braillait comme des bêtes, mais c'étaient encore des bêtes joyeuses, qui avaient le vin gai. Diodème quant à lui est resté jusqu'au bout, et c'est par lui que j'ai su. Schloss a encore sorti des pichets et des bouteilles pendant une heure environ, et puis subitement, fin des hostilités, plus de munitions. Sans doute la somme sur laquelle lui et l'*Anderer* s'étaient mis d'accord avait-elle été atteinte. Ce fut le début de l'aigreur

347

Des mots tout d'abord, quelques gestes ensuite, mais rien de bien méchant, un peu de casse, mais, là aussi, rien de sérieux encore. Et puis le bougonnement a changé de nature, comme lorsqu'on enlève le veau de la mamelle, au début il geint, et puis ensuite il en prend son parti et se cherche autour de lui un autre amusement, une petite raison d'être. C'est alors que tous se rappelèrent du pourquoi ils étaient là. Ils se tournèrent vers les dessins, et les considérèrent de nouveau. Ou autrement. Ou avec les yeux dessillés. Comme on voudra. Et ils virent. Ils se virent. À vif. Ils virent ce qu'ils étaient et ce qu'ils avaient fait. Ils virent dans les dessins de l'*Anderer* tout ce que Diodème et moi y avions vu. Et bien sûr, ils ne le supportèrent pas. Qui l'aurait supporté ?

« Un vrai saccage ! Je n'ai pas bien compris qui a commencé et ça n'a d'ailleurs pas grande importance puisque tous s'y sont mis, et que personne n'a tenté de retenir qui que ce soit. Le curé était saoul comme un cochon et dormait sous une table depuis longtemps en suçant un bout de sa soutane, comme un enfant son pouce. Les plus vieux t'avaient suivi de peu et étaient rentrés chez eux, quant à Orschwir, il regardait le spectacle sans y prendre part, mais avec une pointe de satisfaction, et lorsque le fils Kipoft a lancé son portrait dans le feu, il a eu l'air bien heureux, tu peux me croire ! Et puis tout est allé très vite tu sais, pas le temps de dire ouf qu'il n'y avait plus rien aux murs. Seul Schloss avait l'air un peu ennuyé. »

Quand Diodème m'a raconté cela, c'était le surlendemain, et la pluie n'avait pas cessé de tomber depuis le fameux soir. Comme si le ciel avait besoin de faire une grande lessive, de laver le linge des hommes puisqu'ils ne parvenaient pas à le faire eux-mêmes. Les murs de nos maisons semblaient pleurer et, dans les rues, des ruisseaux brunis par la terre et le fumier des étables ravinaient les pavés, emportant de menus cailloux, des brins de paille, des épluchures, des salissures. C'était d'ailleurs étrange cette pluie, cet écoulement continu qui venait d'un ciel qu'on n'apercevait même plus tant la barbe épaisse, sale et trempée des nuages le tenait constamment caché. On l'avait attendue depuis des semaines. Depuis des semaines que le village cuisait sous la chaleur, et avec lui les corps, les nerfs, les muscles, les désirs, les forces, et puis, il y eut l'orage, l'éclaboussure de l'orage qui répondit de façon gigantesque à l'éclaboussure des hommes, au déchaînement contenu dans l'auberge de Schloss, au massacre dérisoire des dessins, car à l'instant même où se jouait cette sorte de répétition mineure de l'*Ereigniës*, où on brûlait des effigies avant de plus tard tuer l'homme, le ciel devenu trop lourd se fendit en deux, d'est en ouest, sur toute sa largeur, et répandit, comme des boyaux et des tripailles, des trombes d'eau grise, aussi grasses et pesantes que des rinçures.

Schloss avait mis tout le monde à la porte, Maire compris, et tout ce joli débarras clapota sous l'averse et les éclairs, certains s'étalant de tout leur long, mimant la nage dans les flaques, hurlant comme des écoliers sans surveillance, lançant à la face des autres de pleines poignées de boue comme si ç'avait été des boules de neige.

Je me plais à croire que l'*Anderer*, derrière sa fenêtre, contempla le spectacle. J'imagine son petit sourire. Le ciel lui rendait grâce, et tout ce qu'il voyait à ses pieds, ces créatures trempées vomissant et se lançant des injures, entrechoquant leurs rires, leurs mots bredouillés et leurs jets de pisse, ne faisait que rendre ses portraits détruits un peu plus vrais encore. C'était en quelque sorte une manière de triomphe pour lui. Le sacre du maître du jeu.

Mais ici-bas, mieux vaut ne jamais avoir raison. C'est une chose qu'on vous fait ensuite toujours payer très cher.

XXXV

Le lendemain, c'était lendemain de cuite. Un état où le crâne tambourine tout seul et où on ne sait plus trop si ce dont on se souvient a été rêvé ou vécu. Je pense que la plupart de ceux qui s'étaient déchaînés devaient se trouver bien bêtes, soulagés peut-être, mais aussi bien couillons. Non pas qu'ils aient eu honte vis-à-vis de l'*Anderer*, non, de ce côté-là, leur religion était faite et rien ne l'aurait changée, mais à repenser à leur acharnement contre de simples bouts de papier, ça ne faisait pas très viril tout ça.

La pluie les arrangea. Ils n'eurent pas à sortir de chez eux, pas à se croiser, pas à se reparler, pas à voir dans le regard des autres ce qu'eux-mêmes avaient fait. Seul le Maire brava les bourrasques qui tombaient en enfilade comme en plein mois d'avril. Il sortit le soir et se rendit directement à l'auberge. Il y arriva trempé jusqu'aux os et Schloss fut tout surpris de voir sa porte s'ouvrir car, de la journée, elle était restée constamment close. Lui-même d'ailleurs n'avait guère souhaité qu'elle vînt à s'ouvrir. Il avait passé des heures à nettoyer la débauche, à tout laver, et à entretenir dans l'âtre une grande flambée pour sécher les dalles et consumer l'air rance. Il venait juste d'y parvenir. Tout avait repris forme coutumière, la salle, les tables, les murs. Comme si rien ne s'était produit la veille. Et c'est là qu'Orschwir fait son entrée. Schloss le regarde comme un monstre, un monstre qui a pris l'eau, mais un monstre tout de même. Le Maire enlève la grande pèlerine de berger dont il s'était attifé, la suspend à un clou près de la cheminée, prend un grand mouchoir froissé et plutôt sale, s'essuie le visage, se mouche dedans, le replie, le fourre dans sa poche et se tourne enfin vers Schloss qui attendait le coude sur son balai.

« Il faut que je lui parle. Va le chercher. »

C'était un ordre évidemment. Pas la peine pour Schloss de faire préciser qui ou quoi. Dans l'auberge il n'y avait que lui et l'*Anderer*. Comme chaque matin, il lui avait posé son plateau devant la porte de sa chambre – brioche ronde, œuf cru, pot d'eau chaude. Et comme chaque jour, il avait entendu un peu plus tard des pas dans l'escalier et la petite porte de derrière s'ouvrir. C'est par là que son hôte sortait pour aller visiter son âne et son cheval dans l'écurie du père Solzner dont le mur était mitoyen avec celle de l'auberge. Et puis, quelques instants plus tard encore, la petite porte s'ouvrir de nouveau, l'escalier de nouveau craquer, et puis c'était tout.

Le Maire, dans un village comme chez nous, c'est quelqu'un. Ce n'est pas un aubergiste qui va se mettre à discuter ce qu'il lui demande de faire. Schloss est donc monté. Il a frappé à la porte de la chambre. Il s'est trouvé nez à nez avec le sourire de l'*Anderer* et il lui a présenté la requête. L'*Anderer* a souri un peu plus encore, n'a rien répondu, a refermé la porte. Schloss est descendu.

« Je crois qu'il arrive. »

Voilà ce qu'il a dit au Maire. Ce à quoi Orschwir a répondu : « C'est bien Schloss, maintenant, je pense que tu as suffisamment de quoi t'occuper dans la cuisine, n'est-ce pas ? »

L'aubergiste qui n'est pas idiot bredouille que oui. Le Maire sort de sa poche une petite clé d'argent, ouvragée et complexe, et avec elle il fait jouer la serrure de la porte de la petite salle, celle de l'*Erweckens'Bruderschaf*.

« Tu ne l'as pas cette clé ? ai-je demandé à Schloss, quand il m'a raconté tout cela.

– Bien sûr que non je ne l'ai pas ! Je n'y suis même jamais entré dans cette pièce ! Je ne sais foutre pas la tête qu'elle a. Je ne sais même pas combien il y a de clés ni qui les possède, à part le Maire, et puis Knopf, et sans doute Göbbler, même si pour lui, je ne suis sûr de rien. »

C'est tout à l'heure que Schloss est venu chez nous. Il a gratté à la porte comme un animal. Il a attendu que la nuit soit épaisse comme de la poix. Je suppose qu'il a frôlé les murs des maisons et n'a fait aucun bruit. Il ne voulait surtout pas être vu. C'est la première fois qu'il franchissait notre seuil. Je me suis demandé ce qu'il pouvait bien vouloir. Fédorine en l'apercevant l'a regardé comme une crotte de rat. Elle ne l'aime pas. Pour elle c'est un voleur qui vend toujours au prix fort les quelques denrées qu'il achète au plus bas. Elle l'appelle *Schlocheikei*, ce qui est dans sa très ancienne langue un jeu de mots intraduisible entre le nom de l'aubergiste et le mot qui veut dire « profiteur ». Elle a vite prétexté qu'il fallait coucher Poupchette pour nous laisser seuls. Lorsqu'elle a évoqué le nom de Poupchette, j'ai vu s'allumer dans le regard de l'aubergiste une lueur triste et j'ai songé à son petit mort, puis la lueur s'est éteinte, très vite.

« Je voulais te parler, Brodeck. Il fallait que je te parle, pour te prouver une fois de plus que je ne suis pas contre toi, que je ne suis pas un mauvais homme. Je sens bien que tu ne m'as pas vraiment cru l'autre fois. Je vais te dire des choses que je sais. Tu en feras ce que tu veux, mais je te préviens, ne dis pas que tu les tiens de moi, sinon je nierai tout. Je dirai que tu mens. Je dirai que jamais je t'ai dit cela. Je dirai même que jamais je ne suis venu chez toi. Compris ? »

Je n'ai rien répondu à Schloss. Je ne lui avais rien demandé. C'est lui qui venait. C'était à lui de continuer, sans chercher à obtenir quoi que ce soit de moi.

L'*Anderer* a fini par descendre de sa chambre, et le Maire l'a fait entrer dans la petite salle de la confrérie. Puis il a fermé la porte derrière eux.

« Moi je suis resté dans ma cuisine, comme Orschwir me l'avait demandé. Mais ce qu'il faut que tu saches, c'est que le placard où je range les seaux et les balais est creusé dans le mur, et que le fond n'est fait que de planches de bois, assez mal ajustées, que les années ont fait travailler au point d'y ouvrir des jours larges comme des yeux. Et ce fond de placard, il donne sur leur petite salle. Gerthe le savait. Et je sais que certains soirs, elle écoutait ce qui se disait, et ce qui s'y faisait, même si elle n'a jamais voulu me l'avouer, car elle se doutait bien que je serais entré dans une colère noire. »

Ce jour-là, Schloss a donc fait ce qu'il ne s'était jamais autorisé jusqu'alors. Pourquoi ? C'est très bizarre les actions des hommes, et parfois, on pourra toujours remuer des crânes, on ne trouvera jamais la bonne explication. Peut-être que Schloss eut l'impression ainsi de devenir un homme, de braver un interdit et de passer une épreuve, de changer définitivement de camp, de faire ce qui était juste selon lui, ou tout simplement de satisfaire une curiosité trop longtemps muselée ? Toujours est-il qu'il colla son oreille sur les planches, coinçant son gros corps au milieu des balais, des pelles, des seaux, des vieux chiffons à poussière.

« C'était bizarre leur conversation, sais-tu,

Brodeck ! Très bizarre... Au début, on aurait cru qu'ils se comprenaient fort bien, qu'ils n'avaient pas besoin de beaucoup de mots, qu'ils parlaient la même langue. Le Maire commença à lui dire qu'il ne venait pas pour s'excuser, que ce qui s'était passé la veille était sans doute fâcheux, mais qu'au fond c'était un peu normal. L'*Anderer* ne bougea pas.

"Nos gens ici sont un peu rustres, voyez-vous, poursuivit le Maire. S'ils ont une petite plaie et que vous y versez du poivre, ils donneront de grands coups de pied, et vos dessins, c'étaient de pleines poignées de poivre, non ?

– Les dessins n'ont aucune importance, n'y pensez plus monsieur le Maire, répondit l'*Anderer*. Si vos gens ne les avaient pas détruits, je l'aurais fait moi-même..." »

À ce moment-là de son compte rendu qu'il me récitait comme s'il l'avait appris par cœur, Schloss marqua une pause : « Ce qu'il faut que je te dise une bonne fois pour toutes, Brodeck, c'est qu'entre chacune de leurs paroles, il y avait de grands silences. À une question, la réponse ne venait pas dans l'immédiat, et vice versa. Ces deux-là se jaugeaient sans doute. Leur petit jeu me faisait penser à ceux auxquels se livrent les joueurs d'échecs, en dehors des coups qu'ils envisagent et exécutent. Je ne sais pas si je me fais bien comprendre ? »

Je fis un signe de la tête qui n'engageait à rien. Schloss regarda ses mains qu'il tenait serrées l'une contre l'autre, et il continua. C'est Orschwir qui pose la question :

« Puis-je vous demander ce que vous êtes venu faire exactement chez nous ?

– Votre village m'a paru digne d'intérêt.

– Mais il est loin de tout.

– Peut-être est-ce à cause de cela, justement. Je voulais voir comment sont les hommes qui sont loin de tout.

– La guerre a fait des ravages ici comme ailleurs.

– *"La guerre ravage et révèle"*...

– Que voulez-vous dire ?

– Rien, monsieur le Maire, c'est un vers traduit d'une très ancienne poésie.

– La guerre n'a rien d'une poésie.

– Bien sûr, bien sûr...

– Je crois qu'il vaudrait mieux que vous partiez d'ici. Vous réveillez, peut-être malgré vous, des choses qui se sont endormies, ça ne mènera à rien de bon. Partez s'il vous plaît... »

La suite, Schloss ne l'avait pas retenue mot pour mot, car Orschwir avait délaissé les courtes phrases pour des méandres interminables, un discours confus où il se perdait. Mais je le sais assez malin pour ne pas avoir avancé à l'aveuglette et avoir pesé ses phrases et ses pensées, une à une, avoir feint l'incertitude et le trouble.

« C'était finaud, me confia Schloss, car au bout du compte, c'étaient des menaces sans en être tout à fait. On pouvait tout entendre et son contraire.

357

Et si jamais l'*Anderer* lui en avait fait le reproche, il aurait toujours pu dire qu'il s'était fait mal comprendre. Leur petit jeu a duré un moment encore mais j'étais comme engourdi dans mon placard et je manquais d'air. Mes oreilles bourdonnaient. J'avais l'impression que des abeilles volaient autour de moi. J'ai trop de sang dans la tête et parfois il tape fort. Toujours est-il qu'à un moment, je les ai entendus se lever, et se diriger vers la porte. Et c'est avant de l'ouvrir que le Maire a dit encore quelques mots, puis a posé la dernière question, celle qui m'a le plus frappé, car sa voix avait changé et lui que peu de choses impressionnent, j'ai senti un peu de peur dans sa musique.

"Nous ne savons même pas votre nom...

— Quelle importance maintenant... Un nom, ce n'est rien, je pourrais être personne, ou tout le monde, répondit l'*Anderer*.

— Je voulais encore vous demander une chose, a repris Orschwir de longues secondes plus tard, une chose qui me travaille depuis longtemps...

— Je vous en prie, monsieur le Maire.

— Avez-vous été envoyé ici par quelqu'un ?"

L'*Anderer* a ri, tu sais, son petit rire, presque un rire de femme. Il a fini par répondre, après un temps très très long :

"Tout dépend de vos croyances, monsieur le Maire, tout dépend de vos croyances, je vous laisse seul juge..."

Et puis il a ri de nouveau. Et ce rire, je te le jure Brodeck, il m'a fait froid dans le dos. »

Schloss avait vidé son sac. Il avait l'air éreinté et dans le même temps bien soulagé de m'avoir fait sa confidence. Je suis allé chercher deux verres et une bouteille d'eau-de-vie.

« Tu me crois Brodeck ? m'a-t-il demandé, avec un soupçon d'angoisse, tandis que je remplissais les verres.

– Et pourquoi je ne te croirais pas, Schloss ? »

Il a baissé très vite la tête et a sifflé sa fine.

Que Schloss m'ait raconté la vérité ou non, que la conversation qu'il m'a rapportée ait eu lieu ou pas, dans les termes exacts que je transcris ou dans d'autres, plus ou moins similaires, les faits indubitables sont que l'*Anderer* n'est pas parti du village. Ce qui est indubitable également, c'est que cinq jours plus tard, lorsque la pluie a cessé, que le soleil de nouveau est apparu dans le ciel, que les uns et les autres ont commencé à sortir des maisons, dans toutes les conversations on retrouvait le dernier morceau de l'échange entre le Maire et l'*Anderer*. C'était pire que de l'amadou bien sec cette chose-là, ça ne demandait qu'à s'enflammer ! Si nous avions eu un curé avec le cerveau tout à lui, avec quelques mots bien choisis et un peu de bon sens, il aurait jeté de grands seaux d'eau bénite pour éteindre tout cela. Mais les délires avinés de Peiper jetèrent au contraire encore un peu plus d'huile sur le feu quand il baragouina en chaire, le dimanche suivant, je ne sais quoi à propos de l'*Antéchrist* et du *Jugement dernier*. Je ne sais pas qui prononça le mot de *Diable*, si c'est lui ou un autre, mais il arrangeait la plupart et chacun s'en saisit. Si l'*Anderer* n'avait pas voulu donner son nom, le village lui en avait trouvé un. Sur mesure. Qui avait depuis des siècles beaucoup servi mais qui est inusable, toujours remarquable. Efficace. Définitif.

L'idiotie est une maladie qui va bien avec la peur. L'une et l'autre s'engraissent mutuellement, créant une gangrène qui ne demande qu'à se propager. Le prêche de Peiper mélangé aux propos qu'aurait tenus l'*Anderer*, le beau mélange !

Lui ne se doutait de rien encore. Il continua ses petites promenades, jusqu'au mardi 3 septembre, ne semblant pas s'étonner que personne ne lui rende désormais son salut, et que beaucoup se parent du signe de croix dès qu'il les avait dépassés. Plus aucun enfant ne le suivait. Sermonnés comme ils l'avaient été, ils prenaient tous leurs jambes à leur cou dès qu'ils l'apercevaient à cent mètres. Les plus culottés lui envoyèrent même une fois quelques cailloux.

Les matins, il allait à l'écurie, comme à son habitude, visiter son cheval et son âne. Mais malgré les engagements et les sommes payées d'avance au père Solzner, il constata que ses bêtes étaient abandonnées à elles-mêmes. L'abreuvoir était vide. Les mangeoires aussi. Il ne se plaignit pas, fit lui-même le nécessaire, les bouchonna, les pansa, leur parla à l'oreille, les rassura. Mademoi-

selle Julie montra ses dents jaunes et Monsieur
Socrate secoua la tête de haut en bas, en remuant
sa courte queue. Cela, c'était le lundi soir. Je vis la
scène moi-même tandis que je rentrais après une
journée dans les forêts. L'*Anderer* ne me vit pas. Il
me tournait le dos. Je faillis entrer dans l'écurie,
éternuer, dire un mot, mais je ne le fis pas. Je restai
sur le seuil. Les bêtes, elles, me virent. Elles
posèrent leurs gros yeux doux sur moi. Je restai
un instant. J'espérais que l'une d'elles allait signa-
ler ma présence, ruer un peu, pousser un gro-
gnement, mais rien. Rien du tout. L'*Anderer*
continuait à les caresser en me tournant le dos. Je
repris mon chemin.

XXXVI

C'est Diodème qui vint me chercher le lendemain. Haletant, la chemise défaite et le pantalon
de travers, les cheveux en bataille.

« Viens ! Viens vite ! »

J'étais occupé à creuser des sabots à Poupchette
dans des cubes de sapin noir. Il était onze heures
du matin.

« Viens donc, je te dis, viens voir ce qu'ils ont
fait ! »

Il avait un tel air de panique qu'il n'y avait pas à
discuter. Je posai ma gouge, enlevai d'un coup de
main les copeaux de bois frais qui étaient tombés
sur moi, comme les duvets d'une oie quand on la
plume, puis je le suivis.

Sur tout le trajet, Diodème ne me dit rien. Il
courait comme si le sort du monde en dépendait,
et moi j'avais du mal à m'accrocher à ses grandes
jambes. Je voyais bien qu'on se dirigeait vers le
coude de la Staubi, celui qui boucle les cultures
maraîchères de Sebastian Uränheim, le plus gros

producteur de choux, de navets et de poireaux de toute notre combe, mais je ne comprenais pas pourquoi. Dès que nous avons passé l'angle de la dernière maison, j'ai vu. J'ai vu le grand attroupement sur la berge de la rivière. C'est qu'il y en avait du monde, des enfants, des femmes, des hommes, pas loin d'une centaine je pense, qui tous nous tournaient le dos et regardaient en direction de l'eau. Alors mon cœur s'est affolé, et un peu stupidement j'ai pensé à Poupchette et à Emélia. Je dis un peu stupidement car je les savais à la maison. Elles y étaient lorsque Diodème était venu me chercher quelques instants plus tôt. Elles ne pouvaient donc pas être concernées par le malheur qui venait de se produire. Je me suis raisonné et j'ai avancé.

Toute cette foule ne disait rien, elle se tenait silencieuse, et sur les visages parmi lesquels je m'enfonçais peu à peu pour approcher de la berge, il n'y avait aucune expression. C'était tout à fait bizarre d'ailleurs, ces traits qui n'exprimaient rien, ces yeux qui ne faisaient que regarder, qui ne clignaient pas, et ces bouches qui restaient closes, ces corps que je bousculais, qui me laissaient passer, que je traversais même, comme s'ils n'avaient eu aucune consistance, et qui ensuite reprenaient leur forme et leur position premières, comme des figurines à bascule.

Je n'étais plus qu'à trois ou quatre mètres de la berge peut-être lorsque j'entendis la plainte. Cela faisait comme un chant triste et monocorde, sans paroles, qui vous venait dans les oreilles et vous glaçait les sangs, pourtant Dieu sait qu'il faisait chaud ce matin-là, car après la grande lessive et le carnaval de trombes et d'éclairs, le soleil avait repris ses droits. J'avais traversé presque complètement l'attroupement. Devant moi, il ne restait plus que le gamin Dörfer, l'aîné, et à côté de lui son plus jeune frère, Schmutti, qui est simple d'esprit et qui sur deux épaules un peu bancales a une tête démesurée, grosse comme une citrouille, et creuse comme un tronc d'arbre mort. Je les écartai doucement et je vis.

Là où cette foule était rassemblée, c'est l'endroit où la Staubi est la plus profonde. Pas loin de trois mètres, mais c'est un peu difficile à juger car son eau est tellement claire et pure qu'on voit le fond comme si on pouvait le toucher du doigt.

J'ai vu beaucoup d'hommes pleurer dans ma vie. J'ai vu beaucoup de larmes couler. J'ai vu tant d'êtres broyés comme de simples noix que l'on fait éclater à l'aide d'un gros caillou, et qui ensuite ne sont plus que débris. Au camp, c'était notre quotidien. Mais malgré tout ce que j'ai pu voir de tristesse et de malheur, si jamais j'avais à choisir dans l'infinie galerie des visages exprimant la souffrance, des êtres qui soudain se rendent compte qu'ils ont tout perdu, qu'on leur a tout pris, qu'ils n'ont plus rien, qu'ils ne sont plus rien, c'est le visage de l'*Anderer*, ce matin-là, ce matin de septembre, sur la berge de la Staubi, qui s'imposerait à moi.

Il ne pleurait pas. Il ne faisait pas de grands gestes. Il semblait comme coupé en deux. D'une part il y avait sa voix, sa lamentation qui ne s'arrêtait pas, qui ressemblait à une sorte de chant de deuil, quelque chose qui est au-delà des mots, au-delà de tout langage, qui vient du tréfonds du corps et de l'âme, qui est la voix de la douleur. Et puis, d'autre part, il y avait ses tremblements, ses frissons, sa tête ronde qui allait de la foule à la rivière et de la rivière à la foule, son corps sanglé dans une robe de chambre tout en brocart, luxueuse, à mille lieues du paysage, et dont les pans, qui avaient trempé dans la boue et dans l'eau, battaient en suintant contre ses jambes courtes.

Je n'ai pas compris immédiatement pourquoi l'*Anderer* était dans cet état, pourquoi il semblait comme un automate enfermé dans un mouvement perpétuel de grande folie. Je le fixais tellement, espérant comprendre quelque chose en regardant son visage, sa bouche un peu ouverte, son peignoir de ministre plénipotentiaire, que je ne remarquai pas tout de suite ce qu'il tenait dans sa main droite, et qui ressemblait à une longue chevelure épaisse et d'un blond un peu fade.

C'étaient les crins de la queue de son cheval, et ces longs crins plongeaient dans l'eau, à la façon des amarres, encore attachées au quai, d'un vaisseau qui aurait sombré corps et biens. Au travers de la surface de l'eau, on apercevait deux grandes masses calmes, énormes, et que les courants faisaient bouger très doucement. L'image était irréelle, presque paisible, du grand cheval et de l'âne noyés, yeux ouverts, qui flottaient légers entre deux eaux. Le pelage de l'âne s'ornait, je ne sais pas en raison de quel phénomène, de milliers de minuscules bulles d'air, polies et luisantes comme des perles, et la crinière du cheval, ample et souple, se mêlait aux algues qui à cet endroit poussaient en écharpes épaisses, si bien qu'on aurait juré contempler là deux créatures mythologiques menant un ballet irréel. Un tourbillon leur faisait exécuter un mouvement circulaire, de valse lente, sans musique autre que celle, décalée et subitement obscène, du chant d'une merlette qui fouillait de son bec brun la terre molle du talus pour y tirer de grands vers rouges. Dans un premier temps, j'avais cru qu'un réflexe ultime avait fait que l'âne et le cheval s'étaient un peu courbés sur eux-mêmes en regroupant leurs quatre pattes les unes contre les autres, comme on se blottit, on se roule en boule, pour ne présenter qu'un dos rond au danger ou au froid. Mais je m'aperçus en fait que leurs pattes avaient été entravées et liées entre elles, solidement, à l'aide de cordelettes.

Je ne savais pas quoi faire, ni quoi dire. Et même si j'avais parlé, je ne suis pas certain que l'*Anderer* m'aurait entendu, tellement il paraissait enfermé dans sa lamentation. Il essayait de tirer le cheval hors de l'eau, sans·succès bien entendu, tant le poids de la bête était démesuré par rapport à ses forces. Personne ne l'aida. Personne ne fit un geste pour lui. Le seul mouvement de la foule assemblée, ce fut un mouvement de reflux. Elle en avait assez vu. Les uns et les autres commencèrent à partir. Il n'y eut bientôt plus personne, sauf le Maire, qui arriva après tout le monde, accompagné du *Zungfrost* qui tirait un attelage de bœufs, et qui considéra le spectacle sans en paraître surpris, soit qu'il l'avait déjà vu plus tôt, soit qu'on l'avait mis au courant, soit qu'il avait été de mèche. Moi je n'avais pas bougé. Orschwir me regarda d'un air soupçonneux.

« Qu'est-ce que tu comptes faire, Brodeck ? »

Je ne voyais pas pourquoi il me posait cette question et ce que je pouvais y répondre. Le Maire s'adressait à moi sans même tenir compte de la présence de l'*Anderer*.

« Un cheval et un âne, ça ne se ligote pas les pattes tout seuls, ai-je failli lui dire, mais je préférai garder le silence.

– Tu ferais mieux de faire comme les autres, de rentrer chez toi », reprit Orschwir.

Au fond il avait raison. Je fis ce qu'il me dit mais j'étais à quelques mètres déjà quand il me rappela.

« Brodeck ! Ramène-le à l'auberge s'il te plaît. »

Le *Zungfrost* avait réussi, je ne sais pas comment, à faire lâcher prise à l'*Anderer*. Il était immobile sur la berge, les mains pendantes, et regardait le bègue attacher la queue de son cheval à une grande courroie de cuir reliée au joug des bœufs. Je lui mis la main sur l'épaule mais il ne réagit pas. Alors je passai mon bras sous le sien et me mis à marcher. Il se laissa faire comme un enfant. Il s'était tu désormais.

Un homme seul ne peut pas régler ainsi leur compte à deux bêtes. Même deux hommes n'y parviendraient pas. C'était une affaire de plusieurs ce coup-là. Et une sacrée expédition en plus ! Entrer dans l'écurie, de nuit sans doute, ce n'est pas grand-chose. En faire sortir les bêtes non plus, elles étaient tout sauf farouches, plutôt du genre aimable et docile d'ailleurs. Mais ensuite, près de la rivière, parce que ça avait dû se passer là, les faire se coucher sur le flanc, ou les basculer, leur prendre les pattes, les assembler, les lier solidement, et puis porter les bêtes, ou les tirer, et les précipiter à l'eau, ce n'était pas rien. En y réfléchissant bien, je crois qu'ils ne pouvaient pas être moins de cinq ou six, et des costauds, des gars qui n'avaient pas peur non plus de se prendre un coup de sabot ou de se faire mordre.

La cruauté de cette mort ne frappa personne. Certains se dirent que de semblables bestiaux ne pouvaient être que des créatures démoniaques. Quelques-uns murmurèrent même qu'ils les avaient entendus parler. Mais beaucoup se dirent surtout que c'était là peut-être la seule façon de se débarrasser de l'*Anderer*, de le voir foutre le camp loin de chez nous, et qu'il s'en retourne là d'où il était venu, c'est-à-dire d'un endroit que personne ne voulait même connaître. Cette sauvagerie imbécile était d'ailleurs assez paradoxale, puisque, en lui tuant ses montures afin de lui faire comprendre qu'il fallait qu'il s'en aille, c'était le priver du seul moyen rapide de quitter le village. Mais les meurtriers, de bêtes ou d'hommes, réfléchissent rarement à leur geste.

XXXVII

Moi je n'ai jamais tué d'ânes ni de chevaux.
J'ai fait bien pire.
Oui, bien pire.
Les nuits, je ne fais pas que me promener au
bord du *Kazerskwir*.
Je revois le wagon aussi.
Je revis les six jours dans le wagon.
Et je revis les six nuits, et parmi elles, comme
un cauchemar, jamais affaibli, la cinquième de ces
nuits.
On nous y avait fait monter à la gare de S.,
après nous avoir séparés en deux colonnes,
comme je l'ai déjà dit. Nous étions tous des
Fremdër. Certains riches, certains pauvres. Certains venant de la ville, d'autres des campagnes.
Les différences vite s'estompèrent. On nous
poussa à l'intérieur de grands wagons sans
fenêtres. Sur le sol en bois, il y avait un peu de
paille, mais cette litière était déjà souillée. En
temps normal, une trentaine d'hommes auraient

pu s'y tenir assis, en étant serrés tout de même. Les gardes en firent entrer plus du double. Il y avait des cris, des plaintes, des protestations, des pleurs. Un vieillard tomba. Certains qui étaient près de lui essayèrent de le relever, mais les gardes faisaient entrer encore d'autres prisonniers, ce qui créait des mouvements saccadés, imprévisibles, d'une grande violence, et le vieil homme fut piétiné par ceux-là mêmes qui avaient tenté de le sauver.

Ce fut le premier mort du wagon.

Quelques minutes plus tard, la cargaison chargée, les gardes firent coulisser la grande porte de fer et rabattirent le verrou. L'obscurité s'abattit sur nous. La lumière du jour ne s'infiltrait plus que par quelques fissures minces. Puis le train se mit en marche. Il y eut une grande secousse qui acheva de nous serrer encore plus les uns contre les autres. Le voyage commença.

C'est dans ces circonstances que je fis la connaissance de l'étudiant Kelmar. Le hasard nous plaça côte à côte. Kelmar était sur ma droite, tandis que sur ma gauche, il y avait une jeune femme, une très jeune femme et son enfant de quelques mois, qu'elle tenait serré contre elle, toujours. Nous sentions tout de l'autre, sa chaleur, ses odeurs, celle de sa peau, de ses cheveux, de sa sueur, de ses vêtements. On ne pouvait pas bouger sans faire bouger l'autre. On ne pouvait ni se lever, ni se déplacer. Les cahots du wagon nous jetaient un peu plus les uns sur les autres.

Les gens parlèrent à voix basse, au début, puis ne parlèrent plus du tout. Il y eut des pleurs, mais très peu. On entendait parfois une voix d'enfant qui fredonnait une chanson, mais la plupart du temps c'était le silence, rien que le silence, et le bruit des essieux et le frottement des roues de fer sur les rails. Parfois le wagon roulait durant des heures. Parfois, il était immobilisé, on ne savait où ni pourquoi. En six jours, la grande porte ne fut entrouverte qu'une seule fois, le matin du cinquième jour, non pour nous faire sortir, mais pour que des mains sans visage jettent sur nous plusieurs seaux d'eau tiède.

Contrairement à d'autres qui avaient été davantage prévoyants, Kelmar et moi, nous n'avions rien à manger ni à boire. Mais curieusement, les premiers jours en tout cas, nous n'en souffrîmes pas trop. Nous nous parlions à voix basse. Nous évoquions des souvenirs liés à la Capitale. Nous discutions des livres que nous avions lus, des camarades que nous avions eus à l'université, des cafés devant lesquels je passais avec Ulli Rätte et dans lesquels Kelmar, qui venait d'une famille fortunée, se retrouvait avec ses amis pour y boire des eaux-de-vie flambées, des bières, et de grands chocolats crémeux. Kelmar me parlait des siens, de son père qui était négociant en fourrures, de sa mère qui passait ses journées à jouer du piano dans leur grande maison en bordure du fleuve, de ses sœurs qui étaient au nombre de six et dont les âges allaient de dix à dix-huit ans. Il m'en dit les prénoms que je n'ai pas retenus. Moi je lui parlais d'Emélia et de Fédorine, de notre village, de ses paysages, de ses sources, des forêts, des fleurs et des bêtes.

Nous nous sommes ainsi nourris et abreuvés de mots dans le noir et dans la chaleur puante du wagon, pendant trois jours. La nuit, parfois nous parvenions à dormir un peu mais quand nous ne le pouvions pas, nous reprenions nos conversations. L'enfant que la jeune femme tenait serré contre elle ne faisait aucun bruit. Il prenait le sein lorsqu'elle le lui donnait, mais il ne le réclamait jamais. Lorsqu'il avait le téton dans sa petite bouche, je le voyais creuser ses joues maigres et tenter d'aspirer un peu de lait, mais le sein paraissait flasque et vide, et le nourrisson se lassait vite d'aspirer ce qui ne venait pas. Alors sa mère lui versait un peu d'eau dans la bouche, de l'eau qu'elle tirait d'une bonbonne de verre protégée par de la paille. D'autres dans le wagon avaient aussi de semblables trésors, un peu de pain, un peu de fromage, des gâteaux secs, de la saucisse, et de l'eau, qu'ils gardaient jalousement entre leurs vêtements et leur peau.

Au début, j'eus très soif. Ma bouche me brûlait. J'avais l'impression que ma langue devenait énorme et sèche comme une vieille souche et qu'elle emplissait ma bouche au point de la faire exploser. Je n'avais plus de salive. Mes dents me semblaient être des braises qui enfonçaient leurs petits poignards rouges dans mes gencives. Je croyais que du sang s'en écoulait. Je passais mes doigts dessus, mais ce n'était qu'une illusion. Peu à peu, bizarrement, la soif disparut. Je me sentais de plus en plus faible, mais je n'avais plus soif. À peine faim. Nous continuions à parler tous les deux avec Kelmar.

La jeune femme ne prêtait pas attention à nous. Elle devait pourtant bien nous entendre, nous sentir, comme moi-même je sentais sa hanche, son épaule, parfois sa tête qui se cognait contre la mienne, ou qui s'affaissait dans le sommeil. Elle ne nous adressa jamais la parole. Elle tenait contre elle son enfant. Et aussi précieusement que l'enfant, elle serrait la bonbonne qui contenait l'eau qu'elle rationnait avec méthode, pour elle et pour l'enfant.

Tous autant que nous étions, nous perdions la notion du temps et du lieu. Je ne parle pas du lieu immédiat qu'était le wagon, mais de l'espace dans lequel le wagon s'enfonçait. Vers où roulait-il avec sa pesante lenteur ? Quelle était sa destination ? Quelles contrées traversions-nous ? Existaient-elles sur les cartes ?

Aujourd'hui, je sais qu'elles n'existaient sur aucune carte, mais qu'elles naissaient au fur et à mesure que le wagon roulait sur elles. Le wagon, et tous les autres wagons semblables au nôtre, dans lesquels, comme dans le nôtre, des dizaines de femmes, d'enfants et d'hommes étaient dévorés par la soif, la fièvre, la faim, dans lesquels ils suffoquaient, dans lesquels ils étaient serrés les uns contre les autres, parfois morts contre vivants, le wagon et tous les autres wagons inventaient, de minute en minute, un pays, celui de l'inhumanité, de la négation de toute humanité, dont le camp allait être le cœur. C'est bien ce voyage que nous faisions, un voyage qu'aucun homme n'avait fait avant nous, je veux dire avec autant de méthode, de sérieux, d'efficacité, et qui ne laissait aucune marge à l'imprévu.

Nous avions cessé de compter les heures, les nuits, l'apparition du soleil entre les planches. Au début, le décompte nous avait aidés, de même que nous avait aidés le fait de tenter de nous orienter, de nous dire que nous allions vers l'est, ou plutôt vers le sud, ou encore vers le nord. Et puis, nous avions délaissé ce qui n'était que source de douleur. Nous ne savions plus rien. Je ne crois même pas que nous espérions parvenir quelque part. Ce désir nous avait abandonnés.

Ce n'est que bien plus tard, en y repensant, en essayant de me ressouvenir, en essayant de revivre le terrible voyage, que je suis arrivé à six jours et à six nuits. Et souvent, depuis, je me suis dit que ce temps écoulé n'était pas innocent. Nos bourreaux croyaient en Dieu. Ils savaient bien que selon les Écritures, Il avait mis six jours pour créer le monde. Sans doute se sont-ils dit qu'il leur fallait six jours pour commencer à le détruire. À le détruire en nous. Et si le septième jour fut celui de Son repos, ce fut pour nous, lorsque les bourreaux ouvrirent les portes des wagons et nous en chassèrent à coups de bâton, celui de notre fin.

Mais pour moi et pour Kelmar, il y avait eu le cinquième jour. Au matin, les portes s'ouvrirent un peu et des seaux d'eau furent lancés sur nous, de l'eau tiède, boueuse, qui s'abattit sur nos corps sales, mêlés, parfois morts, et qui, au contraire de les rafraîchir, de les apaiser, les marqua d'une grande brûlure. C'est comme si cette eau flétrie, à l'inverse de nous apaiser, nous avait rappelé le souvenir de toutes les eaux pures, claires, limpides, bues avec avidité jadis.

La soif revint. Mais cette fois, sans doute parce que nos corps étaient proches de l'extinction, et que nos esprits devenus trop faibles s'abandonnaient au délire, cette soif devint comme une démente et fit de nous des déments. Qu'on ne se méprenne pas : je ne cherche pas d'excuse à ce que nous avons fait.

La jeune femme tout à côté de moi vivait encore, et son enfant aussi. En tout cas ils respiraient, faiblement, mais ils respiraient. C'était la bonbonne d'eau qui les avait maintenus en vie, et dans cette bonbonne qui nous semblait à Kelmar et à moi, inépuisable, il restait encore de l'eau. Nous l'entendions taper les flancs de verre à chaque mouvement du wagon. C'était une belle et insupportable musique, qui rappelait les petits ruisseaux, l'écoulement des sources, la mélodie des fontaines. La jeune femme épuisée fermait de plus en plus ses yeux, se laissait aller dans une sorte de sommeil épais dont elle sortait brusquement, en un sursaut, quelques instants plus tard. En quelques jours, son visage avait vieilli de dix années, et le visage de son nourrisson aussi, qui prenait les traits curieux d'un petit vieillard réduit aux proportions d'un nouveau-né.

Kelmar et moi avions cessé de parler depuis longtemps. Chacun s'arrangeait avec les entrechocs de son cerveau et recousait comme il pouvait son histoire et son présent. Le wagon puait la chair défaite, les excréments, l'humeur aigre, et lorsqu'il ralentissait, des mouches innombrables le prenaient d'assaut, quittant la paisible campagne, l'herbe verte, la terre reposée, pour se précipiter entre les planches et venir jusqu'à nous commenter notre agonie avec leurs frottements d'ailes.

Ce que nous vîmes, je crois que nous le vîmes au même instant. Et nous tournâmes la tête l'un vers l'autre, d'un même mouvement. Et dans ce regard échangé, il y avait tout. La jeune femme, une fois de plus, était tombée dans le sommeil, mais contrairement aux fois précédentes, ses bras sans force avaient desserré leur étreinte autour de son enfant et de la bonbonne de verre. L'enfant, qui était si léger, était resté collé au corps de sa mère, mais pas la bonbonne que son poids avait fait rouler près de ma jambe gauche. Kelmar et moi, nous nous comprîmes sans un mot. Je ne sais pas si nous avons réfléchi. Je ne sais pas s'il y avait à réfléchir et surtout, si nous étions encore en mesure de le faire. Je ne sais pas ce qui en nous, au plus profond de nous, a pris la décision. Nos mains se posèrent en même temps sur la bonbonne. Il n'y eut pas d'hésitation. Juste un dernier regard échangé entre Kelmar et moi, et nous bûmes, à tour de rôle, nous bûmes cette eau chaude contenue dans les parois de verre, nous la bûmes jusqu'à la dernière goutte, en fermant nos yeux, avec avidité, comme jamais nous n'avions bu d'eau jusqu'alors, en ayant la certitude que ce qui coulait dans nos gorges, c'était de la vie, oui, de la vie, et cette vie avait un goût sublime et putride, brillant et fade, heureux et douloureux, un goût dont, avec horreur, je me souviendrai je crois jusqu'à mon dernier jour.

La jeune femme est morte vers le soir, après avoir hurlé longtemps. Son enfant, ce petit corps ridé et pâle, au front soucieux et aux paupières gonflées, lui a survécu de quelques heures. Elle est morte après avoir frappé de ses poings tous ceux qui se trouvaient près d'elle. Après les avoir traités de voleurs et d'assassins. Ses poings étaient si faibles et si maigres que lorsqu'ils m'atteignaient j'avais l'impression qu'ils me caressaient. Je faisais semblant de dormir. Kelmar aussi. Le peu d'eau que nous avions bue nous avait redonné tant de force, et tant de lucidité aussi. Suffisamment pour regretter notre geste, pour le trouver abominable, pour ne plus oser ouvrir les yeux, la regarder, nous regarder. Sans doute la jeune femme et son enfant seraient-ils

378

morts, de toute façon, mais cette pensée, aussi logique fût-elle, ne suffisait pas à effacer l'ignominie que nous avions commise. Notre geste, c'était le grand triomphe de nos bourreaux. Nous le savions. Kelmar peut-être en ces instants plus que moi encore puisqu'il a choisi un peu plus tard de ne plus avancer. Il a choisi de mourir vite. Il a choisi de se punir.

Moi, j'ai choisi de vivre, et ma punition, c'est ma vie. C'est comme cela que je vois les choses. Ma punition, ce sont toutes les souffrances que j'ai endurées ensuite. C'est *Chien Brodeck*. C'est le silence d'Emélia, que parfois j'interprète comme le plus grand des reproches. Ce sont les cauchemars toutes les nuits. Et c'est surtout cette sensation perpétuelle d'habiter un corps que j'ai volé jadis grâce à quelques gouttes d'eau.

XXXVIII

Hier soir, j'ai quitté la resserre en nage malgré le froid, la brume et le *Graufrozt* – ce petit givre non pas blanc mais gris, qu'on ne trouve que chez nous – avaient pris le toit de toutes les maisons. Je n'avais qu'une dizaine de mètres à faire pour retrouver Fédorine dans sa cuisine, Poupchette dans son petit lit, et Emélia dans le nôtre, mais ils me parurent interminables. Chez Göbbler, il y avait de la lumière. Peut-être me surveillait-il ? Peut-être était-il venu écouter près de la resserre le bruit irrégulier de la machine ? Je m'en moquais bien. J'étais allé sur mon chemin. J'étais revenu dans le wagon. J'avais dit tout cela.

Dans notre chambre, j'ai emballé les feuilles comme chaque soir dans le linge de lin, avant de me glisser dans le lit chaud, et ce matin, comme chaque matin, j'ai noué le linge contenant ma confession contre le ventre d'Emélia. Voilà des semaines et des semaines que je procède ainsi. Emélia se laisse faire, ne prête pas attention à mes gestes, mais ce matin, alors que j'allais enlever ma main de son ventre, j'ai senti la sienne venir sur la mienne, et la serrer un peu. Cela n'a pas duré très longtemps. Et je n'ai pas bien vu car il faisait encore nuit dans la chambre. Mais je n'ai pas rêvé. J'en suis certain. C'était peut-être un geste involontaire, mais peut-être était-ce comme une caresse, comme le début ou le renouveau d'une caresse ?

Il est un peu plus de midi et c'est un jour sans couleurs. La nuit ne s'est pas vraiment levée. Le jour paresseusement laisse fuir sa lumière et le givre couvre toujours les pignons des toits et les arbres. Poupchette tire en tous sens la peau du visage de Fédorine, qui se laisse faire en souriant. Emélia est à sa place, près de la fenêtre, les yeux tournés vers le dehors. Elle chantonne.

Je viens de terminer le *Rapport*. Dans quelques heures, j'irai le porter à Orschwir et tout sera fini, du moins je l'espère. J'ai fait simple. J'ai tenté de dire sans trahir. Mais je n'ai rien maquillé. Je n'ai rien arrangé. J'ai suivi au plus près la piste. Il n'y a que pour la dernière journée de l'*Anderer*, celle qui a précédé l'*Ereigniës*, qu'il a fallu que je comble les trous. Personne n'a voulu m'en parler. Personne n'a rien voulu me dire.

Le fameux matin de la découverte des cadavres noyés de l'âne et du cheval, j'ai donc raccompagné l'*Anderer* à l'auberge. Schloss nous a ouvert la porte. Nous nous sommes regardés sans échanger de mots. L'*Anderer* est monté dans sa chambre. Il n'en est plus sorti de la journée. Il n'a pas touché au plateau que Schloss lui a monté.

Les uns et les autres reprirent leurs activités habituelles. La chaleur moins forte fit revenir les hommes aux champs et dans les forêts. Les bêtes elles aussi relevaient un peu la tête. Un bûcher fut dressé près de la rivière. On y brûla Monsieur Socrate et Mademoiselle Julie. Des gamins regardèrent le spectacle toute la journée, en jetant de temps à autre des branches dans le brasier, et revinrent chez eux le soir avec des odeurs de chairs cuites et de bois consumé dans les cheveux et sur leurs vêtements. Puis ce fut la nuit.

Une heure après le coucher du soleil, on entendit les premiers cris. Une voix un peu aiguë, claire et pleine de chagrin qui lançait devant toutes les portes, « Assassins ! Assassins ! » C'était la voix de l'*Anderer*, qui à la façon d'un drôle de veilleur de nuit venait rappeler à tous ce qu'ils avaient fait, ou ce qu'ils n'avaient pas empêché. Personne ne le vit, mais chacun l'entendit. On n'ouvrit pas les portes. On n'ouvrit pas les volets. On se boucha les oreilles. On s'enfonça dans les lits.

Le lendemain, dans les commerces, dans les cafés, à l'auberge, au coin des rues et dans les champs, on en parla un peu. J'ai dit un peu. On passa vite à autre chose. L'*Anderer* était toujours invisible. Cloîtré dans sa chambre. C'est comme s'il avait disparu, ou s'était envolé. Mais le deuxième soir, de nouveau, deux heures après le coucher du soleil, on entendit le même refrain lugubre, dans toutes les rues, devant toutes les portes, « Assassins ! Assassins ! »

Moi je priais pour qu'il arrête. Je savais comment tout cela allait se terminer. Le cheval et l'âne ne seraient que des préambules. Cela aurait suffi à calmer les sangs des échauffés durant quelque temps, mais si de nouveau on leur agaçait les nerfs, ils allaient se mettre d'autres idées en tête, des idées définitives. J'ai essayé de lui dire. Je suis allé à l'auberge. J'ai frappé à la porte de sa chambre. Il n'y a pas eu de réponse. J'ai collé mon oreille contre le bois. Je n'ai rien entendu. J'ai essayé de clencher la porte. Elle était fermée à clé. C'est là que Schloss m'a vu.

« Qu'est-ce que tu fabriques, Brodeck ? Je ne t'ai pas vu entrer !

– Où est-il ?

– Mais qui donc ?

– L'*Anderer* !

– Arrête, je t'en prie Brodeck, arrête... »

Ce jour-là, ce furent les seuls mots de Schloss. Il me tourna le dos et s'en alla.

Le soir, à la même heure que les autres jours, la ronde reprit, et avec elle les cris. Et cette fois des volets claquèrent, des cailloux volèrent, des injures. Ce qui n'empêcha pas l'*Anderer* de poursuivre son chemin, et de continuer à lancer dans les ténèbres « Assassins ! Assassins ! » J'eus du mal à trouver le sommeil. C'est durant de

383

semblables nuits que j'ai appris que les morts ne quittaient jamais les vivants. Ils se retrouvent sans s'être connus. Ils s'assemblent. Ils viennent s'asseoir au bord de notre lit, au bord de notre nuit. Ils nous regardent et nous hantent. Parfois ils nous caressent le front, parfois ils passent leurs mains décharnées sur nos joues. Ils tentent d'ouvrir nos paupières mais, lorsqu'ils y parviennent, nous ne les voyons pas toujours.

Le lendemain, j'ai ruminé tout le jour, sans bouger. Je songeais à l'Histoire, la grande, et à la mienne d'histoire, à la nôtre. Ceux qui écrivent la première connaissent-ils la seconde ? Comment la mémoire de certains retient-elle ce que d'autres ont oublié ou n'ont jamais vu ? Qui a raison, de celui qui ne se résout pas à abandonner dans le noir les moments passés et de celui qui précipite dans l'obscurité tout ce qui ne l'arrange pas ? Vivre, continuer à vivre, c'est peut-être décider que le réel ne l'est pas tout à fait, c'est peut-être choisir une autre réalité lorsque celle que nous avons connue devient d'un poids insupportable ? N'ai-je pas fait cela d'ailleurs au camp ? N'ai-je pas choisi de vivre dans le souvenir et le présent d'Emélia, en rejetant mon quotidien dans l'irréalité du cauchemar ? L'Histoire serait-elle une vérité majeure faite de millions de mensonges individuels cousus les uns aux autres, comme ces vieilles couvertures que fabriquait Fédorine, pour nous nourrir lorsque j'étais enfant, et qui paraissaient neuves et splendides, dans leur arc-en-ciel

384

de couleurs, alors qu'elles étaient constituées de rebuts de tissu, de formes disparates, de laines de qualités incertaines, de provenances inconnues ?

Lorsque le soleil s'est couché, j'étais toujours assis sur la chaise. Dans le noir. Fédorine n'avait pas allumé de bougie. Nous étions tous les quatre dans la pénombre et dans le silence. J'attendais. J'attendais que de nouveau retentissent dans la nuit les cris de l'*Anderer*, sa lugubre récrimination, mais rien ne venait. Au-dehors, c'était la nuit. C'était le silence. Alors, j'ai eu peur. J'ai senti la peur venir en moi, dans mon ventre, sous ma peau, dans tout mon être, comme cela ne s'était pas produit depuis si longtemps. Poupchette chantonnait. Elle avait un peu de fièvre. Les sirops et les tisanes de Fédorine ne parvenaient pas à la faire baisser. La vieille pour l'apaiser lui racontait des histoires. Elle venait de commencer celle de *Bilissi le pauvre tailleur*, lorsqu'elle me demanda d'aller chercher un peu de beurre à l'auberge de Schloss, afin de faire des petits sablés pour Poupchette, qu'elle trouverait au matin et tremperait dans son lait. Je suis resté quelques secondes sans réagir. Je ne voulais pas sortir de la maison, mais Fédorine a insisté. J'ai fini par me lever de ma chaise. J'ai pris ma veste, et je suis parti en entendant la voix de la vieille commencer les premiers mots de l'histoire, tandis que ma Poupchette, toute rose et brillante de fièvre a tendu ses petites mains vers moi en disant « Papa, reviens mon papa, reviens ! »

C'est une drôle d'histoire que l'histoire de Bilissi. Et c'est sans doute celle qui m'intriguait le plus lorsque j'étais petit et que Fédorine me la racontait, car j'avais le sentiment en l'entendant que le sol se dérobait sous mes pieds, que je ne pouvais plus m'accrocher à rien, et que ce que je voyais devant mes yeux n'existait peut-être pas tout à fait.

« *Bilissi est un tailleur petit et très pauvre, qui vit avec sa mère, sa femme et sa petite fille dans une masure délabrée située dans la ville imaginaire de Pitopoï. Un jour, trois chevaliers viennent le visiter. Le premier chevalier s'avance vers lui et lui commande un habit de velours rouge pour son maître le Roi. Bilissi l'exécute et livre le plus bel habit qu'il ait jamais cousu. Le chevalier prend l'habit et dit à Bilissi : "Le Roi sera heureux. Dans deux jours tu recevras ta récompense". Deux jours plus tard, Bilissi voit sa mère mourir sous ses yeux. "Est-ce là ma récompense ?" songe Bilissi plein de tristesse.*

La semaine suivante, le deuxième chevalier s'avance et frappe à la porte de Bilissi. Il lui commande pour son maître le Roi un habit de soie bleu. Bilissi l'exécute et livre le plus bel habit qu'il ait jamais cousu, bien plus beau encore que l'habit de velours rouge. Le chevalier revient prendre l'habit et dit à Bilissi : "Le Roi sera heureux. Dans deux jours tu recevras ta récompense". Deux jours plus tard, Bilissi voit sa femme mourir

386

sous ses yeux. "Est-ce là ma récompense ?" songe Bilissi plein de tristesse.

La semaine suivante, le troisième chevalier s'avance et frappe à la porte de Bilissi. Il lui commande pour son maître le Roi un habit de brocart vert. Bilissi hésite, tente de refuser, dit qu'il a trop de travail, mais déjà le chevalier sort son épée de son fourreau. Bilissi finit par accepter la commande. Il l'exécute et livre le plus bel habit qu'il ait jamais cousu, bien plus beau que l'habit de velours rouge, et bien plus beau encore que l'habit de soie bleue. Le chevalier revient prendre l'habit et dit à Bilissi: "Le Roi sera heureux. Dans deux jours tu recevras ta récompense". Mais Bilissi répond: "Que le Roi garde l'habit et sa récompense, je ne veux rien. Je suis bien heureux tel que je suis." Le chevalier étonné regarde Bilissi. "Tu as tort Bilissi, le Roi a les pouvoirs de vie et de mort, il voulait faire de toi un père en te donnant la petite fille que tu as toujours désirée.

– Mais j'ai déjà une petite fille, répond Bilissi, et elle fait toute ma joie."

Le chevalier regarde le tailleur et lui dit:

"Mon pauvre Bilissi, le Roi t'a privé de ce que tu avais, mère, femme, et tu n'en as pas été très chagrin, mais il voulait te donner ce que tu n'as pas: une fille, car la fille dont tu crois être le père n'est qu'une chimère, et tu es tout désemparé. Crois-tu vraiment que les songes sont plus précieux que la vie ?"

Le chevalier n'attendit pas la réponse de Bilissi,

et celui-ci d'ailleurs n'en fit aucune. Il se dit que le chevalier se moquait de lui. Il rentra dans sa maison, prit son enfant dans ses bras, lui chanta une chanson, lui donna à manger et pour finir l'embrassa, sans se rendre compte que ses lèvres ne touchaient que du vent, et que jamais, jamais, il n'avait eu d'enfant. »

Je ne vais pas revenir sur ce que j'ai déjà raconté au début de ce long récit, mon arrivée dans l'auberge de Schloss, l'assemblée muette de tous les hommes du village, leurs visages, mon effroi, ma terreur lorsque j'ai compris ce qu'ils avaient fait, et ensuite, le cercle de leurs corps se resserrant autour de moi, leur requête, et ma promesse d'écrire le *Rapport* sur ma vieille machine.

Le *Rapport* est terminé, je l'ai dit. J'ai donc fait ce qu'ils me demandaient. Il ne me reste plus qu'à le porter au Maire. Qu'il en fasse ce qu'il voudra, ce n'est plus mon problème.

XXXIX

Hier, mais était-ce vraiment hier, j'ai remis le *Rapport* à Orschwir. J'ai pris les feuilles sous mon bras, et je me suis rendu chez lui, sans le prévenir. J'ai traversé le village. Il était très tôt. Je n'ai croisé personne, sauf le *Zungfrost*.

« Pas... pas... pas chaud Brodeck ! »

Je lui ai fait un petit bonjour et j'ai continué mon chemin.

Je suis entré dans la ferme d'Orschwir. J'ai croisé les valets et j'ai croisé les porcs. Personne n'a fait attention à moi. Ni les hommes, ni les bêtes ne m'ont regardé.

J'ai trouvé Orschwir assis à sa grande table, comme le lendemain de l'*Ereigniës*, lorsque j'étais allé le voir. Mais hier, il n'était pas occupé à manger. Il était simplement assis, les mains jointes sur la table et il semblait réfléchir. Quand il m'a entendu, il a levé la tête vers moi, et il a eu un petit sourire.

« Te voilà, Brodeck, comment vas-tu ? Figure-toi que j'attendais... Je savais que tu allais venir ce matin. »

Une autre fois peut-être, je lui aurais demandé comment il avait pu savoir cela, mais curieusement, en ce matin-là, je me découvrais indifférent, ou plutôt détaché, détaché de bien des questions et de leurs réponses. Orschwir et les autres avaient suffisamment joué avec moi. La souris avait appris à ne plus faire attention aux chats, en quelque sorte, et si ceux-ci manquaient d'amusement, ils n'avaient qu'à se griffer entre eux. Qu'ils ne comptent plus sur moi. Ils m'avaient donné une mission. J'étais quitte. J'avais dit les choses.

J'ai posé devant le Maire toutes les feuilles sur lesquelles j'avais transcrit les faits.

« Voici le *Rapport*, comme vous me l'aviez tous demandé. »

Orschwir a saisi les feuilles d'une main distraite. Jamais je ne l'avais vu aussi lointain, aussi pensif. Même son visage n'avait pas les traits brutaux qu'il présente d'ordinaire. Une sorte de tristesse avait un peu gommé sa laideur.

« Le *Rapport*..., a-t-il dit en éparpillant les feuilles.

– Je veux que tu le lises tout de suite, devant moi, et que tu me dises. J'ai le temps. J'attendrai. »

Orschwir m'a souri et m'a simplement dit :

« Si tu veux, Brodeck, si tu veux... Moi aussi, j'ai le temps... »

Alors le Maire a commencé à lire, depuis le

début, depuis le premier mot. La chaise était confortable. Je me suis bien calé dedans. J'essayai de voir dans les expressions d'Orschwir ce qu'il pouvait ressentir, mais il lisait sans la moindre réaction. Parfois seulement il passait sa grosse main sur son front, se frottait les yeux comme s'il n'avait pas dormi, ou se pinçait les lèvres, sans même se rendre compte combien et avec quelle force il les mordait.

On entendait au-dehors la grande ferme s'éveiller. Des bruits de pas, des cris, des couinements, des seaux d'eau qu'on lançait sur le sol, des voix, des grincements d'essieux, toute une vie qui reprenait son cours au sein d'un jour comme les autres en somme, durant lequel, partout dans le monde, des hommes naîtraient et d'autres mourraient, dans un mouvement perpétuel.

La lecture a duré quelques heures. Je ne saurais dire au juste combien. Mon esprit paraissait se reposer. Je le laissais libre, comme après un grand effort, de prendre un peu de bande et de tourner à vide, d'aller où bon lui semblait.

L'horloge a sonné. Orschwir avait fini sa lecture. Il s'est raclé la gorge, à trois reprises, puis il a rassemblé les feuilles, en a fait un paquet bien ordonné afin qu'aucune d'elles ne dépasse et il a posé ses gros yeux lourds sur moi.

« Alors ? » lui ai-je demandé.

Il a attendu un peu avant de me répondre. Il s'est levé sans rien dire, et il a commencé à marcher lentement autour de la grande table, roulant les feuilles sur elles-mêmes comme pour s'en faire une sorte de petit sceptre.

« Je suis le Maire, Brodeck, ça tu le sais. Par contre, je ne crois pas que tu saches ce que pour moi cela signifie. Tu écris bien Brodeck, nous ne nous sommes pas trompés en te choisissant, et tu aimes les images, un peu trop peut-être, mais enfin... Je vais te parler en images. Tu as souvent observé nos bergers sur les chaumes, tu les connais. Est-ce qu'ils aiment ou non les bêtes qu'on leur confie, je ne sais pas. D'ailleurs qu'ils les aiment ou non, ce n'est pas mon affaire, ni la leur, je crois. On confie des bêtes au berger. Il doit leur trouver de l'herbe en abondance, de l'eau pure, des enclos abrités du vent. Il doit les préserver de tout danger, les éloigner des pentes trop abruptes, des rochers sur lesquels elles pourraient glisser et se briser les reins, de certaines plantes qui les feraient gonfler et mourir, de certains nuisibles ou rapaces qui pourraient s'attaquer au plus faible, et des loups bien sûr, lorsque ceux-ci parfois viennent rôder près des troupeaux. Un bon berger sait et fait tout cela, qu'il aime ou non ses bêtes. Et les bêtes, me diras-tu, aiment-elles leur berger ? Je te pose la question. »

Orschwir ne me posait aucune question en vérité. Il ne me regardait même pas. Il continuait à marcher autour de la grande table, tout en parlant, la tête baissée, en tapotant sa main gauche avec le *Rapport* qu'il tenait dans sa main droite.

« Les bêtes savent-elles d'ailleurs qu'elles ont

un berger qui fait tout cela pour elles ? Le savent-elles ? Je ne crois pas. Je crois qu'elles ne s'intéressent qu'à ce qu'elles voient sous leurs pattes et juste devant leurs têtes, l'herbe, l'eau, la paille pour dormir. C'est tout. C'est petit un village, et c'est fragile aussi. Tu le sais. Tu le sais bien. Le nôtre a bien failli ne pas survivre. La guerre lui est passée dessus comme une énorme pierre de meunier, non pas pour en tirer du grain, mais pour l'aplatir et l'étouffer. Nous avons tout de même réussi à détourner un peu la pierre. Elle n'a pas tout écrasé. Pas tout. Avec ce qu'il est resté, il a fallu que le village se redresse. »

Orschwir s'était arrêté près du grand poêle en faïence bleu et vert qui occupe tout un angle de la pièce. Il se pencha et saisit une bûche dans le petit tas soigneusement aligné contre le mur. Il ouvrit la trappe du poêle et y enfonça la bûche. De belles flammes, courtes et mobiles, dansèrent autour d'elle. Le Maire ne referma pas la trappe. Il regarda les flammes longuement. Elles faisaient une musique gaie, pareille à celle que le vent chaud tire parfois des ramures de certains chênes, tout en feuilles sèches au milieu de l'automne.

« Le berger doit toujours songer au lendemain. Tout ce qui appartient à hier appartient à la mort, et ce qui importe c'est de vivre, tu le sais bien Brodeck, toi qui es revenu d'où on ne revient pas. Et moi, je dois faire en sorte que les autres aussi puissent vivre, et regardent le jour d'après… »

C'est à ce moment que j'ai compris.

« Tu ne peux pas faire ça..., lui dis-je.

– Et pourquoi donc Brodeck ? Je suis le berger. Le troupeau compte sur moi pour éloigner tous les dangers, et de tous les dangers, celui de la mémoire est un des plus terribles, ce n'est pas à toi que je vais l'apprendre, toi qui te souviens de tout, toi qui te souviens trop ? »

Orschwir tapa deux petits coups contre ma poitrine, avec le *Rapport*, pour me tenir à distance ou enfoncer en moi une idée, comme un clou dans une planche :

« Il est temps d'oublier, Brodeck. Les hommes ont besoin d'oublier. »

Très doucement, après ces derniers mots, Orschwir glissa le *Rapport* dans le poêle. En une seconde, les feuilles qui avaient été serrées les unes contre les autres s'ouvrirent comme les pétales d'une étrange fleur, énorme et tourmentée, puis se tordirent, devinrent incandescentes, puis noires, puis grises, et s'effondrèrent les unes sur les autres, amalgamant leurs fragments en une poussière brûlante qui fut ensuite aspirée par les flammes.

« Regarde, me souffla alors Orschwir dans le creux de l'oreille, il ne reste plus rien, plus rien du tout. En es-tu plus malheureux ?

– Tu as brûlé du papier, tu n'as pas brûlé ce que j'ai dans ma tête !

– Tu as raison, ce n'était que du papier, mais sur ce papier il y avait tout ce que le village veut oublier, et il oubliera. Tout le monde n'est pas comme toi, Brodeck. »

En rentrant à la maison, j'ai tout raconté à Fédorine. Elle tenait Poupchette sur ses genoux. La petite faisait sa sieste. Ses joues étaient douces comme les pétales des fleurs de pêcher, qui sont sur les arbres de nos vergers, les premières à venir égayer, de leur rose très pâle, nos débuts de printemps. On les appelle ici *Blumparadz* – les fleurs de paradis. C'est un bien drôle de nom quand on y songe, comme si le Paradis pouvait être de cette terre, comme si d'ailleurs, où que ce soit, il pouvait même exister. Emélia était assise près de la fenêtre.

« Qu'en penses-tu, Fédorine ? » ai-je fini par demander.

Elle n'a rien répondu, sinon des mots coupés qui n'avaient pas de sens. Puis, après quelques minutes, elle a fini tout de même par dire :

« C'est à toi de décider, Brodeck, à toi seul. Nous ferons ce que tu décideras. »

Je les ai regardées toutes les trois, la petite fille, la jeune femme, et la vieille grand-mère. L'une dormait comme si elle n'était pas encore née, la deuxième chantait comme si elle était absente, et la troisième me parlait comme si déjà elle n'était plus là.

Alors j'ai dit, d'une drôle de voix, si peu mienne :

« Nous partirons demain. »

XXXX

J'ai ressorti la vieille charrette. Celle avec laquelle nous étions arrivés, Fédorine et moi, il y a bien longtemps. Je ne pensais pas qu'elle allait servir de nouveau un jour. Je ne pensais pas qu'il y aurait de nouveau un départ. Mais peut-être ne peut-il y avoir que des départs, éternellement, pour ceux qui sont comme nous, pour ceux qui sont à notre image.

Désormais je suis loin.

Loin de tout.

Loin des autres.

J'ai quitté le village.

Peut-être d'ailleurs ne suis-je plus nulle part. Peut-être ai-je quitté l'histoire ? Peut-être ne suis-je plus que le voyageur de la fable, si tant est que l'heure de la fable soit venue ?

J'ai laissé la machine dans la maison. Je n'en avais plus besoin. J'écris maintenant dans mon cerveau. Il n'y a pas livre plus intime. Personne ne pourra le lire celui-là. Je n'aurai pas à le cacher. Il est à jamais introuvable.

Ce matin, en me réveillant très tôt, j'ai senti Emélia tout contre moi, et dans le berceau, j'ai vu Poupchette, qui dormait encore, le pouce dans sa bouche. Je les ai prises toutes les deux dans mes bras. Dans la cuisine, Fédorine était prête déjà. Elle nous attendait. Les baluchons étaient faits. Nous sommes sortis sans bruit. J'ai pris Fédorine dans mes bras également, elle ne pèse rien, elle est si vieille et si légère. La vie l'a tant usée. Elle est comme un linge qu'on aurait lavé mille fois. Je me suis mis à marcher, portant ainsi mes trois trésors et en tirant la charrette. Il y a eu jadis, je crois, un voyageur qui est parti ainsi, de sa ville incendiée, en portant sur ses épaules son vieux père et son jeune fils. J'ai dû lire ce récit. Oui, j'ai dû le lire. J'ai lu tellement de livres. À moins que ce ne soit Nösel qui nous en avait parlé ? À moins peut-être aussi que ce ne fût Kelmar ou Diodème.

Les rues étaient calmes et les maisons dormaient. Tout comme les habitants à l'intérieur de ces maisons. Notre village était pareil à lui-même, un troupeau comme l'avait dit Orschwir, oui, un troupeau de maisons serrées les unes contre les autres, paisibles sous le ciel encore noir mais dépourvu d'étoiles, inerte, vide comme chacune des pierres de leurs murs. Je suis passé devant l'auberge de Schloss. Une petite lumière brillait dans sa cuisine. Je suis passé devant le café de la mère Pitz, devant la forge de Gott, devant la boulangerie de Wirfrau, et je l'ai entendu pétrir sa pâte. Je suis passé près des halles, près de l'église, devant la quincaillerie de Röppel, devant la boucherie de Brochiert. Je suis passé près de toutes les fontaines et j'y ai bu un peu d'eau, en signe d'adieu. Tous ces endroits étaient vivants, intacts, préservés. Je me suis arrêté un instant devant le monument aux morts et j'ai lu ce que j'y ai toujours lu : les noms des deux fils d'Orschwir, celui de Jenkins, notre policier mort à la guerre, ceux de Cathor et de Frippman, et le mien, à demi effacé. Je ne me suis pas attardé car j'ai senti la main d'Emélia contre mon cou, qui essayait sans doute de me dire de partir, elle qui n'a jamais aimé lorsque nous passions près du monument et que je m'y attardais pour y lire les noms, à haute voix.

C'était une belle nuit, froide et claire, une nuit qui d'ailleurs ne semblait pas vouloir se terminer, qui prenait plaisir à paresser dans son encre, à s'y tourner et retourner, comme on aime parfois demeurer au matin entre des draps empreints de chaleur. J'ai contourné la ferme du Maire. J'entendais les porcs remuer dans leurs enclos. J'ai vu aussi Lise, la *Keinauge*, traverser la cour, en tenant à la main un seau qui paraissait rempli de lait et qui débordait au gré de ses pas, laissant échapper derrière elle un peu de sa blancheur.

J'ai marché. J'ai traversé la Staubi sur le vieux pont de pierre. Je me suis arrêté un moment pour entendre une dernière fois son murmure.

Cela raconte beaucoup de choses une rivière, pour peu que l'on sache l'écouter. Mais les gens n'écoutent jamais ce que leur racontent les rivières, ce que leur racontent les forêts, les bêtes, les arbres, le ciel, les rochers des montagnes, les autres hommes. Il faut pourtant un temps pour dire, et un temps pour écouter.

Poupchette ne s'était pas réveillée encore, et Fédorine somnolait. Emélia seule avait les yeux grands ouverts. Je les portais toutes trois sans mal. Je ne ressentais aucune fatigue. Peu après le pont, j'ai aperçu à une cinquantaine de mètres de moi l'*Ohnmeist*. Il paraissait m'attendre, comme s'il voulait me montrer le chemin. Il s'est mis en route, d'un petit trot, et m'a précédé ainsi pendant plus d'une heure. Nous sommes montés par le sentier en direction du plateau du Haneck. Nous avons traversé les grands bois de résineux. Il y avait de bonnes odeurs de mousse et d'épines. De la neige formait au pied des grands sapins des corolles claires et le vent faisait se balancer la cime des arbres et craquer un peu leurs troncs. Lorsque nous sommes arrivés à la limite supérieure de la forêt et que nous avons commencé à marcher sur les chaumes du Bourenkopf, l'*Ohnmeist* a couru pour grimper sur un rocher. Les premières lueurs de l'aube l'ont alors éclairé, et je me suis aperçu qu'il ne s'agissait pas du chien de personne, de cet *Ohnmeist* qui allait dans nos rues et dans nos maisons comme si tout était son royaume, mais d'un renard, un très beau et très vieux renard, autant que j'ai pu en juger, qui a pris la pose, a tourné sa tête vers moi, m'a regardé longuement, et puis, d'un bond souple et gracieux, a disparu dans les genêts.

Je marche sans fatigue. Je suis heureux. Oui, je suis heureux.

Les sommets autour de moi sont mes complices. Ils vont nous dérober. Je me suis retourné il y a quelques instants, près du calvaire au beau christ étrange, pour jeter un dernier regard sur notre village. Il y a ici d'ordinaire un si joli point de vue. On le voit petit. Les maisons paraissent des figurines. Si on tendait le bras, on pourrait presque les prendre dans le creux de la main. Mais ce matin, je n'ai rien vu de tout cela. J'ai eu beau regarder. Je n'ai rien vu. Il n'y avait pourtant pas de brouillard, pas de nuages, pas de brume. Mais en contrebas, il n'y avait aucun village. Il n'y avait plus de village. Le village, mon village, avait complètement disparu. Et avec lui tout le reste, les figures, la rivière, les êtres, les douleurs, les sources, les sentiers que je venais d'emprunter, les forêts, les rochers. C'était comme si le paysage et tout ce qu'il avait contenu s'étaient effacés derrière mes pas. Comme si à mesure que j'avançais, on avait démonté le décor, plié les toiles peintes, éteint les lumières. Mais de cela, moi, Brodeck, je ne suis pas responsable. De cette disparition, je ne suis pas coupable. Je ne l'ai pas provoquée. Je ne l'ai pas souhaitée. Je le jure.

Je m'appelle Brodeck, et je n'y suis pour rien.
Brodeck, c'est mon nom.
Brodeck.
De grâce, souvenez-vous.
Brodeck.

On trouvera, éparses dans ces pages, des phrases que j'ai empruntées de manière consciente à quelques auteurs, sans d'ailleurs leur demander leur avis. Qu'ils m'en excusent et en soient remerciés :

« *Alle vermunden, eine tödtet* » (Toutes blessent, une tue) est une devise inscrite sur une montre de carrosse allemande du XVIIe siècle, fabriquée par Benedik Fürstenfelder, horloger à Fridberg, et qui avait été mise aux enchères dans une salle des ventes française il y a quelques années.

« *Raconter est un remède sûr* » est une phrase de Primo Levi, extraite de son ouvrage, *Le Défi de la molécule*.

« *L'heure des fables n'est-elle pas venue ?* » appartient à André Dhôtel, dans *La Chronique fabuleuse*.

« *J'ai appris que les morts ne quittaient jamais les vivants* » est une citation, à peine aménagée, de Fady Stephan, que j'ai trouvée dans son beau livre, *Le Berceau du monde*.

« *J'écris dans mon cerveau* » est, si j'ai bonne mémoire, une remarque de Jean-Jacques Rousseau, dans *Les Confessions*.

REMERCIEMENTS

Je tiens à remercier chaleureusement Marie-Charlotte d'Espouy, Laurence Tardieu et Yves Léon qui ont réussi, par leurs interventions conjointes, à sauver *Brodeck* de la nuit informatique.

Qu'on me permette aussi d'associer à ce livre quelques personnes qui, à des moments différents de ma vie, ont compté pour moi et qui, disparues durant les deux années d'écriture de ce roman, ont accompagné ma pensée et son cheminement :
Marie-Claude de Brunhoff, Laurent Bonelli, Marc Vilrouge, René Laubiès, Jean-Christophe Lafaille, Patrick Berhault, Jacques Villeret.

Merci enfin à toute l'équipe de Stock, qui, sous la conduite de Jean-Marc Roberts, me témoigne confiance et amitié, et à Michaela Heinz, lectrice fidèle d'Outre-Rhin et précieux conseil.

Pour l'éditeur, le principe est d'utiliser des papiers composés de fibres naturelles, renouvelables, recyclables et fabriquées à partir de bois issus de forêts qui adoptent un système d'aménagement durable.

En outre, l'éditeur attend de ses fournisseurs de papier qu'ils s'inscrivent dans une démarche de certification environnementale reconnue.